De volta

Robert Webb

De volta

Tradução de Ana Rodrigues

ROCCO

Título Original
COME AGAIN

Primeira publicação na Grã-Bretanha, em 2020, por Canongate Books Ltd, 14 High Street, Edinburgh EH1

Copyright © 2020 *by* Robert Webb

O direito de Robert Webb de ser identificado como autor desta obra foi assegurado por ele em concordância com Copyright, Designs and Patents Act 1988.

Todos os direitos reservados.
Nenhuma parte desta obra pode ser reproduzida no todo ou em parte sob qualquer forma sem a prévia autorização do editor.

Excertos de "Trees" e "Sad Steps", *The Complete Poems of Philip Larkin*, *by* Philip Larkin. Reproduzido com autorização de Faber and Faber Ltd

Direitos para a língua portuguesa reservados
com exclusividade para o Brasil à
EDITORA ROCCO LTDA.
Rua Evaristo da Veiga, 65 – 11º andar
Passeio Corporate – Torre 1
20031-040 – Rio de Janeiro – RJ
Tel.: (21) 3525-2000 – Fax: (21) 3525-2001
rocco@rocco.com.br
www.rocco.com.br

Printed in Brazil/Impresso no Brasil

O editor original informa que todos os esforços foram feitos para rastrear os detentores de direitos autorais e obter sua permissão para o uso de material protegido por direitos autorais, e pede desculpa por quaisquer erros ou omissões. Qualquer correção necessária e/ou inclusa será incorporada numa futura reimpressão.

CIP-Brasil. Catalogação na publicação.
Sindicato Nacional dos Editores de Livros, RJ.

W381d

Webb, Robert
    De volta / Robert Webb ; tradução Ana Rodrigues. – 1. ed. – Rio de Janeiro : Rocco, 2022.

    Tradução de: Come again
    ISBN 978-65-5532-243-9
    ISBN 978-65-5595-119-6 (e-book)

    1. Romance inglês. I. Rodrigues, Ana. II. Título.

22-76857   CDD: 823
                                                     CDU: 82-31(410.1)

Meri Gleice Rodrigues de Souza – Bibliotecária – CRB-7/6439

O texto deste livro obedece às normas do
Acordo Ortográfico da Língua Portuguesa.

Para a minha mãe

Acorda, meu coração, acorda, que tu dormiste bem. Acorda.

Próspero, de *A tempestade*[1]

---

[1] *A tempestade*, William Shakespeare, ed. L&PM Pocket, 2013, trad. Beatriz Viégas-Faria

Parte um

DESMORONANDO

Capítulo 1

Ela acordou com a boca formando uma única palavra. "Você." Era assim que sempre terminavam seus sonhos com Luke. Os detalhes variavam, mas eles sempre estavam sozinhos no quarto dele na faculdade. Dois adolescentes ainda, fazendo suas primeiras perguntas, compartilhando as primeiras piadas. Kate reparou nas sardas em um dos joelhos que apareciam pelo rasgo do jeans, no sorriso pronto, no modo como ele inclinava a cabeça quando estava ouvindo. A conversa que duraria vinte e oito anos tinha apenas algumas horas de idade — a primeira noite da primeira semana deles. Aquele foi o começo.

Ela se sentou na poltroninha no canto do quarto do alojamento de Luke na universidade, Kurt Cobain observando-a com um sorrisinho presunçoso e inteligente do pôster do Nirvana na parede oposta. Abaixo de Kurt, sentado na cama com o corpo apoiado contra a parede, estava Luke — tão esguio quanto, só que mais moreno, sem os cabelos descoloridos e com um rosto que parecia menos perturbado. Ele estava balançando os pés na beira da cama. Kate acabara de lhe dar algo sobre o que pensar.

— Mas... eu não teria que tirar *toda* a minha roupa, certo?

Kate ajeitou o bloco de papel A4 no colo e apontou o lápis.

— Não, é claro que não. Só tire a camisa, se quiser. O problema é que não sou boa em desenhar roupas. Essa camisa de pijama seria um desafio e tanto.

Ela ergueu os olhos do lápis e encontrou o olhar dele, fingindo estar ofendido.

— Não é uma camisa de pijama — disse Luke, ligeiramente emburrado. — É uma camisa com gola de padre.

— Ah, sim, é claro — concordou Kate, sorrindo. — Esse negócio de algodão listrado azul e cinza, com quatro botões no colarinho, definitivamente não faz parecer que você está usando um pijama.

Luke puxou a parte de cima da camisa para o lado e franziu o cenho.

— Sim, é possível... — Ele assentiu como um advogado. — É possível que haja uma semelhança com... — E ergueu os olhos abruptamente para ela. — Espera, onde você conseguiu esse apontador? Esse é o meu quarto, não é?

Kate parou de apontar o lápis e respirou fundo.

Não, ainda não. Não vamos acordar ainda.

A intrusão da lógica ameaçou terminar o sonho cedo demais — ela sentiu a consciência querendo voltar, mas resistiu e voltou a falar. Queria ficar ali, naquele quarto, naquele momento. Queria ficar ali para sempre.

— Ah, esse é o meu apontador. Eu o carrego para toda parte, para o caso de esbarrar em um cara que eu queira seduzir.

Luke parou de balançar o pé.

— Estou sendo seduzido, então?

— Com certeza. Por que acha que eu lhe pedi para tirar a roupa? Não acreditou que eu ia mesmo desenhá-lo, não é?

Luke olhou ao redor do quarto com uma mistura de surpresa e empolgação.

— Para ser honesto, sim, achei que você faria ao menos um esforço simbólico.

Kate deixou os materiais de desenho de lado e se adiantou para se sentar ao lado dele na cama.

— E o que vai acontecer depois que eu fizer esse esforço simbólico?

Ela deixou os dedos correrem lentamente pelo ombro dele, traçando o contorno da camisa que ia desde os botões de cima até o ponto onde encontravam os pelos do peito de Luke. Kate conhecia aquele corpo como ninguém: o Luke de dezenove anos, o Luke de vinte, o Luke de trinta... então, quando ele chegava na metade dos quarenta anos...

Luke a encarou com o sorriso confuso que sempre marcava o final do sonho. E disse:

— Qual é o problema?

Ela o encarou, impotente.

— Você morreu.

Ele pegou a mão dela e disse com carinho:

— Eu sei, meu bem. Eu sei. Mas você precisa acordar.

— Não posso. Não quero. Não posso.

— Você pode, meu bem. Acorde.

— Vá ao médico! Você ainda é jovem! O tumor ainda é minúsculo, eles podem tirá-lo, você pode...

— Kate, meu amor — retrucou Luke —, é tarde demais.

Luke abaixou os olhos para as mãos. Ela acompanhou seu olhar: para as alianças de casamento e de volta para os olhos do marido de meia-idade, que disse:

— Você vai ficar bem, Kate. Vamos... Você sabe de coisas. É a Garota do Futuro.

Ela desvencilhou a mão com gentileza e sussurrou:

— Não vou ficar nada bem, nem de longe.

— Procure ajuda.

— Não — disse ela com firmeza. — Ninguém pode me ajudar. E já cansei do futuro.

Ela estava agarrando a camisa dele com força.

— Você — sussurrou.

Kate levou a camisa ao rosto, mas é claro que o cheiro dele já desaparecera havia muito tempo. Agora, o tecido estava manchado de rímel e duro de ranho seco.

Precisa ser lavada. Não consigo me dar ao trabalho. Talvez amanhã. Não, amanhã não. Hoje é o dia.

O pen drive. Onde está? Com as chaves no andar de baixo.

Quem será que vai me encontrar? Talvez os ratos que escuto à noite. Não comam o fígado, rapazes. Vocês vão ficar muito loucos se comerem o fígado. Não gostaria que já começassem fazendo péssimas escolhas.

Kate enfiou lentamente a camisa embaixo do travesseiro e começou a avaliar o esforço que precisaria fazer para sair da cama. No momento, estava entorpecida demais pelas lágrimas e pelas palavras trocadas tanto tempo antes — a única pessoa com quem queria discutir a morte de Luke era o próprio Luke. Ela olhou para a janela do lado oposto, através das cortinas que não havia fechado — uma única nuvem no céu azul de março. Um cúmulos fofo, como uma explosão congelada.

Às vezes, ao longo daqueles últimos nove meses, ela conseguia voltar a dormir. E então dormia até ficar com dor de cabeça. Naquela manhã, não importava muito, porque já estava com dor de cabeça desde a véspera, graças ao excesso de Pinot. Naqueles primeiros segundos de consciência, a pontada de uma ressaca monstruosa começava a maltratar seu cérebro. Teria que se levantar. Se fosse uma viúva autodestrutiva um pouco mais organizada, com certeza manteria o analgésico por perto.

"*Acorda*", *diz ele. É fácil para você falar, Lukey.*

Kate se sentou e ficou olhando para as mãos castigadas e vermelhas, os punhos cerrados contra o edredom branco. Ela se desafiou a não olhar para o lado vazio da cama. Talvez se apenas evitasse o insulto permanente da ausência de Luke e começasse o dia, ele estaria ali quando ela voltasse do banheiro, dormindo em segurança. Kate olhou de qualquer modo. Apenas a fileira normal de garrafas de vinho e de cerveja.

A cama tilintou quando os pés dela tocaram o chão.

Meias.

Ao menos ela tirara os sapatos.

"*Pé direito na frente, Katie.*"

O pai dela costumava dizer aquilo. Avante, então. Para o andar de baixo, em busca de um analgésico. A dor de cabeça era a única dor a respeito da qual ela podia fazer alguma coisa.

Pen drive. Preciso me certificar de que o pen drive está bem guardado. Não, preciso fazer xixi antes. Deus, esse dia está implacável.

Ela fez uma careta ao se ver no espelho do banheiro. Pelo menos não precisaria se ver nua naquela manhã, porque ainda estava usando as roupas com que apagara na cama. Jeans largo, blusa preta de manga comprida por baixo de um casaco de tricô preto, de trama larga, já desbotado pelo tempo. Kate guardava uma vaga lembrança do que aquele corpo de um metro e sessenta costumava ser capaz de fazer — aquele corpo vencedor de medalhas e troféus. E viu as próprias sobrancelhas se erguerem diante da lembrança, sem orgulho ou amargura. O esporte pertencia a uma vida diferente.

Ela se dera conta de que na Escola da Viuvez não lhe contam como se envelhece. Você conhece e se apaixona por alguém quando tem dezoito anos, e vocês dois continuam juntos quando ficam mais velhos, então mais um dia mais velhos... até todos os dias dos vinte e oito anos terem se passado. Portanto, há uma parte sua que se vê por meio dos olhos daqueles jovens — uma parte sua que ainda tem dezoito anos. E, quando eles morrem, quando esse vínculo é perdido, você começa a ver o que outras pessoas já viam. Kate olha para aquela mulher de meia-idade, quase uma estranha. Uma espécie cruel de viagem no tempo, mas era exatamente o que parecia ser na sua mente. Luke se fora e levara a inocência dela consigo. Era justo. Para que Kate Marsden precisava de inocência?

Ela examinou a diáspora de produtos de maquiagem que usara cinco dias antes. Por que diabo estava usando maquiagem, afinal? Kate estremeceu ao se lembrar. A mãe havia feito uma de suas visitas régias, e Kate achou que precisava fazer alguma espécie de esforço. O delineador havia escorrido, como se em busca de uma nova vida, longe da zona de guerra. Os cabelos embaraçados reforçavam a imagem de negligência. Com alguma atenção, eles poderiam ser persuadidos a se manterem em um fluxo ondulado castanho-escuro, descendo até logo abaixo dos ombros. Naquele momento, os cabelos de Kate se empilhavam no alto da cabeça, como o chapéu do Chapeleiro Maluco. Ela pensou em procurar por uma escova de cabelos, mas a ideia quase a mandou de volta para a cama.

Não, checar o pen drive. Na cozinha. Ah, sim, e fazer aquele xixi.

Ela morava em uma casa de três quartos em Clapham. Grande demais para um casal sem filhos, mas razoável se levasse em consideração a idade e o salário de Kate. Ou o antigo salário. Ela havia sido demitida ontem à tarde.

— Charles — disse, enquanto se sentava no vaso sanitário.

Hesitante, Kate encorajou seu colón.

Vamos lá, Charles.

Ela esperou pelo veredicto de tudo ou nada de sempre: a avalanche ou a secura. Nada. Quanto tempo fazia... quatro dias? Não era de surpreender. Afinal, não tinha comido nada. Kate estava prestes a levantar a calcinha e o jeans, mas viu que estavam em um estado tão lamentável que apenas os tirou, deixando-os no chão. Não adiantava nada colocá-los em um cesto de roupa suja, já que a distinção entre "lugares específicos para roupas sujas" e "o resto da casa" tinha evaporado. O esforço de esticar a mão para fazer o tecido passar pelos calcanhares quase a fez vomitar, por isso ela se levantou e se apoiou na pia para recuperar o fôlego.

Kate lavou as mãos com o que restava do sabonete de alcatrão que tinha encontrado no armário do banheiro alguns dias depois do funeral. Não era um dos seus favoritos, mas Luke usara de vez em quando, quando as noites eram mais secas e ele tinha crise de eczema. A barra fina fez espuma com relutância. Ela passou um longo tempo lavando a mão sob a água fria, hipnotizada pelo jorro de água.

— Quem convidou você para dançar, então? — perguntou com uma ternura que a surpreendeu. Quando olhou para cima, viu novamente a mulher de aparência assustadora. Seus olhos azul-cobalto ainda brilhavam, vívidos, parecendo ter, de alguma forma, perdido o aviso de que todo o resto estava fechando as portas.

Ela manteve o contato visual consigo mesma enquanto tateava até encontrar a torneira e cessar o fluxo de água. Daquele ângulo, parecia estar completamente vestida, mas de qualquer modo não se importava: ela soltou uma risada melancólica diante da ideia de que a modéstia pessoal poderia ser uma questão em uma casa tão implacavelmente vazia como aquela. O casaco chegava aos seus quadris, e ela não esperava companhia.

Kate segurou o sabonete de Luke com delicadeza em uma das mãos e agarrou a borda da pia com a outra. Então fechou os olhos e relembrou o confronto do dia anterior com Charles. Ora, o que ela esperava? O cara era um criminoso. No escritório, ela conseguia invocar uma versão de seu antigo eu: a pessoa ousada e controlada que era antes do céu desabar. Um tributo final que tivera um grande impacto no que restava da sua energia. Agora, Kate se sentia como Mestre Yoda, envelhecida e pegando a bengala dez minutos depois de saltar e girar o sabre de luz como um sapo desorientado.

Havia esperado um confronto. Não esperara ameaças de uma vingança terrível.

Kate encontrou os próprios olhos de novo, recusando-se a piscar.

Charles — o assistente do gângster russo. E como ele começou?

— Obrigado por ter vindo me ver, Kate, e, só para registrar, devo dizer que sinto muito pelo Luke et cetera.

Capítulo 2

Kate enfiou as mãos nos bolsos da calça jeans larga. Seus olhos se desviaram para a janela atrás de Charles e se fixaram nos telhados de West London. Ela disse:

— É muita gentileza da sua parte, Charles et cetera.

O trabalho dela era reescrever a história. Não foi assim que ela havia descrito a Luke quando aceitara o trabalho e não foi como Charles Hunt descreveu naquele momento, enquanto girava na cadeira e pensava com muito cuidado em como demiti-la.

Ele assentiu seriamente por um tempo um pouco longo demais — era como se tivesse observado os médicos nos dramas médicos da TV e decidido que era aquilo que se fazia com a cabeça quando se queria sinalizar compaixão. Ele tinha um rosto anguloso e pálido, com bochechas permanentemente vermelhas e cabelo loiros ralos, repartidos para o lado, que não precisavam de manutenção, embora ele passasse a mão por eles com frequência. Sua sala no escritório era ampla, com toques domésticos — um sofá antigo que a mãe lhe dera, um suporte para torradas que ele costumava usar para a correspondência recebida. Charles gostava de dar aos clientes a impressão de que seu trabalho era um hobby. Kate o encarava do outro lado da impressionante escrivaninha de mogno, que ele dizia ter sido um presente de Harvey Weinstein, mas que agora afirmava que havia entalhado pessoalmente a partir da madeira do casco do *Mary Rose*, o único sobrevivente dos navios de guerra Tudor do século XVI.

Ela ficou olhando enquanto Charles pensava no que dizer a seguir. Era sua imaginação ou a cadeira em que estava sentada era uns cinco centímetros mais baixa do que o normal? Ou a dele estava mais alta? Nunca havia reparado naquilo antes. Nove meses antes, Charles tinha lhe dado quinze dias de folga, então ligara para dizer... o que ele tinha dito? Kate estava grogue na época, pela privação de sono e por uma ressaca permanente.

Uma mensagem de voz: "Kate, eu realmente sinto muito, como sempre, sobre o Luke et cetera, mas precisamos mesmo de você de volta aqui o mais rápido possível. É claro, você é mulher e, portanto, precisa de um pouco mais de tempo do que o normal. Eu entendo. Leve o tempo que precisar... Quero dizer, se quer saber a minha opinião, quanto mais cedo melhor, porque com a minha mãe — quero dizer, Cristo, viúvas simplesmente desmoronam, não é mesmo? Como em uma janela no computador. Clique no "x" no alto à esquerda de um arquivo Excel e a coisa toda se vai [som de coaxar]. Sem querer ofender. Enfim, demore o tempo que precisar. Você é mulher. Eu entendo."

No escritório, Kate deu um sorriso simpático e esperou. Ela sabia o que estava por vir: o idiota tinha colocado "Demitir Kate" na agenda do computador que ele achava que Kate não poderia acessar. Era uma pena ela não ter se adiantado e pedido demissão. Onde estava o momento em que seus colegas de trabalho ficavam olhando enquanto ela ia embora do escritório com a trilha sonora de Aretha Franklin ao fundo e um sorriso imenso no rosto?

Não teria aquilo, e tinha motivos para acreditar que não merecia aquilo. Mas ao menos tinha outra coisa para levar com ela. Kate cruzou as pernas e sua mão direita encostou no pen drive preso ao chaveiro.

Charles tinha fundado a Belgravia Tecnologia contando apenas com o próprio mérito, talento, trabalho duro e 394 mil libras do pai, um ex-ministro do gabinete da Defesa do Partido Conservador. Kate conhecera Charles no mesmo primeiro período em que havia conhecido Luke — como alunos da Universidade de York. Mas, ao longo dos anos, ela o ouvira começar a descrever o lugar como "Nova York", para os clientes. Na mente de Charles, a simples adição de "Nova" era um acréscimo inofensivo, e Kate tinha certeza de que o próprio Charles passara a acreditar naquilo. A empresa dele fora um dos primeiros e principais expoentes de Gestão de Reputação On-line (ORM). Kate era a gerente de TI, mas Charles devia ao trabalho dela muito mais do que o nome do cargo sugeria e consideravelmente mais do que o salário que lhe pagava. Ela era responsável pelo design e edição do site; tinha construído e otimizado o firewall inexpugnável; também havia criado e atualizado continuamente a arquitetura de software que mantinha a coisa toda funcionando perfeitamente. E, é claro, havia explicado ao resto da equipe como desligar seus computadores e ligá-los novamente.

Em 1992, Kate tinha amarrado o cadarço das botas disposta a chegar cedo para a sua primeira aula de Ciência da Computação. Se alguém tivesse dito a ela que estava prestes a dedicar a maior parte de sua vida profissional a revisar as histórias on-line de homens poderosos, Kate teria rido. Bem, a vida é longa e cheia de surpresas. E o que é essa "internet", afinal? Mas se alguém lhe dissesse que ela estaria fazendo aquilo a serviço de Charles Hunt, o riso teria se transformado em incredulidade.

    Charles era uma piada ambulante. Bart Simpson tinha um edredom com a estampa de Charles Hunt. Charles DeMontford Alphonso Hunt, o idiota absurdamente rico, totalmente alienado e insuperavelmente satisfeito consigo mesmo. Charles, que tinha frequentado o Matthew Chatsworth College, um colégio interno dedicado à formação dos meninos menos talentosos da classe média alta inglesa. Kate quase sentiria pena de Charles se ele não fosse um mentiroso tão empenhado e promíscuo. Charles mal conseguia abrir os lábios sem despejar um fluxo incontrolável de besteiras instantaneamente refutáveis. Seu Jaguar era um Bentley. Seu sobrenome significava "realeza", em latim. No Corpo de Cadetes da escola, ele dirigira um tanque. Na verdade, tinha feito isso com tamanha habilidade que tinha se "destacado na Força Territorial no conflito contra a Irlanda do Norte" (onde havia matado um homem). Ele tinha um QI de 176. O personagem de Richard Attenborough em *Fugindo do inferno* foi baseado em seu tio-avô. O pai dele era um ministro do gabinete conservador (aquilo era verdade), mas também havia sido, anteriormente, em momentos aleatórios, um renomado instrutor de esgrima, redator dos discursos de Martin Luther King e embaixador da Corte de St. James na Coreia do Norte. A mãe dele, por outro lado, havia apenas inventado o jogo de bridge. O feito dela era carinhosamente descrito por Charles como "realmente muito impressionante quando se pensa a respeito".

    Na BelTech tudo começara de forma bastante inocente. *Porque todo mundo merece uma segunda chance* era um princípio com que Kate era capaz de se identificar, apesar da exposição pretensiosa em itálico em cima do balcão da recepção. Uma enfermeira injustamente acusada de negligência aqui; um membro do Rotary Club que tinha perdido a cabeça e dado um soco em um guarda de trânsito ali — humanos imperfeitos que precisavam que a lama histórica parasse de manchar seus resultados de pesquisa. Acusados injustamente ou culpados, eles precisavam seguir em frente. Em ambos os casos, Kate tinha conseguido se convencer de que ela era só uma técnica que consertava copiadoras. Mas, em seus momentos mais honestos, ela sabia que estava muito mais envolvida do que aquilo. Como especialista em segurança digital e guardiã de todas as senhas do prédio, Kate tinha acesso a qualquer arquivo recebido por Charles. E, de vez em quando, dava uma espiada não autorizada no que a empresa estava fazendo. Inquieto e ganancioso, Charles começara recentemente a explorar os contatos do pai no maravilhoso mundo da aquisição de armas. Kate disse a si mesma que estava lá para mantê-lo no caminho da honestidade. O fato de que sabia perfeitamente bem que Charles era a pessoa menos honesta que já havia conhecido era um detalhe perto de outra coisa que ela sabia a seu respeito: ele era um imbecil. Caras como Charles, pensou Kate, nunca eram o problema.

— Kate, como você sabe, eu nem sempre concordava com o Luke e com seus ideais engraçados, ou o que fosse. Mas você gostava dele, o que deve contar para alguma coisa, e é óbvio que ele era um cara perfeitamente aceitável.

Kate assentiu com simpatia.

— Uau, Charles. Se eu achasse que você tinha tanto apreço por ele, teria lhe pedido para fazer o elogio fúnebre.

— Bem, como você sabe, perdi o funeral porque estava aconselhando o príncipe Andrew sobre um determinado assunto. Você escreveu um cartão dizendo que compreendia.

— Eu certamente compreendi.

— Na verdade, procurei e tenho a cópia bem aqui... — Charles abriu uma gaveta e começou a procurar pelo pedaço de papel que Kate sabia que ele acabara de inventar.

— Charles, não se preocupe. Eu me lembro do cartão.

Charles fechou a gaveta com força.

— Ótimo.

Ela observou enquanto ele tentava se lembrar do discurso que havia ensaiado. Houve momentos, nos primeiros anos, em que Kate entrava na sala de Charles Hunt sem bater e o interrompia em seu único momento criativo: ensaiar seu papel no telefonema que estava prestes a dar. A voz anormalmente profunda para os clientes, a cordialidade bajuladora, sua empatia em nível infantil, os famosos que citava sem qualquer constrangimento.

Kate tirou casualmente um pedaço imaginário de espinafre dos dentes inferiores. Ele teria que ser gentil. Muito gentil. Precisava que ela encontrasse o arquivo de Nestor Petrov, mas ainda não havia descoberto uma forma de pedir.

— Seus colegas insistem que a qualidade do seu trabalho não foi afetada pela situação do Luke, então tentei fechar os olhos para a questão da pontualidade — disse Charles. — Às vezes você só chega depois das quatro horas.

— Certo, sim. Só para esclarecer: com a "situação do Luke" você está se referindo ao fato de que o meu marido casado comigo há vinte e oito anos recentemente caiu morto enquanto esvaziava a máquina de lavar louça? É isso? — disse Kate.

— Bingo. Então, obviamente, há a questão da sua aparência desalinhada.

Pela primeira vez em nove meses, Kate quase riu. Ela teve um vislumbre de si mesma no espelho do banheiro na hora do almoço daquele dia. Parecia a cantora Suzi Quatro depois de dois meses sendo perseguida por cães em uma ilha deserta. Ela respondeu em um tom neutro.

— Sinceramente, não sei do que você está falando.

— Mas esse não é o problema. — Charles pegou uma pasta simples na gaveta e deixou-a sobre a mesa, significativamente fechada. E fitou-a como se tivesse uma excelente mão de cartas em um jogo de pôquer.

Cristo, ele vai lidar com essa situação como se fosse um filme de Bond. Ainda não. Mantenha-se firme.

Kate tirou a unha dos dentes e olhou para a pasta.

— O que você tem aí, Charles? Espero que não seja a sua última carta de rejeição do Clube de Críquete Marylebone.

Charles nem gostava de críquete, mas ela sabia que o incomodava que houvesse pelo menos um clube na Inglaterra que o mantinha fora de seus limites.

— Rá-rá, não, é algo ainda mais deprimente, lamento dizer. É a mensagem que você enviou ao Sr. Petrov.

Kate manteve a voz firme ao retrucar:

— São tantos Petrovs. O sonegador de impostos?

— Você sabe qual.

— Ah! O pedófilo. Achei que havia feito um ótimo trabalho em relação àquilo.

— Você é uma técnica. Não é seu trabalho falar com os clientes. E onde conseguiu os detalhes de contato dele?

— Humm. Sorte?

Charles controlou a irritação crescente. Kate podia ver que ele havia chegado à conclusão de que ela o vinha espionando havia anos, mas mal conseguia admitir para si mesmo, quanto mais dizer isso em voz alta. Ele abriu a pasta e pegou uma única folha A4, manuseando-a como se estivesse usando luvas cirúrgicas, colocou-a à sua frente e começou o discurso.

— Como você sabe, as alegações foram feitas por mulheres interessadas apenas em dinheiro e publicidade. O Sr. Petrov nos procurou de boa-fé e, como sempre, propus uma estratégia abrangente de ORM. As obras de caridade dele seriam enfatizadas. Testemunhos pessoais do seu bom caráter ganhariam destaque em todas as plataformas. O site dele seria remodelado e os links para ele aumentariam cerca de quinhentos por cento pelos métodos usuais. Textos originais seriam produzidos em russo e inglês, com foco no histórico impecável de negócios de Petrov e em sua vida familiar exemplar. Todas as alegações de conduta sexual com menores seriam apagadas ao menos das três primeiras páginas de qualquer pesquisa em mecanismos de busca, exceto nos casos em que a integridade de seus acusadores fosse questionada. A idoneidade moral dessas mulheres seria alvo de descrédito legítimo. Seriam usados os canais habituais para divulgar informações infelizes sobre a vida pessoal e a saúde mental questionável dos jornalistas que investigaram a história. O Sr. Petrov ganharia uma ficha limpa, ou o mais próximo possível disso. Foi isso que ele nos pagou para fazer.

Kate cruzou as pernas novamente e inclinou a cabeça para o lado.

— Nós não fizemos isso, então?

Charles pegou a folha de papel e leu:

— "Caro Sr. Petrov, eu só trabalho aqui, mas tenho algumas coisas a dizer. O senhor claramente deveria estar preso. Não posso garantir que é como vai acabar, mas, se for esse o caso, espero que sua bunda seja comida diariamente por cossacos corpulentos. Meu conselho em relação a sua reputação é o seguinte: tente não ser um merda tão completo no futuro. Com amor, Kate. Beijo. Beijo. Beijo."

Kate olhou pela janela e franziu a testa.

— Concordo que falta uma certa leveza na abordagem.

— O Sr. Petrov está extremamente descontente.

— Não há beijos suficientes?

— Kate, não seja tão...

— Sei que essa coisa de bundas sendo comidas pode ser um pouco homofóbica, mas achei que ele não se importaria, já que tem pontos de vista de direita tão empolgantes sobre o assunto. Se você quiser, eu poderia...

— Kate! — Charles bateu com a mão na mesa.

Kate esperou que ele recuperasse a compostura, o que não demoraria muito, porque o homem já estava esfregando a palma da mão avermelhada nas calças. Em uma segunda onda de violência, Charles tentou jogar a folha de papel em cima dela, mas a folha bateu na manga da própria camisa e pousou na frente dele de novo, virada para baixo. Ele olhou por cima do ombro dela, já mais calmo, e se esforçando visivelmente para relembrar o discurso que havia ensaiado.

— Sabe, me surpreende que uma mulher com a sua inteligência tenha feito algo tão estúpido.

Kate assentiu.

— Isso é engraçado, porque me surpreende que um homem com a sua inteligência não viva em uma caçamba de lixo.

— Nossa — disse Charles, com um sorriso pálido e voltando a girar a cadeira.

Por algum motivo, ele considerava Kate como alguém do mesmo nível intelectual e colocou aquele tipo de declaração na categoria de "brincadeira". Ela poderia dizer literalmente qualquer coisa e Charles se encarregaria de interpretar como um elogio. Por anos, aquilo servira muito bem a ambos.

Kate respirou fundo e esperou o próximo movimento dele. Ao mesmo tempo, se lembrou de como a sua mão tinha tremido quando ela roubara o arquivo de Petrov.

Na semana anterior, como era de hábito, Kate havia hackeado a caixa de entrada de Charles e checado os e-mails dele. Mas então algo em sua atitude havia mudado. Ela se sentira entorpecida, com uma compreensão extracorpórea de que sua vida estava prestes a acabar. O que estava fazendo ali? O que fizera algum dia ali?

Havia algo novo. Um homem em particular nos e-mails — um bilionário estabelecido em Londres. Ela o reconheceu como uma celebridade: Nestor Petrov era dono de um clube de futebol da Premier League e presença regular em programas de TV de disputas entre celebridades, onde a boa aparência aos cinquenta e poucos anos e suas excentricidades piegas o tinham tornado querido por milhões. Ou pelo menos por um casal de produtores de TV e pelo conselho administrativo de um clube de futebol passando por dificuldades.

Quanto mais ela lia, mais curiosa ficava. Por natureza, a BelTech confiava na discrição, mas os dois homens estavam batendo uma verdadeira punheta secreta em conjunto.

Petrov: "o assunto profundamente sensível que discutimos pessoalmente", "o arquivo ausente de forma hedionda", "a necessidade urgente de retificar aquela aberração delicada".

Quanto a Charles, Kate teve que se concentrar para superar a façanha usual dele de conseguir fazer o próprio inglês, sua língua nativa, soar como se tivesse passado pelo Google Tradutor: "nosso mais profundo pesar, tendo em vista que o assunto permanece até o momento sem solução", "nossos funcionários mais talentosos operando 24 horas por dia, 7 dias por semana para aplacar o desconforto", "o arquivo será localizado com plena rapidez."

Que arquivo?

Kate abriu o primeiro contato de Petrov — o de apresentação à BelTech.

Os advogados de Petrov tinham reclamado das acusações recentes de ter um histórico de assédio sexual e agressão ocorridos no início dos anos 1990, quando se mudara para Londres. Ele queria robôs a seu serviço e uma recuperação de imagem. Queria estar do lado certo das fake news ao contratar Charles para criá-las.

Não havia muito em seu estômago, mas Kate quase vomitara. Escondida na masmorra de sua dor, ela não via os noticiários havia meses. Mas, naquele momento, leu os relatórios e testemunhos das mulheres que acusavam Petrov. E acreditou nelas. Ela não era juíza ou júri, mas tinha direito a uma opinião privada: aquele homem era uma ameaça. Ele precisava ser preso, não protegido. O fato de Charles ser capaz de concordar em trabalhar para uma pessoa daquelas era baixo demais. Mas havia mais.

Pelo que Kate pôde deduzir, Petrov, ou alguém trabalhando para ele, sem querer compartilhara um arquivo altamente comprometedor com a BelTech, e Charles na mesma hora o perdera. Kate entendia o pânico dele. Ela havia organizado o sistema de compartilhamento de arquivos da empresa sob medida, e ninguém mais sabia por onde começar a procurar se algo desse errado. Era uma forma muito insensata de operar um sistema de segurança, mas Charles tivera pouco interesse naquilo, e Kate simplesmente não confiava em ninguém para cuidar do seu território. Ela levou cerca de noventa segundos para descobrir o que havia acontecido e localizar o arquivo criptografado enquanto olhava nervosa por cima do ombro.

Parecia um arquivo AVI padrão, com duração de quatro minutos e quarenta e dois segundos. Naquele dia, Kate esperou até que todos fossem embora do escritório antes de reproduzir o vídeo.

Quatro minutos e quarenta e dois segundos depois, Kate Marsden estava olhando para o monitor em estado de choque. Sua descoberta tinha implicações que poderiam derrubar alguns dos poucos governos civilizados ainda restantes no planeta. E Charles estava enfiado até o pescoço naquilo. Ela se sentiu furiosa consigo mesma por ter conseguido dormir durante seus anos na BelTech, iludindo-se o tempo todo com a ideia de que era inocente.

Kate sonhava com Luke todas as noites, e o momento de acordar havia se tornado insuportável. Fizera planos. Mas, primeiro, faria uma reparação em relação ao seu papel naquele vagão de merda em andamento. Como um pedido de desculpas pelo desperdício sonolento de seus dotes extraordinários. Ela devia ao mundo um drinque de despedida ou, mais precisamente, um beijo de despedida.

Petrov iria cair, decidiu. E Charles iria com ele.

*

Kate esperou que Charles abordasse o motivo mais urgente da sua agitação. Ele fitou-a com cautela e pegou novamente o e-mail que ela havia mandado para Petrov.

— "P.S.: Adorei o vídeo que enviou ao Charles. Altamente criativo. Embora eu tenha sentimentos diferentes sobre semolina."

Ele olhou para ela em busca de uma explicação e tentou falar em um tom casual e brincalhão:

— Que diabo é isso?

A tentativa de leveza foi embaraçosa, mas Kate se juntou a ele, dando uma risadinha.

— Ah, isso! Sim, foi mesmo muito engraçado. Eu estava dando uma arrumada no servidor e me deparei com um vídeo engraçado que o Sr. Petrov enviou.

Charles ficou absolutamente imóvel.

— Vídeo... engraçado? — disse, mal abrindo os lábios.

— Muito.

— Sobre o quê?

— Nada importante. Eu estava só fazendo uma limpeza rápida e *acho* que excluí o vídeo. Não consigo lembrar.

— Você excluiu.

— *Acho* que sim. — Subitamente, Kate fingiu alarme. — Ah, Charles, não me diga que você não viu! Ah, eu me sinto péssima. Você realmente perdeu um vídeo e tanto.

Kate se recostou e ficou observando, fascinada, enquanto Charles tentava processar as novas informações. Ele literalmente não sabia o que fazer a seguir. Por fim, só continuou com o que já iria mesmo fazer e indicou com um gesto o e-mail para Petrov:

— Bem, receio que terei de aceitar isso como uma carta de demissão.

Kate apertou com força o pen drive dentro do punho cerrado.

— Compreendo.

Charles olhou para ela com atenção.

— Não me sinto inclinado a lhe dar uma grande indenização, mas suponho...

Kate percebeu que aquela era a manobra inicial de uma longa negociação. Ela não tinha intenção de se deixar subornar para devolver o arquivo.

— Não — respondeu bruscamente —, não quero nada além do que você me deve até esse momento.

— É mesmo? Quer dizer... sim, eu entendo. Ora, isso é...

— E o que você me deve é isso. — Kate sacou sua própria folha de papel. Uma lista escrita à mão, cuidadosamente dobrada em quatro partes, que pousou na frente dele.

Charles desdobrou a folha e murmurou em voz alta, enquanto lia, confuso.

— Abrigo para Mulheres de Camden, 50 mil; Index on Censorship, 50 mil; CALM, 50 mil; Save the Children, 50 mil... — Ele olhou para Kate com uma expressão genuinamente assustada. — Que porra é essa?

— Você vai doar dois milhões de libras para a caridade. Mais especificamente, 50 mil libras para cada uma das quarenta instituições de caridade listadas.

Charles a encarou boquiaberto e piscou rapidamente.

— Você enlouqueceu?

— Acho que é bem provável, sim.

— E por que diabos eu faria isso?

— Ah, essa resposta eu sei. Você vai concordar porque, caso contrário, vou abrir o bico sobre algumas das coisas que temos feito por aqui. Então, você e o Sr. Petrov vão acabar na cadeia.

Charles deu uma risada engasgada. Kate retribuiu com um sorriso meigo. Ele se levantou da mesa e começou a andar de um lado para o outro.

— Ninguém vai acreditar em você.

— Eu vi a prova.

— Provas não são mais o que costumavam ser.

— Concordo. E isso graças a pessoas como nós. É hora de mudar, Charles.

— Você não ousaria.

— Acha mesmo? Vamos descobrir, então. — Kate pegou o celular e pressionou o nome de um contato.

— Para quem você está ligando?

Kate levou o celular ao ouvido.

— Para o jornal *The Guardian*.

— Pare... com isso.

— Ah, olá. Redação, por favor. Desculpe? Ah, sim, bem, seria ótimo falar com ela, mas não precisa ser ela.

— Para! Tá certo, para, porra!

Kate desligou. Charles percebeu que estava puxando as mangas da camisa, agitado, e colocou as mãos nos bolsos. Então, tirou de novo e pegou a lista de Kate, balançando a cabeça, incrédulo. Ele jogou o papel de lado, se virou para a janela e logo voltou a encará-la. Kate colocou um chiclete na boca, se divertindo.

— Isso é ultrajante. Quer dizer, para começar, por que eu? — choramingou ele. — Se ama tanto essas pessoas, por que *você* não dá dois milhões a elas, merda?

— Eu não tenho dois milhões. Mas deixei a minha casa para uma instituição, a Shelter. Fiz meu testamento e está tudo em ordem.

Charles fitou-a, finalmente começando a compreender a gravidade da ameaça. Se havia alguma coisa mais perigosa do que Kate Marsden, era Kate Marsden sem nada a perder.

— Muito bem, você pode ter o seu emprego de volta.

— Não quero — disse Kate, mascando o chiclete. — É um trabalho de merda.

— Ora, o que você quer então!?

— Eu já disse. Você vai usar a conta secreta... vou checar as transferências. Você tem até amanhã, a essa hora.

Charles se tornou rapidamente mais manso.

— Escuta. Qual é? Ei, vamos. Escuta. — Kate só continuou a mastigar. — Você se lembra do antigo lema da empresa? Todos merecem uma segunda chance? Isso é o que é ORM, certo? Todos cometemos erros, que acabam na internet e as pessoas precisam de ajuda para "desenfatizar" isso. Hein? É isso o que faz uma empresa de Gestão de Reputação On-line confiável.

— Beleza. Só que não temos uma boa reputação há anos, temos, Charles? É meio irônico quando pensamos a respeito.

— Ah, qual é? Você estava aqui no início, Kate. Lembra aquela enfermeira que ajudamos? Acusada de má conduta? Era mulher! E negra! Não é? Os bons e velhos tempos? Todos merecem uma segunda chance, Kate. — Ele fechou os olhos, então, para uma ênfase especial. — Todos.

Kate olhou para o antigo colega com algo parecido com ternura.

— Algumas pessoas merecem — disse calmamente. — Mas não você. Nem eu.

Algo finalmente se acendeu na mente de Charles. Ele reagiu ao insight com uma raiva abrupta.

— Você não pode provar nada. Seu acesso ao sistema foi revogado. Com efeito imediato!

— Charles, você não sabe como fazer isso.

— Com efeito imediato! — Ele pegou o telefone na mesa e apertou um botão. — Colin, estou revogando as credenciais de Kate imediatamente. Quero que você... não, não a Kate da contabilidade, Kate Marsden. Quero que você a bloqueie do sistema e negue o acesso dela a tudo. Estou dizendo a tudo... Colin, está ouvin...? Sim, Kate Marsden!... Não me venha com essa besteira de TI, Colin, eu não estou falando chinês aqui. Apenas se certifique de que o computador dela não funcione. Jogue fora pela porra da janela, se for preciso.

Charles bateu o telefone. Ele se sentou e se debruçou sobre a mesa, rosnando.

— Não pense que pode me chantagear.

— Charles, no mês passado mesmo você me pediu para hackear o MI6. Não é justo dizer ao Colin para me bloquear do sistema. O Colin tem talento, mas nós dois sabemos que aquele cara não conseguiria me trancar para fora de um Ford Focus.

— Você não sabe com o que está lidando. Não mexa com um homem como Nestor Petrov.

— É um bom conselho para qualquer adolescente.

— O que quer que esteja naquele vídeo, ele não permitirá que se torne público. Ele vai machucar você.

— Você não estava escutando. Eu já estou morta.

Kate tirou o chiclete da boca e grudou no "H" da placa de identificação prateada de Charles Hunt, que ele afirmava ter sido um presente de Lucian Freud. Ela começou a moldar o chiclete em um "C". Não era uma grande artista, mas se concentrou para fazer o melhor trabalho possível. Enquanto trabalhava, Kate falou baixinho e com calma:

— Você era um rapaz muito doce quando nos conhecemos, sabe? Em York, todos achávamos que era possível recuperá--lo. Nós meio que fizemos de você o nosso projeto, lembra?

Kate nunca tinha visto Charles tão zangado. Ela estava cutucando cada ferida dele, e as reações eram espetaculares. A mandíbula do homem se projetou para a frente, expondo a parte inferior dos dentes pequenos.

— Sua bruxa presunçosa do cacete. Não me lembro de um "projeto". Eu me lembro de você e do Luke, além da Amy, do Kes e do Toby, debochando de mim no bar, enquanto eu pagava rodadas de bebidas para todo mundo. Eu me lembro de um bando de aproveitadores de esquerda.

— Sim, era exatamente isso o que éramos. Mas, na época, todos os seus colegas finos costumavam implicar com você por não ser parente do Terceiro Duque de "Cacetéshire". Pelo menos a gente fazia você rir, Chuck. Por isso você andava com a gente. E também porque acreditava que nós poderíamos lhe ser úteis no futuro. No meu caso, você estava absolutamente certo. Mas agora está completamente errado.

Charles procurou pela forma mais dolorosa de atingi-la.

— Luke era o pior. Luke era um canalha.

Kate respirou fundo em meio à raiva crescente e deu os retoques finais em "Charles Cunt", ou "Charles Boceta". Ela colocou a placa de volta na mesa e se virou para encará-lo. Charles olhou para a placa e bufou, debochado.

Seu comentário sobre Luke estava indo de um lado para o outro na cabeça de Kate, e foi uma sorte seus pensamentos terem sido interrompidos por uma batida na porta. Na verdade, a sorte foi de Charles, porque Kate estivera planejando em detalhes como quebrar o nariz dele, e já se imaginava pulando em cima da mesa.

Colin enfiou a cabeça pela porta.

— Desculpe incomodar. Temos um problema.

— Entra — disse Charles, irritado. — O que foi?

Colin Laidlaw, assistente de TI de Kate, era um homem grande e de peito largo, de trinta e poucos anos, com uma longa barba e uma camiseta preta desbotada com os dizeres P*orque* J*ava*S*cript também tem sentimentos*...

Ele entrou e fechou a porta, carregando o computador de Kate embaixo do braço enorme: o poderoso PowerPc.

— Oi, Colin.

— Oi, Kate! Como vai você?

— Nada mal, Col. Como está a fofa da Carly?

— Aah, ela faz sete anos na sexta-feira, camarada. E ainda fala sobre o Dia de Trabalhar com o Papai. Você foi fantástica com a Carly, Kate. Ela vive perguntando: "Quando é que a Kate vem aqui em casa brincar?"

— Bem... não posso fazer nenhuma promessa, mas diga que mandei um beijo e que falei pra ela continuar treinando a digitação.

Charles se agitou na cadeira como se um bebê escorpião tivesse acabado de se enfiar em seu rabo.

— O que você quer, Colin?

— Ah, claro! Capitão, acontece que não consigo abrir as janelas. Como você provavelmente sabe, elas não são ativadas manualmente. Algumas são, no resto do prédio... Bem, o Doug, da Aztec no segundo andar, me contou... — Colin notou os lábios pálidos de impaciência do chefe. — Enfim, o que estou dizendo é que, quando vocês se instalaram no escritório, a Kate tomou a decisão sobre os regulamentos de operação e resolveu colocar as janelas em um circuito. Deve ter a ver com não mexer no ar-condicionado e manter tudo harmonioso e ecologicamente correto, por assim dizer...

— Para ser honesta, me arrependo disso — comentou Kate. — As pessoas deveriam poder abrir a própria janela no escritório, só para o caso de quererem se jogar por ela.

— Exatamente — concordou Colin. Ele se voltou para Charles. — O problema é que a Kate redefiniu uma senha para as janelas, por isso não consigo jogar o computador dela como você sugeriu.

— Pelo amor de Deus... — começou a dizer Charles.

Kate interrompeu:

— Colin, é 1832.

Colin se virou para ela com um olhar esperto.

— A Lei de Reforma?

— Pandemia de cólera.

— Legal.

Charles ficou de pé, as partes mais pálidas do rosto subitamente combinando com as bochechas rosadas.

— COLIN, seu idiota! Não quero que você jogue literalmente o computador dela pela janela! Só quero desativá-lo! Quebre essa merda com uma chave-inglesa se precisar!

Colin ergueu as sobrancelhas e olhou para a máquina debaixo do braço.

— Certo. A questão é que estamos lidando aqui com o que é conhecido como unidade de fusão. Portanto, uma chave-inglesa, mesmo uma chave-inglesa pesada...

— Só coloque esse negócio...

— ... até mesmo uma chave de porca...

— Coloca essa merda no chão e sai daqui!

— Como quiser, capitão. — Colin colocou a máquina com todo o respeito em cima do tapete de Charles e se virou para sair. Por cima do ombro, falou: — O pessoal da TI vai sair para beber essa noite, Kate. Não consigo convencer você? Faz tanto tempo...

— Sinto muito, Colin.

— Tudo bem, camarada.

Ele saiu.

Charles estava olhando com uma expressão arrasada para o computador de Kate quando ela se levantou e andou em direção à porta.

— Muito bem — disse ela. — Vou deixar você com isso. Talvez tenha mais chance com uma chave de fenda do que com uma chave-inglesa. Mas tome cuidado com as correntes residuais... Eu não gostaria que você levasse um choque horrível.

Ele a encarou com ódio genuíno enquanto ela parava na porta.

— Você já pegou o que precisava, não é?

Kate ignorou o comentário e disse:

— Faça as transferências, Charles. Faça algo de bom pelo menos uma vez. Você pode até acabar gostando.

— Você roubou material confidencial.

— Me entrega pra polícia, então.

— Nós dois sabemos que não vai ser a polícia que vai aparecer para procurar pelo que você pegou.

Kate saiu calmamente, deixando a porta aberta. Seu coração estava disparado de medo quando chamou o elevador, mas ninguém veio atrás dela. Por mais baixo que Charles já tivesse descido, ele ainda não tinha instalado um exército privado de bandidos no prédio. Mas ela com certeza havia subestimado o medo que ele sentia de Petrov, e agora começava a se perguntar se tudo aquilo talvez não tivesse sido uma péssima ideia.

— Suponho que seja isso o que as pessoas fazem quando estão enlouquecendo — pensou ela, já entrando no elevador.

Elas planejam um sono muito longo, e então, bem quando estão prestes a cochilar... começam uma guerra.

Capítulo 3

Kate recolocou o sabonete de alcatrão na saboneteira e secou as mãos no casaco. Já no andar de baixo, ela checou a hora no relógio do forno: 10h23. Muito mais cedo do que o normal — não era de espantar que estivesse se sentindo uma merda. A luz do sol que entrava pela janela do pátio iluminava a cozinha em toda a sua glória esquálida.

É com você, Charles. Venha atrás de mim e veja se eu me importo.

Kate escorregou na roupa largada no chão e nas embalagens de comida pronta, e quase vomitou quando sentiu o contato frio de um linguine velho entre os dedos dos pés. Ela se curvou, limpou o pé com um pano de prato duro e sentiu a cabeça prestes a explodir. A ressaca estava ganhando confiança agora, chamando reforços da náusea e da azia para se juntarem à dor de cabeça. Kate abriu um armário na altura dos olhos e estendeu a mão para a abençoada embalagem prateada de analgésicos. Quando seus dedos encostaram na embalagem, ela viu um saco de papel da farmácia local na prateleira acima. Eram os antidepressivos que o clínico geral tinha prescrito havia quatro meses, depois que os amigos dela fizeram sua única intervenção bem-sucedida. Kate havia concordado só para que eles parassem de falar. O médico obviamente sobrecarregado recebeu as poucas informações que ela deu da forma mais neutra possível. Ele fez algumas perguntas ao longo daqueles dez minutos e sua expressão foi de uma preocupação ensaiada, quando só interrompia Kate para dizer "Humm", para uma expressão de alarme mal disfarçada. Os comprimidos que prescreveu eram de um tipo e de uma dosagem que Amy, amiga de Kate — uma pessoa que passara a vida lidando com ansiedade e depressão —, descreveu em seu sotaque de Sheffield como "fortes pra cacete".

— Kate, esse cara é um idiota — disse Amy. — Você precisa jogar esses negócios no lixo e consultar outra pessoa. O que a impede?

Kate assentira, concordando, mas não fizera nada daquilo. A opinião do segundo médico não foi procurada, e os comprimidos permaneceram intocados. Naquela noite, ela faria mais do que tocar neles. Seus olhos se demoraram no saco de papel.

Ainda não. Pelo menos não nessa manhã.

Ela pegou o analgésico e fechou o armário.

Alguns instantes depois, Kate abriu espaço suficiente para encaixar a sua xícara no meio da montanha de lixo que um dia fora uma mesa de cozinha. Ela tirou um sutiã usado da cadeira e se sentou pesadamente. O sol da primavera fez cintilar seu chaveiro, parcialmente enfiado dentro de uma suculenta morta.

O pen drive.

Ela pegou o vasinho. Por que tinha enfiado o chaveiro ali? Alguma noção colossalmente bêbada de uma medida de segurança no caso de Petrov ter enviado um monte de brutamontes para revirarem a casa. Ela examinou a pilha de lixo que a cercava. Talvez eles já tivessem roubado o lugar. Era difícil saber. Kate pegou as chaves e examinou o pen drive pendurado no chaveiro da Tiffany que Luke tinha comprado para ela anos antes. Era um pen drive pequeno e barato, de 16 GB, que ela havia pegado em algum lugar do escritório. Kate empurrou a ponta do pen drive um centímetro para fora da embalagem de plástico com a estampa da Union Jack e, instintivamente, olhou para trás. Só viu a janela que dava para o minúsculo quintal. Ela se sentiu tentada a assistir ao vídeo roubado de novo.

Não, agora não. Esconda isso. Estou escondendo.

Ela jogou o chaveiro dentro de uma tigela parcialmente forrada de arroz velho e seco e emborcou-a, como se estivesse prendendo uma vespa. Então apertou a barra de espaço do notebook aberto.

Uma espécie de festinha pós-demissão aqui, ontem à noite, presumiu. Outra noite passada no abraço tranquilizante da playlist *Relax Anos 1990*, do Spotify. E as fotos, é claro, algumas delas com idade suficiente para serem fotos físicas digitalizadas — a farra mais recente com Luke em 2D. Já que literalmente tudo a fazia se lembrar de Luke, ela poderia pelo menos escolher certas horas para se lembrar de propósito. Melhor pular de boa vontade no vórtice do que ser sugada para ele por um boletim meteorológico na TV, ou pelas castanhas no chão do lado de fora de casa, ou pelo cheiro de canela, ou qualquer menção às palavras "câncer", "tumor", "lava-louças", "colapso", "pulsação", "pânico", "ambulância", "hospital", "já chegou morto", "sinto muito"... A busca deliberada por lembranças não diminuía a frequência daquelas que chegavam espontaneamente, mas davam a Kate uma vaga impressão de controle.

Ali estava ele, então. Luke posando debruçado sobre uma enorme panela de macarrão à bolonhesa no alojamento da universidade; Luke gesticulando com orgulho para uma única guirlanda verde presa no teto do quarto dele, no fim do primeiro período em York; Kate e Luke no mesmo quarto fazendo uma saudação militar solene, usando as roupas um do outro. Quem teria tirado aquela foto? Provavelmente Toby. Luke de bandana, o bobo, tocando violão — sem camisa, no jardim da casa dos pais dele em Wiltshire, os ombros muito dourados ao sol da tarde. Kate e Luke no dia da formatura deles em 1995; Kate e Luke em Brighton; Kate e Luke em Ibiza. Luke franzindo a testa, concentrado, os olhos fixos em um antigo volume de *A tempestade*, que tivera que ler para a escola, o corpo de quase 1,90 metro que não se encaixava direito na banheirinha do primeiro apartamento deles. Uma foto de Luke dormindo na manhã do seu trigésimo aniversário, tirada sorrateiramente, os cabelos ondulados e escuros, cortados bem curtos, como os de um boneco Falcon, os cílios ("Um desperdício em um rapaz", tinha dito a mãe de Kate) muito pretos junto ao travesseiro. Kate e Luke no dia do casamento deles, do lado de fora da St. Nicholas Church, em Deptford; Toby, o amigo deles, parado ao lado, resplandecente em seu kilt e casaco de veludo.

    Kate fechou o notebook com cuidado e tomou um gole de café.

    Toby. A moeda cintilante que perdemos na parte de trás do sofá.

    Um movimento interrompeu o devaneio de Kate e ela prendeu a respiração ao ver um rato abrir caminho tranquilamente pelo lixo na ponta da mesa: um camundongo, bege com a barriga branca, com cerca de cinco centímetros de comprimento, sem incluir a cauda pelada. Kate lutou contra uma leve onda de repulsa, abriu a boca em um "ooh" e expirou calmamente. "A respiração hooo", como dizia o seu primeiro instrutor de caratê.

— Olá para você, então — disse Kate em um tom suave e monótono. — Sinto muito, mas não vai me achar uma companhia muito boa. Quero dizer, você vai ser legal por um tempo, mas ninguém aguenta passar muito tempo com pessoas deprimidas. No fim, você acaba se aborrecendo e vai embora. Ou nós enlouquecemos e você manda a gente embora. — Ela levou o café aos lábios, mas logo abaixou a xícara novamente. — De onde será que você veio?

O rato encontrou uma caixa de biscoitos virada para baixo e imediatamente começou a devorar as migalhas derramadas. Entre uma migalha e outra, ele soltou um guincho.

— Desculpe, não consigo identificar o seu sotaque — comentou Kate. — Presumo que você seja dessa região mesmo. Não um daqueles ratos do norte de Londres. Eles podem ser um pouco esnobes. Você não vem de onde eu venho, não é? Dos lados de Deptford?

O rato a ignorou. Kate pousou um cotovelo na mesa para apoiar o rosto em uma das mãos, e o movimento fez com que o celular mal equilibrado caísse com barulho no chão. O rato desapareceu na mesma hora.

— Droga, desculpa.

Ela se inclinou lentamente para alcançar o celular, gemendo e vendo emojis multicoloridos ao fazer o esforço de enfiar a cabeça debaixo da mesa. Para seu deleite, encontrou uma garrafa de Merlot caída de lado. Kate ergueu o corpo e colocou a garrafa em cima da mesa enquanto checava a hora no celular. O eco de seus padrões pessoais de comportamento a havia deixado com a regra vaga de "esperar até a hora do almoço", embora a hora do almoço raramente envolvesse um almoço de verdade. *Foda-se*, pensou enquanto abria a garrafa e tomava um gole do vinho.

A ordem do dia era ficar bêbada o bastante para voltar a dormir.

O rato reapareceu, agora subindo em um prato e cheirando os restos empoeirados de um risoto de micro-ondas.

— Você é ousado, não é? — comentou Kate. Então, olhando para o vinho, acrescentou: — Vai ter que me desculpar por já estar bebendo a essa hora. É para combater essa ressaca do cão, você entende. — Ela deu outro gole, cansado e sem muita mira, e o vinho se derramou pelo lado esquerdo do queixo. — É claro que eu nunca diria isso a um cachorro. Pode soar como preconceito, e não podemos aceitar isso.

O ato combinado de tomar um gole de uma garrafa de vinho tinto e ter uma conversa unilateral com um animal fez Kate se lembrar de um filme que ela e Luke adoravam. Ela acompanhou o raciocínio.

O que aconteceu com Withnail, de Os Desajustados, depois que aqueles créditos subiram na tela?

Ela voltou a pousar o cotovelo na mesa com mais cuidado e apoiou o rosto na palma da mão, suspirando com a maior fração de tristeza que se permitia naqueles dias.

— "Ultimamente e, por onde, não sei, perdi toda a alegria" — recitou Kate devagar. — "Abandonei até meus exercícios, e tudo pesa de tal forma em meu espírito que a Terra, essa estrutura admirável, me parece um promontório estéril..."

Ela olhou ao redor.

— Na verdade, eu sei exatamente por quê. E tenho certeza de que você sabe que o certo é "por que" e não "onde" Hamlet perdeu a alegria. Assim como não é "Onde está você, Romeu?", mas "Por que você está Romeu?". Como quem diz, por que você tem que ser Romeu? Por que eu não poderia ter me apaixonado por alguém... mais seguro? — Ela indicou a lava-louça com a cabeça. — A propósito, foi bem ali. Fora ali que o tumor escondido finalmente tinha se anunciado. Um meningioma de crescimento lento, foi o que disse o patologista. Um câncer de crescimento incrivelmente lento. — Estava quase desse tamanho no final. — Ela fez um círculo do tamanho de uma uva com o polegar e o indicador. — Ele já estava morrendo desde antes de nos conhecermos. E eu não percebi. Não fiz nada. — Kate encontrou uma xícara vazia no meio do lixo em cima da mesa, limpou-a mais ou menos com a manga do casaco e encheu de vinho. — Sabe quantos dias se passaram desde que o conheci? — perguntou ao camundongo, a quem agora amava por ser incapaz de se preocupar se ela vivia ou morria. — Desde que o homem mais lindo do mundo entrou no bar da faculdade e conversamos por três horas, antes de eu fazer com que ele tirasse a roupa no quarto do alojamento da universidade naquela noite? — O camundongo estava cheirando um monte duro de chiclete. — Bem, vou lhe dizer. Eu contei, obviamente, mas poderia fazer a conta de cabeça agora mesmo. Sou muito boa com números, você sabe. E com computadores e linguagens de todos os tipos. Sempre fui, e temo que isso não me torne popular. Certamente não me tornou na escola, em Deptford. Me odeie por ser uma covarde, se quiser, mas não me odeie por ser uma aberração. — Kate tomou um grande gole de vinho e fechou os olhos enquanto engolia, se deliciando com o sabor ácido descendo pela garganta. Depois de respirar fundo, ela voltou a falar: — Enfim, faz exatamente 10.000 dias. Eu o conheci há 10.000 dias.

O rato correu para outra parte da mesa, mas Kate continuou falando.

— O sonho sempre dá errado. Mas não deu errado naquela noite. Estávamos no meu quarto, não no dele. E ele tirou a camisa, então eu disse: "Desculpe, também não consigo desenhar calças ou meias... Você vai ter que me ajudar. Olha, tem um banheiro logo ali." Acho que, àquela altura, ele sabia o que eu estava fazendo, mas foi em frente. Luke voltou do banheiro vestindo só a cueca boxer estampada com várias bandeiras do mundo. Um pouco de tensão descendo diagonalmente para a esquerda. Noruega, Finlândia e Dinamarca cobrindo a maior parte da tensão, pelo que me lembro.

Ela deu um gole no vinho e encontrou um maço de cigarros embaixo de um cardigã perdido. Desde o funeral, Kate vinha tendo dificuldades consideráveis para voltar a fumar. Tinha sido duro, mas conseguira. Ela acendeu um Marlboro Gold e viu, com desgosto, que usara um dos seus antigos troféus de caratê como cinzeiro na noite anterior. Ah, deixa pra lá. O que importava agora? Ainda não havia cinza, mas ela ensaiou bater o cigarro na direção do chão.

— Espero que não se importe com essa velha senhora lhe contando histórias sexy, meu jovem amigo. Um pouco sinistro, suponho. Mas, na época, eu também era jovem. E agora só tenho quarenta e cinco anos. É que me sinto como se tivesse um milhão de anos.

*

Kate tinha fingido ignorar o início da ereção escandinava de Luke quando ele voltou timidamente para o quarto e retomou a posição em que estava na cama.

— Ah, sim, agora vai ser muito mais fácil — disse ela.

Todos os homens são criados iguais. Isso parece plausível até você se ver compartilhando um quarto pequeno com Luke Fairbright só de roupa íntima. Não foi tanto sua beleza que a surpreendeu, e mais o fato de que Luke parecia completamente inconsciente disso. Talvez fosse mais magro, um pouco menos musculoso do que o *David* de Michelangelo, mas Kate não achou a comparação absurda. E, ao contrário de David, Luke respirava. Ele tinha um cheiro, um espírito e uma atitude: nervoso, dourado, tímido. Estava vivo.

Kate tinha feito alguns traços rápidos no bloco A4, apenas por formalidade.

— Então, aposto que você já teve um monte de namoradas, certo?

— Sim, uma ou duas.

Kate sorriu, os olhos fixos no papel.

— Uma... ou duas?

— Duas — respondeu Luke, solene. Seus olhos se encontraram novamente e ambos riram. — Bem — acrescentou ele —, se estiver se referindo a "parceiras sexuais", foram mais do que duas. Mas namoradas mesmo... sim, exatamente duas.

— O mesmo pra mim, mais ou menos.

— E parceiros sexuais?

— Pare de falar "parceiros sexuais". Estou tentando me concentrar na minha arte.

Eles ficaram sentados em um silêncio camarada por um momento, a atmosfera carregada de ironia e da sensação inebriada depois das três horas que tinham passado no bar da faculdade.

— Na verdade é uma questão de confiança, não é? — disse Luke.

Kate parou de desenhar e olhou para ele.

— Confiança?

— Ora — Luke mudou ligeiramente de posição —, quando alguém de quem você gosta se transforma em alguém que você ama. Ou quando... — seus olhos grandes e castanhos se voltaram para as cortinas laranja da janela de Kate, enquanto ele buscava as palavras certas — ... você compartilha qualquer coisa íntima, como os seus segredos. Ou o seu corpo.

— Ou os segredos do seu corpo.

— Sim — disse ele apenas.

— Você é bastante maduro, Luke, se me permite dizer. Para um garoto.

Ele se irritou um pouco com isso, mas o sorriso não vacilou.

— Garoto? Com licença, tenho quase vinte anos, sabia?

— Ah, a sua idade avançada não está em questão. Estava me referindo a alguém do seu sexo.

— Pare de falar em sexo. Você está se concentrando na sua arte.

Ela levantou a mão em um pedido de desculpas solene.

— Bem... — Luke deu de ombros. — Sim, é justo. As garotas realmente parecem entender coisas misteriosas de uma forma desconcertante. Por que você acha que é assim?

Kate não tinha certeza se Luke estava falando aquilo para agradá-la ou se aquele cara era realmente especial. Por isso, respondeu:

— A minha mãe chamaria isso de intuição feminina. Eu chamo de prestar atenção. Nós, mulheres, nos interessamos pelo modo como as mentes engraçadas dos homens funcionam porque podemos precisar desse conhecimento para sobreviver. Então acabamos antecipando as coisas e parece um truque de mágica.

A expressão dele não vacilou — outro sinal encorajador. Luke era capaz, então, de aguentar um pouco de feminismo sem reclamar. Praticamente sem reclamar.

— Entendi... agora eu entendi! Você é a Garota do Futuro.

Kate sorriu com tristeza para si mesma e murmurou:

— Todas as garotas são.

Ela havia chegado ao limite de seu talento artístico. O que significava que havia desenhado um boneco de palito com uma carinha sorridente, um pênis enorme e as bolas. Estava tentando encontrar o momento exato para revelar sua obra-prima.

— Na verdade — disse Kate —, você é quase idoso... eu só fiz dezoito anos na semana passada.

— Feliz aniversário. Espera aí... no período em que você está, deve ter...?

Aquilo foi um erro. Kate não se importava de contar aos caras sobre os campeonatos de caratê — eles costumavam ficar mais fascinados do que intimidados, e a maioria não acreditava nela de qualquer forma. Mas York era uma tela em branco — aqueles novos colegas não precisavam saber sobre as suas notas 10 com louvor. Kate estava determinada a fazer com que ninguém ali a chamasse de aberração.

— Não sei — respondeu. — Uma questão administrativa qualquer quando eu comecei na escola. — Ele tinha sido tão aberto que ela lamentou estar sendo evasiva. Achou, então, que Luke tinha direito de saber um segredo. — De qualquer forma, você está certo sobre confiança. Aquele negócio de luta de que a gente estava falando no bar...

— A Karatê Kid de Deptford! — exclamou Luke.

Kate torceu o nariz, mas continuou.

— Isso mesmo. Bem, tudo começou como uma coisa de autodefesa depois de uma experiência desagradável com um homem em quem eu confiava.

A expressão de Luke foi de sincero desalento.

— Ah, Deus, sinto muito.

Kate se perguntou que diabo estava fazendo. A regra número um para conseguir ir para a cama com um cara era: "não conte aos caras que já sofreu abuso".

— Obrigada. Tá tudo bem. — Ela sentiu que ele tentava controlar a preocupação e resolveu ajudá-lo. — Foi só uma apalpada, nada sério. Quer dizer, *foi* sério... realmente não se deve apalpar uma menina de treze anos, em uma viagem de campo de Geografia...

— Cacete... um *professor*?

Kate assentiu, concordando.

— Mas não foi nada horroroso. Ao menos acho que não, mas talvez eu tenha amenizado.

— Talvez você ainda esteja amenizando.

Kate ficou olhando para a ponta do lápis. Lá estava de novo — a ousadia emocional dele. Aquele cara era consideravelmente mais do que um rosto bonito. E um peito. E pernas.

— Desculpe, isso foi... — começou ele.

— Não, você pode estar certo. — Kate gostava de pensar em si mesma como uma pessoa que não se ofendia com facilidade: uma das poucas qualidades que ela admirava na mãe. — De qualquer forma, o meu pai foi totalmente a favor de matar o desgraçado.

— Óbvio.

— E não consegui contar para a minha mãe. Ela só teria dito: "Querida, é isso o que acontece quando se usa polainas vermelhas." Mas para o meu pai eu podia contar. Ele queria passar com o táxi dele por cima do filho da puta.

Luke cerrou os lábios para abafar uma risada.

— Eu sei. — Kate sorriu. — De qualquer forma, eu disse a ele que essa seria uma má ideia e pedi que, em vez disso, ele me colocasse em alguma aula de autodefesa, para que não precisasse mais se preocupar. Tudo para o bem dele, e tudo bobagem. Você pode ser o Rambo e ainda assim ficar paralisado se for pego de surpresa por... bem, por uma quebra de confiança como essa.

Luke pareceu não conseguir computar aquela informação: por que ela não lutaria? Mas Kate o viu usar a imaginação para tentar compreender.

— Sim... sim, acho que entendo.

— E eu sei que é piegas, mas amava *Karatê Kid* e o David Carradine na TV, então passei semanas dentro do táxi do papai com ele e o catálogo no colo, rodando pela cidade depois que ele terminava o turno de trabalho. Acho que cobrimos metade de Londres antes de encontrarmos um sensei disposto a ensinar a uma garota. — Kate ficou discretamente satisfeita ao ver que Luke agora olhava para ela como se estivesse no mesmo quarto que Debbie Harry.

— Enfim, blá-blá-blá, eu, eu, eu. Mas você está certo: é tudo uma questão de confiança.

— Eu confio em você — disse Luke.

Kate olhou para ele.

— Por que diabos você confiaria em mim? Só me conhece há três horas.

Ele encolheu os ombros com uma expressão bem-humorada, mas sua inocência era irresistível.

— Simplesmente confio.

Eles se entreolharam então — ambos permitindo uma pausa para se abrirem. Uma longa pausa. Kate desviou os olhos dos de Luke e deixou que vagassem lentamente pelo corpo dele. Então, disse baixinho:

— Acho que também não consigo desenhar cuecas boxer. Você vai ter que tirar ela também.

Luke hesitou. Então abaixou os olhos para os joelhos e um sorriso vulnerável brincou nos cantos de seus lábios.

Kate perguntou:

— Você realmente confia em mim?

Luke encontrou os olhos dela e sua resposta foi enfiar lentamente os polegares no cós da cueca. Ele respirou fundo e se recostou, contendo um arrepio quando seus ombros tocaram a parede fria atrás. Seus calcanhares se firmaram na beira da cama dela e ele ergueu o corpo por um momento, as bandeiras do mundo todo deslizando para a frente em direção a Kate enquanto passavam pelas coxas dele, pelos joelhos, as panturrilhas, até chegarem na ponta dos pés. Em uma atitude mais ousada, ele jogou a cueca para o lado como um stripper tímido, mas a cueca aterrissou no travesseiro dela, o que Luke imediatamente achou inapropriado, por isso se esticou para jogá-la no chão. Kate riu enquanto mascava a ponta do lápis. Luke se apoiou na parede, a perna direita ainda dobrada, a semiereção oscilante emergindo dos pelos púbicos escuros, encontrando um descanso temporário contra a coxa esquerda.

Ele disse:
— Desculpe, acho que mudei de posição, não é?
— O quê?
— Eu deveria ficar parado.
— Ah, sim! Bem, não tem problema — disse Kate, retomando um pouco de compostura. — Não preciso que... *você todo* fique completamente imóvel.

Luke entreabriu os lábios e sua respiração se tornou mais audível enquanto a garota surpreendente que acabara de conhecer se inclinava para a frente e encarava abertamente a sua nudez. Kate viu que ele ainda estava se debatendo com a própria timidez, mas ainda assim permaneceu onde estava para o prazer dela, sua ereção agora mais firme e subindo em direção ao umbigo em movimentos latejantes. Kate cruzou as pernas em reação à própria excitação, mas logo descruzou-as, se levantou e foi até ele, levantando devagar a saia do vestido jeans. Com cuidado para não pisar nos pés descalços de Luke com suas botas enormes, ela montou nele na cama, um joelho de cada lado, e deixou os dedos envolverem o calor rígido do pênis. Então colou a boca no ouvido de Luke enquanto sentia as mãos dele em seus seios e, pela primeira vez, falou sério com ele:

— Eu também confio em você.

Capítulo 4

O olhar de Kate percorreu as ruínas da cozinha dos 10.000 dias. Ela notou um cartão preso entre uma pilha de caixas de arquivos. Era o convite para o funeral de Luke. Ela mesma havia feito — uma das muitas providências práticas pelas quais havia sido grata nas primeiras semanas. O agente funerário, as contas, as decisões sobre o que fazer com os bens de Luke, suas roupas, os manuscritos de seu romance interminável e não publicado. Tudo aquilo a manteve distraída do ajuste de contas que sabia que a esperava mais adiante pelo caminho. Kate contava com o luto, mas o luto não era o problema.

No consultório, o médico patologista explicou sobre o tumor.
— Não havia nada que você pudesse ter feito — concluiu. — O problema com esse tipo de coisa é que praticamente não tem sintomas.
Kate ficou paralisada, como se tivesse acabado de ser apresentada casualmente a um inimigo mortal.
— Quase? — perguntou ela.
— Sim — continuou ele —, dificilmente se consegue saber.
— Mas há sintomas? — quis saber Kate. — Às vezes é possível saber?

O médico mudou a posição das mãos, com as pontas dos dedos encostadas umas nas outras, e tocou de leve a superfície da mesa.

— Para garantir a sua paz de espírito, não acho que...

— Sintomas como o quê? — insistiu ela.

O médico soprou o ar com força e se recostou na cadeira forrada de couro.

— Bem, por exemplo, enxaquecas? Dores de cabeça frequentes?

— Sem enxaquecas. E sem mais dores de cabeça do que a maioria das pessoas.

— Certo, bem... o Luke alguma vez mostrou irritabilidade excessiva? Mudanças de humor?

Kate franziu a testa como se tivessem acabado de lhe fazer a pergunta mais idiota possível.

— Ele era *escritor*.

— Entendo, sim, é justo — concordou o médico. — Tenho uma amiga escritora, e ela às vezes fica muito... enfim. Hum, dormência frequente na mesma área? Formigamento?

Formigamento!

— Sim — falou Kate lentamente. — Ele... ele reclamava de formigamento no pé direito.

— Quando isso começou?

Kate balançou a cabeça, confusa.

— Sempre aconteceu — disse. — Quer dizer, raramente, logo que a gente se conheceu, mas... bem, com mais frequência nos últimos anos, conforme ele... — O chão estava começando a ceder sob seus pés — ... conforme ele ficava mais irritadiço, mas achei que era por causa do livro. Aquele livro idiota! Mas a gente não procura o médico por causa de um formigamento, não é? Procura?!

O médico abaixou os olhos para a mesa.
— Não, é claro que não.

10.000 dias desde que nos conhecemos e ele esteve vivo pelos primeiros 9.732. Isso significa 9.732 chances de dizer a ele para ir ao médico. Foram 9.732 dias em que não percebi que ele estava doente.

Ela virou o convite para o funeral nos dedos. O formato a fazia lembrar de um cartão de embarque de uma companhia aérea — o documento vital que permite cruzar um certo limite e se transforma instantaneamente em um lixo irritante. Havia esperado que o funeral acabasse sendo uma espécie de portal catártico — uma fuga para um novo mundo de cura. A realidade era apenas uma festa de merda — onde as pessoas divertidas de repente não bebem mais e as pessoas sérias exageraram no contato visual e fazem piadas pela primeira vez desde a infância.

Desde então, e até descobrir o arquivo Petrov, Kate tinha apenas cumprido os requisitos no trabalho. A maior parte de sua energia foi investida em se esconder dos amigos.

Kes foi o mais fácil. Ele era ator de TV e diretor-artístico de um teatro em Londres. Kes ficou bêbado uma noite e enviou a Kate um e-mail de três mil palavras, falando basicamente sobre a tia morta. Ele pediu desculpas ao telefone três noites depois e Kate se certificou de que o final da conversa fosse mais caloroso do que educado, mas não tão caloroso a ponto de ele não compreender. Ela não estava ofendida: só queria ficar sozinha. Kes então começou a lhe mandar cartões-postais divertidos. Ótimo.

Com Amy foi muito mais difícil. É difícil quebrar a lealdade de uma mulher de Yorkshire, mas não impossível. Por três meses, Amy fez aparições regulares na porta de Kate levando caldos e sopas caseiras. Ela chegava com notícias de seu trabalho na ONG e contava sobre a trapalhada mais recente do chefe. Também levava edições antigas da revista *Smash Hits* e ingressos para musicais pelos quais, na verdade, não podia pagar. Durante uma visita para o almoço para o qual não fora convidada, Kate esperou Amy ir ao banheiro, então sorrateiramente hackeou o telefone da amiga para poder rastreá-lo. Ela usou um pedaço do plástico pegajoso que separava as camadas do salmão defumado para recolher uma impressão digital da taça de vinho de Amy e ativou o iPhone dela para acionar permissões de localização para si mesma. Depois daquele dia, costumava sair quando Amy estava a poucos quilômetros de sua casa. Kate se sentiu mal com aquilo, principalmente depois que recebeu uma mensagem perguntando: "**Você** sabe por que meu telefone está cheirando a peixe?" Mas a intrusão havia se tornado intolerável. Em seus momentos menos sutis, Kate simplesmente não atendia a porta. No quinto mês, Amy desistiu.

E então havia Toby. Ele não deu muito trabalho porque simplesmente não estava por perto. Toby era funcionário público e sua vida fora sugada pelo desastre do Brexit. No dia em que se casara, muitos anos antes, Kate havia pedido a ele para ocupar o lugar do pai dela e levá-la até o altar. Mas aquele nível de intimidade parecia pertencer ao mesmo lugar que todas as coisas de Luke — o mundo perdido de seu eu mais jovem.

Se Kes, Amy ou Toby tivessem alguma ideia de que Kate estava se culpando pela morte de Luke, a resposta teria sido rápida e unânime: a) isso é um absurdo, b) pensando bem, isso provavelmente é bastante comum, e c) já mencionamos que se afogar na culpa por causa disso também é terrivelmente equivocado?

Ele era meu marido. Confiou em mim. Eu deveria cuidar dele. Meu homem inteligente e bonito poderia ter se casado com qualquer uma, mas se casou com a esquizoide de Deptford.

— Você não deve se culpar — disse a mãe de Kate, como se tivesse ouvido a frase em algum lugar e estivesse experimentando-a pela primeira vez. Para os ouvidos de Kate, soou como uma acusação. Um ótimo argumento no qual ela agora se empalara.

Em um impulso, Kate pegou o pen drive. Então abriu o notebook e, depois de desativar o Wi-Fi, conectou o dispositivo e deu "play" no vídeo criptografado pela décima oitava vez desde que o roubara.

Uma sala de conferências de um hotel de médio porte com cerca de cinquenta pessoas sentadas. A câmera tinha sido apontada para um pequeno palanque, de uma posição fixa no meio da sala. O público aplaudiu quando a Secretária de Estado de Relações Exteriores, Fiona Moncrief, subiu ao pequeno palco. Kate não tinha opinião boa ou ruim sobre Fiona, embora não gostasse da maneira como a mulher de cinquenta e nove anos parecia se comportar — com a dignidade permanentemente ferida de uma duquesa cheia de melindres. A câmera deu zoom, pegando Moncrief no pódio, da cintura para cima, falando sem ler nenhuma anotação. Ela passou tranquilamente pelas formalidades usuais e, em seguida, observou que "É apropriado que eu esteja aqui em Newcastle essa manhã, no septuagésimo quinto aniversário do Dia D. Muitos dos navios envolvidos naquela importante operação foram fabricados aqui, nessa cidade tão importante para a construção naval. Foi com o espírito de Tyneside que os nazistas tiveram de lidar naquele dia e, como todos nós sabemos, eles não gostaram dele!"

Não foi a apropriação equivocada de uma fala de uma querida série de TV que chamou a atenção de Kate, mas sim a menção estranhamente chocante da hora e do lugar. Porque a questão era a seguinte: Kate tinha certeza de que naquela manhã em particular Fiona Moncrief não estava nem perto de Newcastle. Ela estava em Bayeux. Havia uma gravação ao vivo dela sentada na catedral, assistindo a uma das cerimônias em homenagem ao Dia D. Sua presença lá poderia ser facilmente confirmada por uma dezena de reportagens sem qualquer referência a Newcastle em nenhum momento. Moncrief *tinha falado* antes em Newcastle, e tinha falado em muitas salas como aquela. Mas não naquela sala, naquele dia. Então, que diabo estava acontecendo? E aí, mais ou menos na metade do discurso, Moncrief continuou por esse caminho:

"... por isso honramos nossa orgulhosa história. E também é por isso que adoro semolina. Não consigo enjoar. Às vezes, quando estou na cozinha e meu marido pervertido está excitado, nós nos lambuzamos com semolina, lambemos os órgãos genitais um do outro e rimos até vomitarmos. É assim que conseguimos nosso prazer barato. É doentio pra cacete, não é? Mas é assim que nós somos. E a Grã-Bretanha também deveria olhar para o futuro. Não descansar sobre nossos louros, mas se engajar com os desafios de..."

O resto do discurso voltou ao anódino, mas com mais uma referência gratuita ao tempo e ao lugar. Moncrief, então, deu as costas para o público, levantou a saia de tweed e exibiu a bunda nua. Quando se voltou novamente para o público, que aplaudia enlouquecidamente, ela mostrou o dedo do meio e fez uma mímica adolescente de felação. Só então acenou como uma política normal e deixou o palco.

    Kate ainda estava com a mão sobre a boca enquanto fitava a última cena. O vídeo era impossível, é claro. Tudo aquilo tinha sido fabricado. Ela se forçou a eliminar as outras possibilidades. Moncrief tinha perdido a cabeça: pode acontecer a qualquer pessoa, mas e o público? Era esperado que a cena viralizasse. E era possível que rissem e aplaudissem tamanha demonstração da mais absoluta loucura? E a insistência de que ela estava em um lugar que não poderia estar naquele dia? Não, aquele era o exemplo mais impressionante que ela já tinha visto de um vídeo *deep fake*: em que imagens capturadas anteriormente eram adulteradas para que a pessoa filmada dissesse e fizesse alguma coisa completamente diferente. Até onde Kate sabia, a inteligência artificial necessária para conseguir aquilo não estava à altura do desafio de enganar o espectador humano naquele nível. Mas aquilo era diferente.

    Kate tomou um gole de seu vinho pré-almoço e tentou permanecer calma. O brilhantismo técnico era impressionante, mas as implicações a encheram de alarme. Quem criou aquele vídeo queria que o espectador compreendesse plenamente o artifício. Aquilo não era nem um pouco divertido. Era um aviso. Se eram capazes de fazer aquilo, seriam capazes de qualquer coisa: Robert De Niro sendo filmado secretamente em uma festa, fazendo piadas racistas; uma chamada de videoconferência em que George W. Bush planejava a destruição das torres gêmeas; imagens de paparazzi da chanceler alemã esbofeteando o rapaz que cuidava da piscina; uma confissão de assassinato aqui, uma declaração de guerra ali. Era espantoso. A mensagem era inequívoca: tudo era possível — nunca mais se poderia confiar em nada que se visse em uma tela.

Se ninguém confiava em um noticiário em uma ditadura, aquilo não era problema, porque ninguém realmente esperava pela verdade. Mas em uma democracia, se de repente *tudo* é possível e *nada* é verdade...

Não era de admirar que Petrov estivesse ansioso para recuperar o arquivo: os metadados incorporados vinculavam o vídeo à empresa dele como um par de nadadeiras de concreto. Foi claramente uma trapalhada: a equipe por trás do vídeo não tinha conseguido nem disfarçar o endereço IP original — um servidor que por acaso ficava localizado em um escritório em Mayfair, alugado por uma das subsidiárias da empresa de mídia de Petrov. Kate estava olhando para um trabalho em andamento que a equipe de Petrov havia inadvertidamente compartilhado com a BelTech. Se fosse tornado público que Petrov — que devia sua riqueza e posição ao Kremlin, e que os rumores diziam ser um de seus defensores mais ativos — tinha pessoas trabalhando para ele capazes de fazer aquilo, o homem estaria acabado. A tecnologia era imbatível, mas só seria eficaz se ninguém soubesse de onde vinha. Se Kate abrisse o bico, todos os vídeos duvidosos dali até o fim da civilização viriam com um dedo apontando diretamente para o governo russo, fosse ele responsável por aquela mentira em particular ou não. E aquilo não seria nada bom para o Sr. Petrov. Não era só Charles que estava se cagando de medo.

Kate ejetou o pen drive e ficou olhando para ele, torcendo-o preguiçosamente no chaveiro.

— Devo ousar perturbar o universo? — murmurou.

Devastada pelo luto, com instintos suicidas e meio bêbada, ela tentou assimilar a responsabilidade profundamente indesejável que havia caído em seu colo.

Charles era periférico em relação àquela afronta em particular, mas, de forma mais ampla, havia se tornado um facilitador de bandidos e trapaceiros: bajulador de tiranos e gozando na presença de homens violentos. Charles estava intoxicado pelo dinheiro, pelos iates e pela vulgaridade banhada a ouro. Não, pensou Kate, censurando-se amargamente, Charles Hunt não estava disposto a doar 50 mil libras ao Abrigo para Mulheres de Camden.

O que mais a magoava era que tudo estava concentrado em Londres: um tumor de mentiras crescendo invisível em sua amada cidade.

Ela deveria simplesmente fazer o que tinha que fazer. Deveria enfiar o pen drive novamente no notebook e mandar o conteúdo para cinco jornais com um breve tutorial sobre como abri-lo, quem havia feito aquilo e o que significava. Kate afundou a cabeça nas mãos enquanto a cozinha parecia se transformar em uma estufa opressora.

— Por que simplesmente não me deixam morrer em paz? — murmurou.

Ela ergueu a cabeça e abriu o diário privado no notebook, tentando não olhar para as últimas palavras da última entrada da noite.

... porque ele se foi, ele se foi, se foi, ele se foi.

E começou a digitar, a lentidão dos dedos em desacordo com a energia dos pensamentos.

De qualquer forma, por que deveria ser trabalho meu salvar a porra da democracia liberal? Tivemos um bom estirão, não é mesmo? Setenta e tantos anos desde o último surto global de barbárie genocida? Setenta anos? O que era aquilo, o "comichão dos setenta anos"? Vão em frente então — se cocem. Isso não tem nada a ver comigo. Quer dizer, parabéns a todos até aqui, mas coisas boas não duram, não é mesmo? Venham, simpáticos Camisas Negras, e caiam em cima de Clapham! Coloquem um fascista na Casa Branca. Prendam crianças em gaiolas. Todos os homens bons estão mortos mesmo, então, sim... vamos só acabar com isso.

Ela fez uma pausa para acender um cigarro, encontrando um conforto sombrio no próprio cinismo. Sabia que estava apenas incitando a si mesma. Onde havia lido? "Um homicídio mata uma pessoa. Um suicídio mata o mundo inteiro." Kate equilibrou o cigarro na borda de um troféu de caratê vazio e continuou.

De qualquer forma, Charles ou Petrov não vão conseguir escapar dessa. No fim, essas pessoas sempre acabam se ferrando. Alguém vai encontrar o pen drive. Provavelmente no momento em que o ratinho Wallace, ou como quer que eu o chame, estiver se banqueteando em um dia qualquer com as minhas orelhas no café da manhã. Não é responsabilidade minha. Estou ocupada não fazendo nada. Ou ao menos ocupada reunindo coragem para me tornar nada.

Não havia solução. Ela encontraria um envelope e devolveria o pen drive para Charles pelo correio. Que a história seguisse seu curso. Ela não queria fazer parte daquilo. Só queria dormir.

Na mesma hora, Kate pegou o telefone e parou para pensar.

Quem era ela?

De repente, a tela se acendeu anunciando uma chamada não identificada, quase matando-a de susto. O cigarro rolou de cima do troféu e pousou silenciosamente em um par de meias, onde começou a arder. Kate suspirou impaciente, apagando o pequeno incêndio com uma das mãos enquanto atendia o celular com a outra.

— Oi, mãe.

— Kate, querida, são meus rins.

— Como? O que há com os seus rins?

— Eles são os próximos. A médica com o lenço na cabeça confirmou ontem.

— Certo.

Kate era incapaz de ignorar uma chamada de um número desconhecido e a mãe sabia disso. Alguma vizinha a quem Kate adoraria estrangular havia ensinado a Madeleine o truque de trocar chips baratos no celular. Ela provavelmente havia comprado um lote e estava usando todos.

— Ela disse que não é nada sério — continuou Madeleine —, mas todos já ouvimos isso antes. Foi o que disseram ao Roy Castle. Um homem encantador, eu o conheci, é claro, um perfeito cavalheiro e surpreendentemente bem-dotado na região das calças, mas eu não ficava olhando. Com os intermináveis problemas no fígado, eu simplesmente sabia que os rins seriam os próximos. Eles nunca me deram um dia de paz desde aquela paella miserável em Clermont-Ferrand...

Kate se acomodou para a última versão do monólogo já conhecido. Chamava aquilo de "recital dos órgãos".

— ... porque, como sabemos, meu pâncreas foi dado como perdido ainda na época da princesa Diana. Os médicos são todos bastante inúteis, é claro, e só me dizem para reduzir o conhaque como se eu fosse uma espécie de largada na rua de *A Taberna*, do Zola. Enfim... Você deve estar se perguntando por que eu liguei.

Kate ficou ligeiramente tensa. Aquela era uma indagação altamente incomum. Madeleine nunca precisou de desculpa para ligar, e havia uma malícia sinistra em seu tom.

— Bem, na verdade, não, mas vá em frente.

— *Alguém* recebeu uma visita ontem à tarde — cantarolou Madeleine com um jeito de menina que fez Kate esticar a mão para pegar outro cigarro.

— É mesmo?

— Sim. Um belo visitante com flores.

— Monty Don?

— Alguém do seu passado.

— Heathcliff? She-Ra?

Sem se deter, Madeleine imitou um torturante sotaque escocês.

— Um belo jovem escocês!

Ok, essa você venceu.

Kate estava genuinamente surpresa.

— O Toby?

— Ele mesmo! O maravilhoso Toby. Cravos. Todos brancos, amarrados com uma fita. Não suporto buquês misturados, você sabe. Uma pessoa como Toby compreende essas coisas instintivamente.

— Ora, isso é bom — disse Kate lentamente.

Ela estava tendo que pensar mais do que desejava e tentou não se deixar distrair pelo esnobismo da mãe. Se Bill, o pai de Kate, gostava de Toby por suas perspectivas e pelo seu bom senso; a mãe gostava dele pelo uso correto do subjuntivo e pelo fato de que o pai de Toby era vice-almirante da Marinha Real. Sempre fora difícil culpar Toby por aquele tipo de coisa. Ele não se desculpava por seus antecedentes, mas também não os confundia com "mérito". Muitos faziam aquilo, e Charles Hunt era um desses.

Mas que diabo ele estava pretendendo? Kate tinha visto Toby Harker pela última vez no funeral de Luke, mas desde então ele havia desaparecido, como fazia habitualmente. O nosso Toby era só para banquetes e festas de alta classe. Para funerais e alguns poucos aniversários... E para casamentos, é claro.

— Fique onde está! — disse Toby, e ela ficou olhando enquanto ele passava correndo pela frente do carro para abrir a porta. Em 2003, eles eram jovens o bastante para ainda considerar absurdas as formalidades de um casamento, mas já tinham idade suficiente para fazer a coisa bem-feita.

— Obrigada, Keith — disse Kate ao velho amigo do pai dela, no assento do motorista.

— Foi uma honra pra mim, Katie. Você está linda demais, se não se importa que eu diga. Seu velho ficaria orgulhoso.

Toby abriu a porta do táxi preto de Keith, que fora polido até cintilar. Seus movimentos tinham uma precisão militar simulada e ele ofereceu a mão a ela com um largo sorriso. Kate segurou na mão dele e saiu do carro ao som dos sinos da St. Nicholas.

Toby recuou um passo quando o bando de damas de honra de Kate se materializou para começar a arrumar o vestido marfim simples. Amy ajustou uma alça no ombro e abaixou os olhos para a cintura de Kate. Então se aproximou mais para dizer:

— Eu disse a você para não se preocupar em usar calcinha.

— Não posso entrar sem calcinha em uma igreja.

— Por que não? — perguntou Amy, o tom um pouco mais alto. — Toby não se preocupa com isso. — Ela indicou com um gesto o esplêndido kilt de tartan verde do amigo.

Toby estava acostumado com a curiosa preocupação dos ingleses com seus órgãos genitais em momentos como aquele, e entrava na brincadeira.

— Você nunca saberá.

— É mesmo, Tobes? — retrucou Amy, inspecionando os sapatos de Kate e pegando as duas mãos da amiga. — Acho que o Toby pode perder seu charme se conseguirmos fazer com que ele dance a conga mais tarde.

Kate ergueu as mãos da madrinha de casamento, beijou-as e sorriu, lutando contra o nervosismo e feliz pela distração.

— Não tenho certeza se um cavalheiro dança a conga.

As duas olharam para Toby.

— Você teria que perguntar a um cavalheiro — disse ele, e ofereceu o braço a Kate. — Vamos encontrar um.

Momentos depois, Kate e Toby estavam parados na entrada da igreja, esperando que a marcha nupcial começasse a tocar — ou, naquele caso, que "Today", dos Smashing Pumpkins, começasse a tocar.

— Alguma instrução de última hora? — perguntou Toby.

— Só não diga nada que meu pai teria dito. Eu não quero chorar.

— Certo. — Eles se viraram para a frente, ambos sorrindo para as fileiras próximas, cheias de convidados que estavam olhando para trás, erguendo os polegares e mandando beijos. — Então, o que ele teria dito? O que eu não devo dizer de forma alguma em um momento como esse?

— Eu obviamente não vou te dizer — respondeu Kate, e esticou um pouco o pescoço para ver Luke no altar. Ele olhava decididamente para a frente, o corpo oscilando ligeiramente para um lado e para o outro, enquanto Kes tagarelava animado ao seu lado.

Toby viu Madeleine acenando majestosamente para eles da primeira fila, e retribuiu com uma breve reverência debochada. E voltou a falar com Kate.

— Então não devo dizer nada como "Você está encantadora hoje e estou muito orgulhoso da mulher extraordinária que se tornou"? — perguntou. — Esse é o tipo de coisa que eu realmente não devo dizer, para que no futuro você não sinta que seu pai esteve de alguma forma presente no dia do seu casamento.

Kate entendeu o que Toby estava tentando fazer, mas achou profundamente inconveniente.

— Ele não teria dito nada parecido com isso — avisou, procurando parecer contida, embora tivesse ficado comovida com as palavras de Toby. — Você foi ótimo em me distrair no táxi com seu péssimo russo, mas não precisa achar que agora deve incorporar o Bill.

— Tem toda a razão. Desculpe.

— Sem problema.

Toby continuou a acenar para os convidados como se ele fosse a Rainha-Mãe.

— Foi besteira minha. Nunca vi você interagindo com o seu pai e não tenho ideia do que ele poderia ter dito.

— Bem, você viu, sim, e provavelmente sabe o que ele teria dito, mas...

A bela introdução dos Smashing Pumpkins, dedicada à ala casada da Geração X, ecoou em meio ao burburinho dos presentes e o falatório diminuiu.

Naquele momento, Kate ficou paralisada.

Toby olhou para ela e disse:

— A propósito, acho que o Luke é literalmente o cara mais legal que eu já conheci.

Kate se virou para ele atordoada.

— Sim.

— E irritantemente bonito.

— Bem... também tem isso, sim.

— E ele te ama como um louco e precisa de você como uma flor precisa da luz do sol.

— Sim.

— Vamos encontrar com ele? Quer dizer, parece que tem uma festa acontecendo na outra extremidade da igreja e ele pode ser uma boa companhia. O que acha?

— Sim — disse Kate mais uma vez, se recuperando e apertando um pouquinho mais o braço de Toby. — Essa é uma boa ideia.

— Muito bom — retrucou ele. Então, quando já se inclinava suavemente para dar o primeiro passo: — Pé direito na frente, Katie.

Ela sentiu as costelas tremerem por um segundo, mas o que ele acabara de dizer fora tão perfeito que lhe deu coragem. Só uma doida, esquisita, não teria caído na gargalhada ao ouvir aquilo, mas felizmente seu bom amigo sabia que ela era doida e esquisita. Por isso, respirou fundo e se apoiou em Toby enquanto eles atravessavam a nave da igreja. Kate sorriu para os convidados do lado dela da nave e sussurrou para ele:

— Toby, você é um cretino de merda.

— Sim, é verdade. Mas o mundo precisa de cretinos de merda como eu.

— E o que Toby tinha a dizer depois que encontrou um vaso para as flores e ouviu tudo sobre o seu duodeno?

— Bem, eu perguntei sobre o trabalho e ele estava cheio de novidades — respondeu Madeleine. — Algumas histórias muito engraçadas sobre as pessoas do escritório, sobre os restaurantes em Bonn e a carga de trabalho no serviço público, que, a propósito, parece um absurdo.

Kate se ressentiu de ser sugada para aquilo, mas tinha ouvido o bastante sobre a carreira de Toby no "serviço público".

— Mãe, desculpe interromper, mas já é óbvio há anos que o Toby é um espião.

— Ah, Kate, de novo, não. Você e a sua imaginação! Nem todo mundo que trabalha para o Ministério das Relações Exteriores é espião!

— Concordo. E nem todos os espiões afirmam trabalhar para o Ministério das Relações Exteriores. Mas o Toby é obviamente um espião. Mais ninguém desaparece por meses por causa do "trabalho" e então volta com histórias divertidas, memoráveis e cronologicamente perfeitas sobre o que andaram fazendo. Ninguém que venha de uma família de militares, com a determinação de Toby, seria usado só para ficar arquivando documentos sobre como arruinar o país da melhor maneira.

— Ah, Kate...

— E, mais importante, um homem solteiro, na casa dos quarenta anos, que recebe o que ele afirma ser um ótimo salário, não dirige um Skoda Octavia. Ninguém precisa de um carro daquele tamanho, a menos que tenha filhos pequenos e carrinhos de bebê para guardar. Aposto o que você quiser que ele tem um MG vermelho cintilante na garagem, que não usa para ir aos funerais dos amigos porque isso o faria parecer um *espião*. Que é o que ele é.

A voz da mãe agora continha uma ponta de incômodo.

— Ele contou a você, pelo que estou entendendo.

— Não, é claro que o Toby não me contou. Ele não seria um espião muito bom se tivesse feito isso, não é?

— Isso é um argumento circular e estou surpresa com você.

Havia momentos em que Kate era lembrada agudamente da inteligência da mãe. Madeleine estava só no início da casa dos setenta anos, mas a perda de Bill havia restringido seus horizontes. Ela tinha muitos amigos, além de receber uma sucessão incontestável de "visitas de cavalheiros", mas a verdade é que ninguém mais debatia com ela. E atualmente Madeleine preferia assim.

— Tá certo, talvez eu esteja errada sobre o Toby — disse Kate, fechando os olhos.

— Acho que está, querida, mas não podemos estar certos o tempo todo não é mesmo?

— É verdade, mãe.

— De qualquer forma, já percebi que estou incomodando, que você preferia estar fazendo qualquer coisa em vez de falar comigo.

Agora que a costumeira conclusão passivo-agressiva tinha sido iniciada, o comentário foi súbita e implacavelmente verdadeiro.

— Isso não é verdade — retrucou Kate.

— Não, eu não gosto de incomodar você no trabalho. Mande lembranças minhas para o Charles. Um homem tão impressionante.

Kate apagou o cigarro na mesa com os olhos ainda fechados e fez uma careta quando queimou a ponta do indicador.

— Posso vê-lo pela janela do escritório, e ele está te mandando um beijo.

— Ah, que amor. Uma vez o Charles me contou que o pai dele havia sido instrutor de esgrima de David Cameron, sabe.

Kate não reagiu.

— Sim, ele foi.

— Ah, antes de eu desligar, meu bem: o Toby disse que ia passar para ver você hoje. Por volta da hora do almoço.

Kate arregalou os olhos. E abriu a boca.

— Talvez você também ganhe cravos! — exclamou Madeleine, e acrescentou: — Mas você nunca ligou muito para flores, não é mesmo, meu bem? Bem, tchau. — Kate ouviu um clique baixo quando a mãe desligou.

Kate ficou olhando para o iPhone enquanto a tela do aparelho voltava a mostrar a imagem em sépia de Luke tocando trompete.

E a hora: 11h24.

Ela tentou pensar, apesar da ansiedade crescente: 11h24 certamente não era a ideia de "hora do almoço" de ninguém. Ela poderia sair de casa. Não queria ver Toby. Não daquele jeito: seminua, meio bêbada, cercada por todas as evidências de declínio absoluto e rendição total.

Poderia fingir que estava fora? Mas Toby era incrivelmente persistente quando colocava uma ideia na cabeça. Ele passaria o dia inteiro debruçado sobre a campainha. Ela poderia facilmente desativar o circuito, mas seria inútil. Toby ficaria batendo na porta ou jogando pedrinhas na janela até o fim dos tempos.

Kate se virou na cadeira e olhou para o céu, através da janela da cozinha, com os olhos desfocados.

Estava sendo ludibriada.

"O mundo precisa de cretinos de merda como eu", tinha dito ele no dia do casamento. E agora, mais uma vez, estava tentando ser o indispensável cretino de merda. Toby tinha esperado até que todos os outros amigos dela fossem dispensados. E se apresentaria triunfante para fazer a Melhor Intervenção do Mundo. Não, ele jamais apareceria na porta dela só com um olhar triste e uma sopinha caseira. Toby tinha visitado Madeleine na véspera, sabendo muito bem que a mãe de Kate a avisaria da visita dele no dia seguinte, com o tipo de alarde esnobe que deixaria Kate fula da vida. Para incitar a agressividade nela, despertá-la do torpor, mandá-la para o chuveiro.

— Ora, vá se foder, Toby — Falou Kate em voz alta. — Ninguém me obriga a tomar banho.

Até mesmo Luke às vezes brincava que ela fugia do sabonete, e Kate ria com relutância, enquanto pensava consigo mesma que a higiene pessoal era uma espécie qualquer de construção patriarcal.

— Venha, então, Sr. Harker — disse ela. — Venha e me veja no fundo do poço. Confira o show de horrores. Vou deixar você entrar, então vou me sentar de novo, bem aqui, vou colocar uma perna em cima *dessa* cadeira, exibindo a minha vagina, e quero ver a sua reação. Faça um comentário espirituoso sobre *isso*, meu... bom amigo. Seu... merda.

Kate tomou outro gole de vinho.

E chegou a hora de novo.

E olhou ao redor da cozinha.

— AH, VAI SE FODER, TOBY! — gritou o mais alto que conseguiu.

Então ficou de pé, revirou os olhos ao sentir a garganta doer na mesma hora por causa do grito, e subiu as escadas na direção do banheiro.

Era tudo perfeitamente lógico. Ela não estava em casa para visitas. A casa continuaria uma desgraça, mas ninguém veria aquilo, porque ela estaria fora. Ir para qualquer lugar, com exceção da BelTech, envolvia se colocar em um estado apresentável. Mas não iria fazer aquilo só porque um cara resolvera aparecer na sua casa. Poderia, por exemplo, ir até a livraria no fim da rua. Seria desrespeitoso aparecer na pequena livraria independente com a aparência e o cheiro de um personagem dickensiano grotesco. Danielle era a dona da Northcote Books, e Kate gostava dela. Era uma mulher mais velha, que tinha o agradável hábito de zombar de seus clientes mais rudes ou mais estúpidos no Twitter enquanto os atendia com modos impecáveis. Kate iria tomar banho para Danielle. Mais ou menos. Era o mais razoável a fazer. *Sim*, pensou Kate, enquanto passava o pé com cuidado pela lateral da banheira e sentia a água quente nos pés e nos cabelos pela primeira vez em muitos dias, *vou fazer uma caminhada muito longa.*

Seu corpo pareceu adorar o banho — a água, o sabonete, o xampu... a atenção. Ela imaginou a banheira dizendo: "É gostoso, não é, Kate? Somos parceiras de novo, certo?"

— Não se empolgue — respondeu à amiga esperançosa.

— Eu ainda vou te matar essa noite.

*

Kate se vestiu rapidamente e encontrou um envelope. Ela o endereçou para Charles Hunt da BelTech e escreveu CONFIDENCIAL. Então tirou o pen drive do chaveiro de Luke e colocou dentro envelope, que selou e enfiou no bolso do casaco. Aquilo não era da conta dela. A vida e tudo o que havia nela não eram da conta dela.

Luke tinha sido um erro. Estava certa sobre si mesma antes. Não era uma pessoa "simpática". Era desprezível. Não precisava de ninguém e ninguém precisava dela. No corredor, Kate reparou em um cartão-postal preso por um clipe, mostrando desenhos divertidos de gatos — uma lembrança de uma viagem a Paris. Sem pensar, ela tirou o cartão da parede e o enfiou na bolsa. Danielle gostava de gatos.

O que o papai diria sobre tudo isso? Ele não compreenderia. Ele não está aqui.

Ela saiu de casa e bateu a porta da frente com força.

Capítulo 5

— Perigo na sua frente, perigo atrás de você, perigo dos lados.

Kate tinha quinze anos e estava fazendo sua primeira aula de direção. Ela estava sentada no banco do motorista do Mini Metro da mãe, com Bill ao lado. Ele havia dirigido até um aeródromo desativado em Kent.

— Caramba, pai. Nossa, a ideia é fazer isso parecer o mais apavorante possível?

Bill riu e abriu um saco de batatas chips.

— Se as coisas pudessem ser do meu jeito, dirigir um carro seria a coisa mais perigosa que você iria fazer na vida. Dito isso, é mesmo perigoso pra cacete.

Bill se permitia praguejar de leve na presença de Kate, quando Madeleine não estava por perto. Aquilo era outra fonte de cumplicidade entre pai e filha. Parecia haver uma suposição de que Kate estava "namorando firme" com Pete Lampton. E que Madeleine tinha tido uma espécie de "conversa sobre sexo" com ela. Na verdade, Madeleine não tinha feito nada disso. Kate tinha se contentado em juntar as peças de conversas de alunos mais velhos com quem se sentava nas aulas, além do que vira em um programa *Horizon* da BBC, além de uma combinação de tirar o fôlego de livros de D.H. Lawrence e Jilly Cooper.

Cinto de segurança colocado, espelhos ajustados, motor ligado. Kate havia observado os pais dirigirem por anos e, na teoria, entendia a função dos pedais. Bill tinha o físico típico de um motorista de táxi apaixonado por batatas chip, e se contorceu desconfortavelmente para se acomodar no banco do carona do carro de passeio pequeno. Mas todos os táxis de Londres tinham câmbio automático, e ele estava convencido de que sua pupila deveria começar a aprender a dirigir em um carro com os estranhos mistérios de uma caixa de câmbio manual. Kate ficou desapontada por não estar atrás do volante do novo e elegante FX4 Fairway do pai. No último ano, e com apenas um mapa A-Z de Londres como guia, havia insistido para que o pai fizesse testes semanais de rotas para ela. Em teoria, estava quase na metade do que precisava saber sobre o *Knowledge*, o teste dificílimo para avaliar o conhecimento que os aspirantes a motoristas de táxis pretos tinham das ruas de Londres.

— Ela não vai ser motorista de táxi, Bill — objetara Madeleine certa tarde de domingo. Kate acabara de explicar, com toda confiança, a melhor rota de Whitechapel até Marble Arch na hora do almoço, durante a semana.

— Espero que não! — concordou Bill.

— Talvez devêssemos perguntar a Kate — disse Kate.

Ela realmente não queria ser taxista, mas o gigantesco desafio da tarefa de estudar o guia de A-Z da cidade, somado à normalidade singela do trabalho (não há nada tão tranquilizadoramente monótono quanto o que seu pai faz para ganhar a vida) eram naquele momento um dos principais prazeres dela. Aquilo e a língua de Pete Lampton.

— Muito bem — disse Bill —, pise até o fim na embreagem, passe a primeira marcha, pé direito no freio, freio de mão solto, sinta a aceleração... aí, é onde você vai perceber o tempo certo... não exagere, Nigel Mansell... assim está melhor, agora tire aos poucos o pé da embreagem... — O carro trepidou com força e parou. — Não tem problema. É para isso que estamos aqui, para errar.

— Ora, esse é *um* dos motivos para estarmos aqui.

— Rá! Vamos acertar com o tempo, meu bem. — Bill deu uma boa mordida no sanduíche de queijo com cebola. — Acho que não preciso ensinar a alguém sobre o valor egrégio da prática.

Kate voltou ao início do processo de dar a partida no carro.

Ela odiava corrigir o pai autodidata, mas achava que seria condescendente não fazer isso. Os dois tinham um código para aqueles momentos.

— Como você está usando "egrégio" nesse caso, pai?

— Pelo tom da pergunta, Katie, eu diria que estou usando... da forma errada. — Os dois riram. — Vá em frente, então.

Kate estava tirando o pé da embreagem novamente.

— Significa incrivelmente ruim. Mas de certa forma você está certo, porque já significou excepcionalmente bom.

— Quanto eu estava desatualizado? Cuidado com a aceleração.

— Cerca de quatrocentos anos.

Kate conseguiu uma transição vacilante para o acelerador, e o carro começou a se mover para a frente.

— E acham que ela está dirigindo um carro! — exclamou Bill, como um comentarista empolado de futebol. — Agora está!

Kate passou a segunda marcha.

— Pé direito à frente, Katie.

Ela sorriu para si mesma e pisou no acelerador.

Bill continuou.

— Então, se eu tivesse dito ao Sr. William Shakespeare que havia considerado as peças dele egregiamente boas, ele teria ficado satisfeito, não é?

— Ele teria lhe pagado uma caneca de cerveja.

— Do seu melhor hidromel, sir! Cuidado com a velocidade, e não passe dos trinta quilômetros, por enquanto.

Kate passou desajeitadamente a terceira marcha e sentiu que o pai a observava. Ele disse:

— Mantenha os olhos um pouco mais à frente no caminho, meu bem. Pode haver surpresas desagradáveis em toda parte, mas não tantas se você estiver olhando para a frente.

— Isso é algum tipo de lição de vida?

— Não, é algum tipo de lição de direção, Sra. Metafórica.

Ela se concentrou mais à frente do caminho e na mesma hora sentiu que ganhava mais controle.

— Para ser justo — continuou Bill —, é só uma lição de como fazer o carro funcionar. A direção adequada diz respeito a outros motoristas. Quem está prestes a ultrapassar você, quem está prestes a agir como um imbecil, quem está prestes a sinalizar para a esquerda para depois virar à direita. Tudo isso.

— Como você sabe quem é quem? Está querendo dizer que é pelos carros?

— Bem, às vezes é pelos carros, mas às vezes a gente consegue ver pelo motorista mesmo. Quero dizer, um rapaz em um Ford Cortina de segunda mão muito provavelmente dirige como um imbecil. Você vai querer dar um pouco de espaço a ele. É a testosterona.

— Eu tenho testosterona.

— Não me diga! — comentou Bill, com a boca cheia de batatas chips.

— Não, é sério. Tanto homens quanto mulheres têm testosterona. Obviamente, a maior parte dos caras têm muito mais do que a maioria das mulheres. Mas é um espectro.

— Onde você descobriu isso?

— Na biblioteca.

— Certo. Ora, não vou discutir.

— Então talvez eu tenha mais testosterona do que a maioria das garotas.

Bill pensou por algum tempo a respeito.

— Sim, mas isso não a deixaria toda peluda?

— Hum...

— Sem ofensa, meu bem, mas você não parece tão peluda assim.

— Bem, não. — Kate franziu o cenho, e Bill percebeu que o carro estava começando a desacelerar.

— No que está pensando, então, Kate? — perguntou em um tom mais suave.

— Não sei, é só que... — Kate se esforçou para encontrar as palavras. Na verdade, ela nunca admitira aquela preocupação para ninguém. — Sabe, toda essa coisa de gostar de dirigir, de mapas, computadores e lutas. Tudo isso deveria ser coisa de menino, não é?

Bill guardou o saco de batatas chips no bolso do casaco e esperou.

— E, bem, às vezes eu me preocupo porque acho que essas coisas não são muito... femininas. Que eu não estou sendo feminina do jeito certo.

Bill deixou o ar escapar, aliviado.

— Ah! Graças a Deus. Por um minuto, achei que você estava preocupada com alguma coisa importante.

— Ora, pra mim é importante.

— Vou dizer o que você está fazendo direito. — interrompeu Bill com firmeza. — Você está sendo Katherine Jennifer Marsden direito. Na verdade, está fazendo isso agora, na adolescência, e sempre fez.

O caminho à frente começou a ficar turvo aos olhos de Kate. Bill continuou:

— Você sempre se sentiu atraída na direção das coisas certas, meu bem. E se dedicou a elas de todo coração, sem dar a menor importância para o que os outros achavam. E sei que não gosta de falar sobre isso, mas você é brilhante. Mais inteligente do que a sua mãe e eu somados, e um pouco além. As pessoas acham que isso torna a vida mais fácil, mas sabemos que não é verdade, não é mesmo? Isso a diferencia dos outros, o que tem sido péssimo para você às vezes. — A voz de Bill ganhou um tremor que não estava ali antes, e ele viu as lágrimas nos olhos da filha. — Muito bem, encoste. Regra número um: não dirija se estiver chorando.

— Eu não estou chorando.

— Bem, eu estou. Vamos fazer uma pausa e dar uma boa chorada.

Dez minutos depois, eles estavam encostados no carro, um ao lado do outro, fitando os campos de trigo e de milho do noroeste de Kent — as colheitas dando lugar à floresta e então a um clube de golfe a distância. Gravesend e o rio Tâmisa estariam cuidando da própria vida por trás daquilo tudo. Kate sentia aquela calma agradável pós-choro, em que qualquer um poderia dizer qualquer coisa, sem nenhum problema.

— Continuam a me chamar de aberração, pai.

Bill conteve a reação habitual à informação de que alguém estava fazendo bullying com a filha dele. A violência e os ataques que havia imaginado ao longo dos anos — a injustiça que Kate atraía, não só por causa de seus hobbies de moleca, mas também por causa da mente extraordinária. Ela só tinha quinze anos, mas era como se já tivesse feito um curso intensivo de más notícias sobre os seres humanos cedo demais. Em casa, Kate era livre — ele e Madeleine lidavam com naturalidade com o brilhantismo da filha. Madeleine tinha ensinado francês a ela desde que Kate era bem pequenininha, mas se a menina quisera aprender russo sozinha, de um livro, quando tinha sete anos, bem, era apenas o jeito de Kate. Mas Bill sabia que, na escola, a filha havia aprendido a dissimular: ela desenvolvera uma regra própria de levantar a mão apenas uma vez a cada dez minutos e, às vezes, respondia errado de propósito. O incidente com Blanchard, o professor de Geografia nojento, tinha dado munição para a campanha em curso de Madeleine para que Kate fosse estudar em um colégio particular, apesar de ela saber perfeitamente bem que eles não podiam pagar. Mas, apresentada aos princípios socialistas de Bill, a esposa não respondeu quando ele perguntou:

— Para quê? Para que ela possa atrair uma espécie mais rica de homens nojentos?

Kate passara a aceitar seu isolamento com uma implacável sensação de inevitabilidade. Ela sabia que devia ser profundamente irritante para os colegas de turma que ela compreendesse apenas com uma olhada o trecho de um texto que eles ficavam quebrando a cabeça por meia hora para entender. Os professores, no entanto — aqueles que sentiam necessidade de "baixar um pouco a bola dela" —, não tinham perdão.

Kate se dedicava com afinco às demandas físicas de seu treinamento de caratê e praticava em casa com devoção religiosa. Sua casa era um lugar onde não havia problema em se destacar: já era tão peculiar que uma garota fizesse aquelas coisas nos anos 1980 que sua rápida progressão nas notas e nas faixas era quase irrelevante. A insistência na disciplina e no respeito mútuo do esporte deram espaço a Kate para competir sem ser importunada, e seu sensei, Jerome, se tornou um segundo pai admirador/admoestador. Kate achou aquilo inconveniente porque o que ela realmente precisava era de uma segunda mãe — mas nada era perfeito... Jerome fez do treinamento de Kate seu projeto pessoal — dando aulas extras de graça, inscrevendo-a em torneios em todo o país e depois em torneios nacionais. Dali a poucos meses, Kate competiria na 9ª edição do Campeonato Mundial de Caratê (meninas, menores de 18 anos) em Granada, na Espanha, com Jerome trabalhando basicamente como seu treinador particular.

Aquilo era a tábua de salvação de Kate. Mas, ao mesmo tempo, ela sabia que seu destaque no esporte só servia para aumentar sua lista de transgressões, a ficha criminal da esquisitice.

Parado junto ao carro, Bill se controlou e disse:

— Aberração é só uma palavra que as pessoas usam quando estão com medo, meu bem. Pessoas invejosas, pessoas com medo, fazendo o que costumam fazer.

— Poderia ser pior. Eu tenho Jerome. E tenho você.

Bill trocou as batatas chips de mão e apertou a mão da filha com os dedos que não estavam sujos de queijo e cebola.

— Pobre e velho Jerome. Não me espanta que adore ensinar você. Ele tem três filhas e todas querem ser a princesa Diana.

— Não há nada de errado com isso — falou Kate. — A realeza se beneficiaria muito tendo uma princesa negra. Acho que seria legal.

Bill deu uma risada.

— Legal para você, talvez. Caramba, consegue imaginar o que o *Daily Mail* faria com ela? Pelo amor de Deus... Vamos dirigir mais um pouco.

Kate ocupou, animada, o assento do motorista e ligou o carro. Então, comentou:

— É divertido, mas um pouco redundante, não acha? No futuro, provavelmente todos teremos mochilas propulsoras ou o carro será dirigido por robôs.

— Parece horrível. "Se o ônibus estiver a caminho da Utopia, me deixe descer uma parada antes."

Aquele era um dos dizeres políticos favoritos de Bill e, pelo que Kate sabia, de autoria própria. Ele gostava tanto da frase que ela quase conseguia ouvir as aspas.

— Neil Kinnock não está a caminho da Utopia, está?

Bill estava acostumado às digressões da filha.

— Longe disso, meu bem. Ele é um socialista, sim, mas não é utópico, nem comunista. Esse é o principal motivo pelo qual posso votar no falastrão ruivo.

Kate abriu a boca para defender as pessoas ruivas, pensando em Pete, seu namorado de cabelos loiro-avermelhados. Mas pensou melhor, depois de se lembrar que Pete era mais ruivo em regiões que ela não queria discutir com o pai. Por isso, disse apenas:

— Você adorava o velho Neil. Não desistiu dele só porque ele perdeu, não é? Isso não parece com você.

Bill aceitou o elogio, mas olhou pela janela do lado do passageiro, enquanto Kate voltava a colocar o Metro desajeitadamente em movimento. O resultado da eleição de 1987 era uma memória recente e dolorosa.

— Bobagem. Quando ele fez aquele discurso arrasando com o The Militant, você literalmente dançou ao redor da mesa da cozinha.

Bill tinha terminado as batatas chips e, como sempre fazia, começou a dobrar o pacote vazio em um triângulo perfeito.

— Havia um pêndulo, Kate. Que agora está quebrado.

Kate já tinha ouvido uma versão daquele discurso antes, mas só depois de Bill já ter tomado alguns copos de Xerez em uma noite de domingo. Ela esperou pela versão sóbria, mas Bill nunca estava totalmente sóbrio quando se tratava de política. Kate deu uma volta longa com o carro, para dar tempo a ele de falar.

— O pêndulo costumava oscilar entre Esquerda e Direita, meu bem. Não de forma suave... não havia nada suave naquilo. Mas de forma consistente. Era previsível, por assim dizer. Era preciso transigir de vez em quando. O Partido Trabalhista estava mais concentrado no que era melhor para as pessoas. O Tory, o Partido Conservador, mais preocupado com o bem público. Realmente não suporto os conservadores, como você sabe, mas eram pessoas decentes, alguns deles. Tentavam fazer o melhor. Assim, tínhamos um pêndulo, balançando para a frente e para trás. Mas aí os dirigentes sindicais ficaram arrogantes e começaram a fazer besteira. E agora a Thatcher. Ela está arrebentando com eles, e com o pêndulo também. É por isso que precisamos de alguém como o Kinnock, por mais idiota e pomposo que ele seja. É preciso consertar a casa primeiro, se livrar dos mais doidos. Caso contrário, o outro lado responde na mesma moeda e logo teremos os merdas dos Camisas Negras marchando ao redor de Londres. *Londres,* pelo amor de Deus! Não precisamos disso de novo, Katie. Acredite em mim.

Kate manteve os olhos fixos no asfalto à frente, a faixa cinza se repetindo indefinidamente. Sempre voltavam ao mesmo tema. A Cable Street. O vovô Marsden estava lá em outubro de 1936, em solidariedade aos judeus do East End, expulsando os fascistas de Mosley. Mas, por algum motivo, Bill não gostava de falar daquilo. Sempre parecia haver algo que ele não estava contando. Entre os pais de Kate, o assunto William Marsden Sênior era motivo de olhos estreitados e rápidas mudanças de assunto.

Bill juntou o triângulo que tinha feito com o saco de batatas a outros dois que tinha encontrado no bolso do casaco. Ele os encaixou entre quatro dedos da mão e começou a encenar a abertura de O *exército do papai*. Os triângulos invasores das forças nazistas entraram no campo de visão de Kate, fazendo com que começasse a rir, e ela se juntou à música.

— "Quem pensa que está enganando, Sr. Hitler" — cantaram —, "se acha que vamos fugir?"

We are the boys who will stop your little game.
We are the boys who will make you think again.
'Cause who do you think you are kidding, Mr Hitler
If you think old England's done?

Capítulo 6

Vai se danar, Toby.
Kate desceu a rua pisando firme, profundamente ressentida por estar se sentindo tão limpa, renovada e alegre. Até o exercício estava ajudando. Exercício idiota. E agora ela se dava conta de que estava com muita fome. Se não tomasse cuidado, poderia acabar em seu café favorito tendo um almoço delicioso que a faria se sentir ainda melhor. Era intolerável.

Toby. Como ele *ousava*? Ela colocou o Sex Pistols para tocar no celular e olhou ao redor, meio esperando que Petrov tivesse enviado uma gangue de bandidos para roubar o pen drive. Daria uma surra neles e depois, com sorte, seria esfaqueada até a morte.

— Bom dia, Kate!
— Bom dia, vigário.

O padre Lawrence já estava desacelerando para uma troca de gentilezas. Ah, que delícia.

— Você está parecendo muito determinada!

Kate tirou as mãos dos bolsos e removeu os fones de ouvido.

— Ah, sabe como é... coisas para resolver.

Kate parou a música e ajeitou a alça da bolsa no ombro, do jeito que já tinha visto as mães locais fazerem. O padre

Lawrence era alto e esbelto, com seu colarinho branco e camisa preta, e a opinião geral dizia que era bonitão. Kate achou a própria curiosidade duplamente inadequada porque, ainda por cima, ele parecia ser bastante jovem. Vinte e seis anos, no máximo — e responsável por uma grande paróquia de Londres. Uma espécie de prodígio. Kate se perguntou se aquilo o fazia se sentir isolado. "Também o chamavam de aberração, Lawrence?", ela sempre tivera vontade de perguntar. "E como você conseguiu ser excepcionalmente bom em Jesus Cristo ainda assim?"

— Eu só queria agradecer a sua ajuda com a grande feira de Natal — disse Lawrence. — Acho que a sua banca de livros arrecadou mais dinheiro do que todos os cupcakes juntos!

Claro que sim, cacete, Kate não respondeu. Em vez disso, disse:

— Bem, eu precisava mesmo fazer uma limpa nos livros, então... todo mundo saiu ganhando!

— Realmente, todo mundo saiu ganhando! — exclamou o padre Lawrence. Em público, ele só falava em exclamações e era contagiante.

Kate tinha separado em casa os livros que sabia que nunca mais leria. Recolheu todos. E se dedicara à venda deles com uma determinação implacável, sem lamentar nem um pouco. "O quê? Essa brochura de F. Scott Fitzgerald que o Luke comprou pra mim entre um momento de sexo insano e outro, naquele fim de semana chuvoso em Swanage? Certo! Fique com ela por duas libras?" Kate nunca estivera à frente de uma barraca de venda antes e tinha sido um bom dia, cheio de encontros e conversas. Mais tarde, ela tomara metade de uma garrafa de Chardonnay e tinha chorado até dormir.

Para o padre, Kate disse:

— Estou indo para a livraria!

— Ah, ótimo! Renovando o estoque!

Kate pensou nos comprimidos no armário da cozinha e no seu plano para aquela noite. Aquilo a lembrou de pegar uma garrafa de vodca a caminho de casa.

— Isso mesmo — comentou. — Embora, sabendo como eu sou, provavelmente vou acabar comprando alguma coisa que não terei tempo pra ler!

— Normalmente é o que acontece! — Lawrence riu, balançando a cabeça, enquanto acenava para um paroquiano que tirava o lixo de casa, do outro lado da rua. — Bem, vou deixar você seguir o seu caminho.

— Obrigada.

Kate se perguntou se já poderia começar a se afastar. Mas, de repente, Lawrence parecia estar atravessando sua alma com o olhar.

— Luke deve ter sido um grande leitor.

— Bem... sim, ele era.

— Não é nada muito importante, mas você sabe que as nossas portas estão sempre abertas — disse o jovem clérigo em um tom casual, com o jeito de um avô bondoso.

Kate abaixou os olhos e ajeitou novamente a bolsa no ombro.

— Sim.

— Quer dizer, não literalmente. Infelizmente, temos que fechá-la entre as missas por motivos de segurança, mas essa é a ideia.

— Claro — garantiu Kate. — Talvez eu passe por lá mais tarde.

De todas as mentiras que havia contado naquela manhã, aquela sem dúvida era a mais extrema.

O olhar que o padre Lawrence dirigiu a ela foi muito breve. Quase uma olhada de relance. Mas seus olhos continham uma compaixão tão profunda que fez Kate desejar nunca ter saído de casa.

— Que Deus a abençoe, Kate — disse ele, tocando de leve no ombro dela. E foi embora.

Kate seguiu seu caminho, vacilante. *Jesus*, pensou, *o que é isso, algum tipo de parábola? Ou saiu de uma dessas séries de livros educativos? "A Pequena Senhorita Suicida"? Agora vou dar de cara com um frade, um monge e um mórmon? E todos vão me abençoar? Enfim, se Deus se importasse tanto, ele não teria...* Mas ela já havia percorrido aquele caminho muitas vezes antes. E era capaz de ver mais sentido no tributo ao jubileu de Sua Majestade, de Johnny Rotten.

Kate entrou pisando firme na agência do correio e despachou o pen drive de volta para Charles com todo o anticlímax de uma entrega garantida para o dia seguinte. No balcão, ela tirou educadamente os fones de ouvido enquanto despachava a encomenda. No momento em que os colocou de volta, sua playlist começou a tocar "Nothing Ever Happens", de Del Amitri. Quando saiu do correio, Kate desconectou os fones do celular e tirou dos ouvidos, então, jogou a cobrinha branca em uma lixeira. Odiava aquela música. Odiava andar pela rua como se estivesse dentro de uma bolha. Em vez disso, ia ouvir o mundo.

Ela desceu a Northcote Road questionando a própria decisão e logo descobrindo que estava errada. O mundo era uma merda. O que quer que tivesse de bom, não tinha nada a ver com ela.

*

Almoço. Merda, almoço. Ela havia evitado o pequeno e excelente café, onde conhecia toda a equipe de funcionários — eles poderiam acabar fazendo algum comentário gentil sobre Luke —, e acabou entrando rapidamente em uma loja de uma rede anônima de pizzarias.

Kate pediu uma pizza Fiorentina e sentiu um prazer culpado por Luke não estar ali para reclamar. Ele era muito firme em sua opinião de que, por mais virtudes que pudessem ter os ovos, eles não tinham lugar em uma pizza. Kate achava que Luke talvez estivesse certo, mas jamais conseguiria deixar passar a oportunidade de comer um ovo frito, fosse no meio da noite ou no meio de uma pizza. Talvez a vida pudesse ser assim. Todas as irritações de uma longa vida a dois sendo compensadas de uma forma divertida. Afinal, ela conseguira encontrar pequenas irritações que perduraram ao longo de mais de 10.000 dias, não é mesmo?

Sim, Luke às vezes roncava, mas a ideia de que ele a privava mais do sono vivo do que morto era uma piada. Quando o marido estava vivo, Kate não costumava ter que entornar praticamente uma vinícola inteira antes de ousar fechar os olhos.

Sim, ele era muito chato na cozinha: meticuloso e autoritário. Luke ganhava muito pouco — portanto, havia aprendido sozinho a cozinhar. E cozinhava como um anjo, embora fosse um anjo que franzia o cenho e coçava a cabeça, irritado, toda vez que a pessoa ao lado dele começava a picar uma cebola. Mas a verdade era que Kate costumava ter um interesse saudável em refeições saborosas e uma distinta aversão a prepará-las. Ela trocaria um pouco de camaradagem diante de uma panela, entre às seis e às sete da noite, por metade da vida sendo lindamente alimentada por um belo homem?

Esqueça.

De qualquer modo, a camaradagem logo surgia quando eles comiam diante da TV, e Luke voltava a ser um ser humano normal. Ele conseguia deixar toda a vaidade que possuía na cozinha.

E, sim, falando de vaidade, havia a questão menor do trabalho dele. Kate se sentia aliviada por não viver mais com um escritor torturado e cronicamente malsucedido? Não, não se esse escritor fosse Luke. Uma semana de leitura rápida terminaria com duas ou três pequenas resenhas para suplementos de jornal. Ele não tinha o menor prazer em fazer essas resenhas, e Kate rapidamente aprendeu a não elogiá-las. O que o salário dela basicamente sustentava era o romance dele — uma obra absolutamente indecifrável, fatalmente inacabada, que absolutamente ninguém queria publicar. Sim, ela admitiu para si mesma. Ficava feliz por se ver livre daquele maldito livro.

Por anos, o título de trabalho daquele livro tinha sido *Whatever*, ou "Tanto faz". Kate se perguntou se aquilo projetava a potenciais leitores uma atitude do tipo quem-se-importa?, que talvez eles não gostassem. Em 1998, ela estava andando por uma livraria em Brixton quando se deparou com um livro de Michel Houellebecq, cujo título em inglês era *Whatever*. "Não há direito autoral para títulos", observara Luke, com uma fungadinha. Conforme a fama do autor francês aumentava por motivos que deixavam o casal perplexo (Luke sentia inveja, e Kate só achava o cara um babaca), Luke começava uma jornada artística que o levaria a atualizar de mau humor o título de seu livro ao longo dos anos, sempre em variações sobre o mesmo tema de "tanto faz", "não importa", "por quê?" — de *Whatever* para *Whenever* para *Why?* para, brevemente, *Who Cares?*. Então voltou triunfante para *Whatever*. Mas Luke se preocupava com a possibilidade de ser acusado de plágio, o que seria insuportável. Na época de sua morte, o título da obra-prima não publicada evoluíra para a ideia de "dane-se" e se chamava *Fuck Off*.

De tempos em tempos, ele costumava pedir a Kate que lesse o livro. Ela fazia a vontade do marido, com uma preocupação crescente que acabou se transformando, ao longo dos anos, em algo como um medo impotente. Kate era uma leitora eclética, mas, mesmo sendo a crítica mais solidária do marido, sentia-se tola e sem palavras. Luke tinha um diploma em Letras, e com certeza sabia o que estava fazendo. Ela é que provavelmente não estava compreendendo alguma coisa. Ele tinha talento, Kate podia ver isso. Mas conforme os anos passavam, ela começou a chegar a uma conclusão que havia anos tentava evitar.

Kate tinha comido quase a pizza toda, e agora mastigava um pedaço de manga verde. A verdade era que, como escritor, Luke enfrentava dois problemas:

1. Ele detestava seus leitores. Sua insegurança era tamanha que nem mesmo queria leitores.

2. Ele detestava histórias. Faria qualquer coisa para evitar contar uma história. Histórias eram para idiotas.

Luke escrevia para impressionar Kate. E também seus críticos profissionais imaginários. Um dia, eles com certeza o elogiariam por suas frases lindamente equilibradas, dentro de outras frases também lindamente equilibradas. Mas o livro nunca foi publicado, e os críticos nunca tiveram a chance de fazer isso. Kate ficava feliz por isso. Os críticos o teriam matado. Ela quase se sentia grata pelo fato de o tumor ter agido primeiro.

Kate terminou a salada de frutas e pediu a conta. Não, não havia lado bom. Não devia confiar na energia temporária garantida pela serotonina de todo aquele açúcar em seu sangue. Não se abandona um suicídio longamente planejado por uma onda de felicidade. Isso seria loucura.

Ela deixou uma nota de vinte libras em cima da mesa, de gorjeta. Não precisava mais de dinheiro. E como havia ganhado aquele dinheiro? Ao menos Luke tentara *fazer* alguma coisa. Que tipo de pessoa era ela? Se regozijando da ausência do marido a quem basicamente negligenciara até a morte? Estava certa da primeira vez. Era uma idiota.

Kate guardou a carteira e o celular na bolsa, surpresa por não ter pedido vinho. Por que aquilo? A água mineral iria salvar a consciência dela? Babaca, tonta, horrorosa. Cretina, tonta, horrível que merecia ser encontrada semidevorada por Wallace, o rato.

— Você está bem? — perguntou a garçonete, uma mulher de cerca de vinte anos, com um sotaque de Varsóvia. Kate pensou em praticar seu polonês, mas na mesma hora se viu dominada por outra onda de futilidade. Praticar para quê?

— Ah, sim, claro! Estava tudo delicioso, obrigada. — Kate se levantou da mesa, pedindo licença e recolhendo a bolsa e o casaco.

— Você estava batendo com as costas da colher de sobremesa na cabeça?

— Eu estava? Sim, é verdade. Sou baterista. Estava treinando.

A garçonete franziu o cenho e começou a limpar a mesa. Kate deu a volta para sair.

— Você se enganou com a gorjeta? — perguntou a moça, levantando discretamente a nota de vinte.

— Não, é isso mesmo.
— Você é muito gentil.
— Na verdade, não sou, não.
— Boa sorte com a bateria.
— Claro. Saúde.

Jovens. Kate desceu a Northcote Road com a aversão que sentia por si mesma se refletindo no mundo exterior como um farol do mal. Jovens sendo gentis. O que eles sabiam da vida? Vigários e garçonetes mal saídos da puberdade. Com toda aquela leveza e inocência. Eles acabariam aprendendo. Kate pensou que uma boa dose do sarcasmo experiente de Danielle talvez a animasse. Queria ser animada? *Ai, para de se questionar. Anda logo.* Ela atravessou a rua e entrou na livraria.

— Ora, é um ou outro, não é mesmo? — estava explicando Danielle a um cliente de meia-idade, como se ele tivesse sete anos. Ela desviou os olhos rapidamente quando Kate entrou, então continuou. — Não damos descontos em audiobooks porque não os vendemos. Assim, o senhor mesmo poderia ler... — Ela levantou rapidamente os óculos com lentes em formato de meia-lua. — ... *60 Movements of Shame*, de F. Windsor-Loveridge, ou pode comprar o audiobook em outro lugar, de modo que outra pessoa o lerá para o senhor...

— Na verdade, é para a minha esposa.

— Sem dúvida... Ou ela pode ouvi-lo, lido pela Helen Mirren.

— Aaah! É a Helen Mirren quem lê?

— Sim, Dame Peggy Ashcroft não estava disponível e Joanna Lumley sofreu um ferimento na cabeça recentemente, enquanto pescava tubarões na Grande Barreira de Corais.

A livreira de aparência severa, com quase setenta anos, fitou o homem com uma seriedade absoluta.

Ele hesitou.

— Ora, eu provavelmente...

— Lumley ainda consegue falar, mas só com um pesado sotaque australiano.

— Certo. Provavelmente vou optar pelo audiobook.

— O acidente arruinou a carreira dela como dubladora de audiobooks, mas acredito que tenha lhe garantido um contrato lucrativo para um comercial de televisão de uma marca líder de cerveja australiana. Assim, não deixa de ser um final feliz.

Danielle colocou o livro novamente nas mãos do cliente, deixando claro que era trabalho dele devolver o volume para a prateleira de onde o pegara.

— Sim — disse o homem.

Kate, que vinha fingindo examinar a seção de referências estrangeiras, levantou o rosto e se virou para ver o homem deixar cuidadosamente o livro em cima da mesa onde estavam expostos os mais vendidos e logo se encaminhar envergonhado em direção à porta.

Danielle abriu subitamente um largo sorriso para ele.

— Tenha um lindo dia, senhor, e espero vê-lo de novo.

O homem retribuiu o sorriso.

— Sim — disse. Então, quando já abria a porta, perguntou:

— Eu devo conseguir o audiobook na Amazon, não é mesmo?

Kate se deleitou com o sorriso firme e glorioso de Danielle quando respondeu:

— Insisto que faça isso.

O cliente assentiu com alívio e partiu.

Kate devolveu para o lugar uma versão atualizada de *Aprenda russo hoje!* e seguiu na direção do balcão. Danielle a encarou com um brilho irônico nos olhos e passou a mão pela massa de cabelos grisalhos e encaracolados.

— Será que poderia me ajudar? — perguntou Kate, como se não tivesse sido uma cliente regular da loja por catorze anos.

Danielle apoiou os braços no balcão, ergueu as sobrancelhas e cerrou os olhos lentamente, imaginando o que estava por vir.

Kate continuou:

— Estou procurando por um livro chamado *Como destruir seu negócio porque você é uma criatura antiquada e uma esnobe literária que obviamente deveria ter sido professora e não comerciante.* Você tem?

— Vou checar.

Danielle abaixou-se atrás do balcão e logo voltou a aparecer, com o dedo do meio erguido para Kate. As duas caíram na gargalhada e Danielle saiu de trás do balcão para abraçar Kate.

— Essa brincadeira fez meus joelhos doerem — cochichou Danielle no ouvido de Kate. — Estou muito brava com você.

— Desculpe — disse Kate, sem se incomodar com o abraço. Danielle cheirava a lavanda e a civilização. Elas se afastaram e Kate olhou ao redor da loja quase deserta. — Então o negócio vai de vento em popa?

Danielle se virou com uma indiferença estudada e seguiu o olhar de Kate até o outro extremo da loja, uma distância de cerca de sete metros, onde uma mãe conversava animadamente com a filha enquanto examinavam um livro de gravuras na seção acarpetada de livros infantis.

— Não exatamente — respondeu. — Mas a verdade era que você e Luke eram os únicos clientes que eu conseguia tolerar.

O abraço, a menção imediata a Luke — para Kate, tudo aquilo parecia um tanto ousado. Era mesmo? Ou era só o que os amigos faziam? Ela não conseguia se lembrar.

— O que havia de tão especial em nós? — perguntou, mantendo o olhar na mãe com a filha e começando a respirar com mais cuidado, torcendo para que Danielle não percebesse.

A dona da livraria se virou novamente para Kate e apoiou o cotovelo no balcão.

— Ora, vocês compravam livros a metro, o que é sempre um prazer de ver.

Kate sentiu o amor recuar um pouquinho.

— Então não se importa de ter um pouco de lucro de vez em quando? — disse.

Danielle olhou além dela, para a rua do lado de fora.

— Ora, isso foi uma piada, meu bem, mas há metros e *metros*. Você e o Luke pareciam interessados nos bons. Betty e eu costumávamos nos referir a vocês dois como "Os Bons Metros". Não há problema algum em gostar de clientes por causa dos gostos deles.

Não, já era tempo demais falando de Luke. Kate precisava desesperadamente mudar de assunto. Por isso, apressou-se em dizer:

— Que gentileza. E como está a Betty?

Danielle torceu os lábios e voltou para o outro lado do balcão.

— A artrite é uma perturbação permanente, mas ela a enfrenta com a teimosia típica dos canadenses.

Kate tinha certeza de que desapontara a amiga de alguma forma, e agora se sentia tão mal como quando acordara. Aliás, o que estava fazendo ali? Ela começou a pensar em uma desculpa para ir embora, mas Danielle já havia voltado a falar.

— Mas a verdade é que não sou uma esnobe literária, sabe. — Ela olhou para a seção dos mais vendidos em brochura. — Já li a maior parte dos livros daquela mesa e todos têm *alguma coisa* que vale recomendar. Nem todos podem ser James Joyce, pelo amor de Deus.

Kate não sabia muito bem por que, mas estava se sentindo desconfortável com o rumo daquela conversa. Ela franziu o cenho e escolheu um dos livros perto da caixa registradora: *As 100 melhores coisas que você esqueceu sobre os anos 1990*. Danielle pareceu tomar o silêncio de Kate como uma objeção e continuou.

— Ou Shakespeare, por sinal. Nem todo mundo quer ler "A luminosidade vai se turvando, e o corvo alça voo e vai para a mata escura"[2]. Algumas pessoas ficam absolutamente satisfeitas com "O sol se escondeu e tudo estava ficando um pouco tenso". Boa sorte para eles, é o que eu digo.

Kate folheou o livro com impaciência e parou diante de uma foto de Bret Easton Ellis, um dos autores favoritos de Luke. Subitamente pareceu incrível que Danielle ainda estivesse falando.

— Não — falou ela com um suspiro. — Basta me dar um bocejo tolerável, uma piadinha ou duas, alguma prova da existência de um cérebro, a evidência de um coração batendo no peito e fico absolutamente...

Kate fechou o livro com força e pousou-o com determinação em cima do balcão.

— Por que não pode simplesmente deixar isso pra lá, porra? — esbravejou. Danielle a encarou, estupefata. — Ele tinha

---

[2] Em *Macbeth*, de William Shakespeare, versão digital ed. L&PM, 2011, trad. por Beatriz Viégas-Faria.

um tumor na cabeça do tamanho de uma droga de uma quincã, tá certo? É claro que ele era obsessivo! É claro que passava o dia pensando onde colocar uma vírgula. Tudo aquilo: as frases aleatórias em latim, os personagens que falavam de trás para a frente, capítulos inteiros sem espaços, dez páginas dedicadas a comparar o talento de David Bryant versus Tony Allock no boliche ao ar livre. Ele não estava tentando ser James Joyce. Estava só doente, entende? Doente.

— Kate, me desculpe. Eu não estava falando sobre...

— Ao menos uma vez por mês ao longo dos últimos vinte e oito anos, o Luke dizia "Kate, meu bem, pode dar uma olhada nisso?", "Sim, claro, meu bem, é o seu livro?", "Sim, é o meu livro... acho que você vai adorar o que eu fiz.", "Tá certo, meu amor... ah, estou vendo que você voltou e reescreveu o capítulo 412 em dísticos rimados.", "Sim, isso mesmo... ficou bom, não ficou?", "Sim, é claro que sim."

— Kate, meu bem...

— Eu o encorajei o tempo todo, que nem uma idiota, quando o tempo todo a resposta certa em relação a ler aquele negócio era: "Você precisa ver um médico." Já tentou dizer isso a um escritor? Eles *realmente* não aceitam bem.

— Bem... não tentei.

Kate respirou fundo e procurou um lenço de papel na bolsa. Danielle encontrou um pacotinho embaixo do balcão e o entregou a ela.

— Obrigada — disse, secando os olhos e assoando o nariz.

As duas mulheres se viraram para a janela. A vida em Clapham continuava normalmente. Um jovem casal, cada um segurando uma das mãos da filha de três anos, que usava um macacão roxo, a erguia no ar, balançando-a enquanto andavam.

Kate voltou a falar, agora em um tom mais baixo.

— Ele nem sequer *gostava* de boliche.

Danielle permitiu que o silêncio se instalasse por algum tempo, então disse com muito cuidado:

— Quase tenho medo de perguntar, mas... *você* procurou um médico?

Kate voltou a funcionar no piloto automático. Tinha sido tolice assumir a direção, mesmo que brevemente. O piloto automático tinha um destino confirmado e a estrada era muito menos esburacada. Ela deu um sorriso rápido para a amiga e enfiou o lenço de papel molhado na bolsa.

— Sim. Sim, procurei. Não se preocupe, há um plano de ação.

— Mesmo?

— Sim, eu só estava na dúvida se seguiria com ele ou não.

— Ótimo. E... seria demais perguntar que plano é esse?

Kate ajeitou os livrinhos em cima do balcão e colocou habilmente *As 100 melhores coisas que você esqueceu sobre os anos 1990* de volta no lugar.

— Ah, você sabe, terapia e exercícios, comer bem, contar com os amigos. Sair com os colegas do trabalho, que são uns amores. E a minha mãe tem sido um verdadeiro... apoio, na verdade, ela tem me ajudado muito. Basicamente tomar conta de mim um pouco melhor, entende?

Danielle pareceu não ter muita escolha além de acreditar.

— Ora, isso tudo parece muito sensato.

— Parece, não é mesmo? De qualquer forma, desculpe pelo desabafo. Até logo.

E, sem fazer contato visual, Kate saiu da loja e fechou suavemente a porta ao sair.

*

Ela entrou com dificuldade pela porta da frente de casa, tentando lidar com as chaves ao mesmo tempo em que segurava uma garrafa de vodca Smirnoff Blue Label que comprara na loja de bebidas no fim da rua. Kate bateu a porta para fechá-la e gemeu. Tinha sido um erro sair. Além disso, a casa estava realmente começando a feder. Ela só notava isso quando voltava da rua, por isso, a solução obviamente era parar de sair. Não queria fazer nada além de dormir. Mais um sonho com Luke. Um que não desse errado ou terminasse cedo demais.

De quantas últimas gotas ainda precisava? Não conseguia suportar lembrar-se do ataque de raiva com a pobre Danielle. *Isso é que dá deixar as pessoas se importarem com você*, pensou enquanto descia o corredor. *Bem, isso não vai mais acontecer.*

Kate estacou na entrada da cozinha.

— Oi, Kate!

Toby estava diante da pia, as mangas da camisa enroladas até o cotovelo.

— Espero que não se importe. Eu coloquei a lava-louça para funcionar, mas é sempre melhor lavar as coisas mais pesadas na mão.

Kate não falou nada por oito segundos, tempo que Toby usou para assoviar a "Ave Maria" tranquilamente. Por fim, ela conseguiu dizer:

— O que... o que você tá fazendo... *porra*?

Toby pegou uma travessa de vidro de dentro da pia cheia de água e sabão e examinou-a.

— Ora, sendo bem específico, estou lavando uma travessa de vidro fumê agradavelmente retrô.

— Como conseguiu entrar?

— Você me deu uma chave, lembra?

— Não. Eu nunca lhe dei uma chave.

— Não? Ah, bem, valeu a tentativa. Nunca fui muito bom em inventar histórias. — Ele indicou a porta dos fundos. — Eu arrombei a fechadura. Mas não estraguei nada, juro. E preciso dizer que foi fácil demais fazer isso, sugiro acrescentar uma tranca no futuro.

Kate se adiantou dois passos para dentro da cozinha. Ela deixou a bolsa cair no chão e pousou o litro de vodca com força em cima da ilha da cozinha, reparando subitamente que não havia mais lixo ali e que a superfície fora limpa e esfregada. Também ouviu, vindo da área de serviço pequena, ao lado, a máquina de lavar funcionando, e havia quatro sacos de lixo cheios encostados na parede oposta.

— Sei o que você está pensando — voltou a falar Toby.

— Que gostaria de tomar uma xícara de chá. Eu também. — Ele secou as mãos em um pano de prato que Kate não via havia meses. Toby provavelmente o encontrara no fundo do armário no andar de cima. Onde mais ele estivera? Toby a encarou e deu uma piscada de olho brincalhona enquanto enchia a chaleira. — Ah! — falou ele, satisfeito, quando achou a tomada e ligou a chaleira elétrica.

Kate olhou para a pilha enorme de panelas limpas no secador de louças e reparou nas duas xícaras que também estavam ali e que pareciam ter sido as primeiras coisas a serem lavadas. Ele pegou-as e abriu um armário em busca dos saquinhos de chá.

Ela não se sentia com energia para dar outro ataque de raiva naquele dia, mas Toby parecia estar se esforçando para provocá-la.

— Não é gentil invadir a casa das pessoas, Toby — falou Kate calmamente.

— O que você disse? — Sua cabeça reapareceu de detrás da porta do armário e ele levou a mão em concha ao ouvido.

— Desculpe... a chaleira.

Ela ergueu a voz acima da chaleira, mas estava determinada a não gritar.

— Não sei por quanto tempo você pretende continuar com isso, mas, para começar, não tenho leite em casa, então você pode muito bem desligar a chaleira e ir embora.

— Aha! Yorkshire Tea! — disse Toby, pegando uma caixa de saquinhos de chá e enchendo o pote. — Você se lembra de quando estávamos em York e o Luke comprava esse chá porque achava que o faria ser bem-visto pelos quiosques de jornais locais? Tenho certeza de que o Sr. Patel ficou comovido.

Kate já estava cansada de se sentir em desvantagem.

— Se está se referindo à casa do nosso segundo ano, então aquele Sr. Patel em particular... o nome dele era Sahir, se estiver interessado... morava em York desde que se mudara com a família para lá, aos quatro anos de idade, vindo de Karachi. Ele pode muito bem ter ficado "comovido". Você não saberia, já que nunca conversou com ele.

Toby terminou de despejar a água fervente e sorriu, admirado.

— Que memória a sua, Kate — comentou. Ele devolveu a chaleira para o lugar e seus olhos azuis encontraram os dela pela primeira vez. — O que *vamos* fazer com isso?

Kate checou no bolso para ver se o pen drive estava ali antes de lembrar que acabara de colocá-lo no correio para Charles. Ela teve certeza de que Toby havia reparado no movimento enquanto ia até a geladeira.

Certo. Então ele é definitivamente um espião. Está atrás do pen drive. Atrás de Petrov. Veio me recrutar ou me matar.

Se for a primeira opção, pode muito bem ir para o inferno. Se for a segunda, nem sonhando. A única desgraçada que vai me matar hoje sou eu mesma.

Toby se virou da geladeira com uma embalagem de leite semidesnatado na mão.

— Tã-dã! — exclamou, e ela teve um sobressalto. — Aah, desculpe! Não queria assustar você. — Ele abriu a embalagem enquanto voltava para o lugar onde havia deixado o chá. — Achei que você poderia estar sem mantimentos e comprei uma embalagem de leite.

— Por que invadiu a minha casa?

Toby franziu o cenho diante das xícaras e limpou um pouco de sabão que ficara no relógio.

— É melhor eu esperar mais alguns minutos, caso contrário, não será chá de verdade, não é mesmo? — E começou a procurar por uma colher de chá.

— TOBY, SEU MERDA!

Toby parou.

Droga. Ele conseguiu o que queria vindo aqui.

Toby se inclinou por cima da bancada em sua camisa branca de algodão e gravata de um azul pálido, afrouxada para que ele cuidasse das tarefas domésticas.

— Sim, Kate — disse Toby em um tom franco, mas atento.

Ele estava contra o sol que entrava pela janela que dava para o pátio. Kate pensou em alertá-lo de que havia acabado de apoiar o cotovelo em uma poça de molho pesto seco. Em York, Toby parecia mais velho do que os colegas, a pele exibindo os ferimentos de uma guerra travada contra a catapora, na infância, ou talvez um caso de acne recém-curada. Agora, fossem quais fossem as marcas que permanecessem em sua pele, conferiam às suas feições um aspecto que lhe caía muito bem. Toby costumava parecer ligeiramente mais baixo e troncudo — no momento, apesar de continuar sendo apenas alguns centímetros mais alto do que Kate, era esguio para um homem da idade dele. Todos têm seu melhor momento, pensou Kate. E aquele era o de Toby. O que era insuportável.

— Vou repetir a pergunta e você vai parar de desviar dela.
— Tudo bem.
— Por que veio até aqui?
— Para me certificar de que você estava bem.
— Mas eu não estava em casa.
— Isso ficou claro.
— Sim, já que você invadiu a minha casa.
— Certamente ficou mais claro depois disso.
— A maior parte das pessoas simplesmente telefona.
— Você não atende a ligações.
— Como sabe? Não me lembro de você ter tentado.

Toby abaixou a cabeça por um instante, então voltou a encontrar os olhos dela.

— Amy, Kes e outros me contaram que você se isolou. A Madeleine também falou a mesma coisa quando estive com ela ontem. Eu não imaginei que você me trataria de forma diferente.

Kate se pegou abrindo a boca e deixando escapar um "Ah", sem querer.

Sentia vontade de matá-lo. *Telefonemas?* Talvez ela atendesse às ligações dele, talvez não. Mas o que estava ouvindo era que Toby nem se dera ao trabalho, porque seu orgulho não conseguiria aguentar a rejeição.

Ela se aproximou mais um passo.

— Escuta só, *camarada*. Não me importa para quem você trabalha, se para o MI5, ou o MI6, ou qualquer um desses...

— Kate, não vamos começar com isso de novo...

— Não, não é verdade, vamos, *sim*, fazer isso de novo. Já que o cara que acabou de invadir a minha casa está parado aí preparando chá e me fazendo sentir como uma convidada na porra da minha própria cozinha. Vamos fazer isso de uma vez. Em voz alta. Usando palavras.

— Kate, mesmo se você estiver certa, eu dificilmente estaria em posição de poder confirmar, não é mesmo? Não teria nada para lhe contar.

Ela viu o paletó e o colete azul-escuros pendurados com cuidado nas costas de uma cadeira.

— Não — disse Kate —, só o que você está me dizendo é que sabe onde encontrar um pano de prato e que usa um terno completo para fazer visitas sociais. E não vai se safar fingindo ser gay.

Toby abriu um sorriso largo.

— Isso foi o que você disse da última vez.

Àquela altura, ela pegou a garrafa de vodca e atirou na cabeça dele.

— Jesus! — Toby agarrou a garrafa com dificuldade, impedindo que escorregasse de suas mãos, e pousou-a no chão.

Kate permaneceu firme e disse:

— Você andou treinando.

Toby enfiou os dedos doloridos embaixo do braço.

— Como?

— Esses não são reflexos de uma pessoa normal.

— Ah, pelo amor de Deus. Eu jogava rúgbi, lembra?

— Mentira. Escoceses não jogam rúgbi.

— Você está pensando em críquete.

Surgiu na mente de Kate, então, o nome de todos os jogadores escoceses que haviam derrotado a Inglaterra no primeiro campeonato internacional de rúgbi, em 1871. Ela havia memorizado o nome de todos para impressionar o pai, quando tinha dez anos. Mas, sim, era verdade, ela estava pensando no críquete. Aquilo era irritante. Não tinha vontade de ceder nem um centímetro ao invasor.

— Ora, tanto faz... rúgbi, críquete. Não se pode esperar que uma garota saiba a diferença.

Era um comentário bobo, e os dois sabiam. Mas Toby não zombou de Kate. E aquilo acabou fazendo com que ela se sentisse ainda pior — estava sendo *manipulada*.

Toby apenas indicou as xícaras com um aceno de cabeça.

— Esse chá já deve estar forte o bastante a essa altura, não acha?

Kate desistiu.

— Desculpe por acertar seus dedos com a garrafa — disse. Então deu a volta lentamente na mesa e se sentou, enquanto ele preparava o chá.

— Ainda toma o seu com leite e sem açúcar?

Ela assentiu, reparando na calma fora do comum naquela cozinha. Toby havia removido tudo o que ameaçava apodrecer, crescer ou se derramar. Todo o resto estava organizado em pilhas lógicas. No topo de um monte de fotografias antigas havia uma dos anos 1980: quadrada com os cantos arredondados — o pai dela de camisa de manga curta e óculos escuros, debruçado para fora do táxi dele, com o polegar para cima. Kate, com cerca de nove anos, inclinada contra a porta, fazendo o mesmo gesto. A foto tinha baixa resolução e as cores esmaecidas que os filtros dos celulares modernos tentam recriar. Ela pegou-a e esfregou o polegar com carinho pelas bordas.

Toby se juntou a ela e pousou uma das xícaras de chá.

— É uma foto linda sua e do Bill — comentou.

— Fique com ela.

Kate ofereceu a foto a ele. Não sabia de onde viera o impulso — em parte por gentileza, em parte por masoquismo. De certa forma, ainda estava lutando.

Toby se sentou e pegou o próprio chá.

— Não, eu não poderia. — O olhar dele se demorou nela.

— Você realmente adorava o meu pai, não é? — comentou Kate com interesse genuíno. — E não deve ter se encontrado com ele mais de meia dúzia de vezes.

Toby segurou a xícara entre as mãos, à sua frente.

— É que ele era um cara muito legal mesmo, você sabe.

Kate empurrou a foto para ele.

— Por favor — pediu.

Toby a encarou com uma expressão que misturava gratidão com certa confusão, enquanto pegava o celular. Ele colocou a foto em cima da mesa e fotografou-a com cuidado com a câmera do celular.

— É tão bom quanto, atualmente. — Ele deu um meio-sorriso enquanto devolvia a foto original ao topo da pilha.

— Por que você veio até aqui? — voltou a perguntar Kate.

— Achei que você pudesse estar encrencada e quis ajudar.

— Por que invadiu a casa?

— Estava preocupado que pudesse estar morta.

Insuportável. Aquele não era o plano. Kate se levantou da mesa.

— Bem, isso me fez lembrar de que estou com a agenda cheia, Toby. Você precisa ir embora.

Toby manteve os olhos na xícara de chá, parecendo arrasado.

— Não posso fazer isso, Kate.

Ela saiu da mesa e começou a andar ao redor da cozinha de 10.000 dias.

— Como assim? Por que você precisa que eu "Escolha a vida"? Veio me dar um sermão?

— Escuta, não vamos fazer isso — disse Toby. Ele se levantou e estendeu as mãos para ela em um movimento que pedia calma.

Kate parou de andar.

— Não, não, não. Você não vai conseguir me *aplacar*. Não tem esse direito. Não estava por perto quando importava. Não estava. — Ela o observou absorvendo o golpe. Os olhos de Toby ficaram muito vermelhos e se desviaram para a porta dos fundos, que estava aberta. Ela vacilou por meio segundo, mas não conseguiu evitar continuar, e, daquela vez, mirando mais embaixo. — Sou uma mulher sozinha em casa e estou pedindo que vá embora. Um cavalheiro saberia o que fazer a seguir.

Ela se consolou parcialmente ao vê-lo voltar a vestir o colete e endireitar a gravata, parecendo arrasado.

— Eu lhe trouxe um presente.

Toby indicou com a cabeça um pacote perfeitamente embalado, no formato de um livro, que estava em uma das extremidades da mesa, e se encaminhou na direção da porta do pátio.

— Pela porta da frente, por favor — falou Kate, ríspida.

— Como uma pessoa normal.

Toby deu um suspiro e se virou na direção do corredor. Então, fez uma pausa.

— Sei que você está encrencada, Kate. Posso ajudar.
— Não preciso da ajuda de ninguém.
— Estou aqui. Vou esperar por você.
— Ora, você tem prática nisso.

Vistas a certa distância, aquelas eram as palavras mais desagradáveis que Kate já dissera a Toby. Luke... Toby... vinte e oito anos e ninguém dissera aquilo em voz alta. Ninguém comentava o motivo de Toby ainda ser solteiro. Ninguém falava sobre o que quase acontecera em 1992. Não era como se Toby tivesse competido por ela. Ele dera uma única olhada em Luke e jogara a toalha.

E fez o mesmo agora. Kate viu que as mãos de Toby tremiam quando ele pegou o paletó e jogou-o por cima do ombro. Quem o conhecesse um pouco menos, compraria a cena de um distanciamento viril. Mas o que sobrava do coração de Kate ficou dilacerado. Ela murmurou:

— Desculpe. Foi uma estupidez dizer isso, não foi justo, e eu...

Ele a interrompeu.

— Não estou esperando que você se apaixone por mim, Kate, se é isso o que está querendo dizer. Não vim aqui para *encurralar* você.

Kate teve vontade de tranquilizá-lo, mas não encontrou palavras. Ela abaixou os olhos para o chão e sua voz interna tomou conta de seus pensamentos. Aquilo fazia todo o sentido. Era aquilo o que ela fazia. Pegava homens bons e os transformava em nada. Não merecia amor. Não merecia a verdade. Era uma aberração, um monstro. Sempre fora. Precisava afastar aqueles homens pelo bem deles.

— Vá — disse. — Por favor, vá e não volte.

Kate não teve coragem de olhar para o rosto de Toby quando ele deixou a cozinha.

A porta da frente foi aberta, e então fechada.

Chega, chega, chega.

Zonza, ela voltou para a mesa e pegou o presente — uma brochura qualquer, embrulhada em um papel marrom simples. Não sentia nada a não ser apatia. Devia ser alguma mensagem espirituosa, ou talvez um livro de autoajuda. Ela jogou o livro de volta na mesa, pegou a garrafa de vodca e, casualmente, o frasco de comprimidos que estava no armário. Então subiu as escadas.

Ao menos Toby não tocara no quarto dela. Já era ruim o bastante que ele tivesse andado pelo andar de baixo repleto de pacotes abertos e embalagens de delivery. Ao menos ela não precisava imaginá-lo organizando a gaveta de roupas íntimas e franzindo o cenho quando percebesse que Dirk, o vibrador, estava sem bateria. O cretino atencioso provavelmente teria trocado as pilhas. Kate se deixou cair na cama com o celular na mão.

— E aí, Siri — falou em uma voz sem expressão, despertando o celular. — Me acorde às quatro da manhã para que eu possa acabar comigo.

— Claro — respondeu a voz feminina —, ajustei o alarme para as quatro da manhã.

Kate clicou no ícone e o celular voltou a bipar.

— Só para registrar, Siri, sempre achei você uma merda sem coração.

— Desculpe, não entendo o que você está...

— Deixa pra lá. — Kate jogou o celular de lado, mas logo voltou a pegá-lo. — Ah, e se você puder dar um jeito para que os últimos 10.000 dias não tenham acontecido, eu ficaria muito grata. — Ela olhou para os comprimidos e para a vodca.

Toby, Danielle, Petrov, Charles, o pen drive, a cidade dela, o país dela...

Me deixa em paz me deixa em paz me deixa em paz.

Mais um sonho com Luke. Mais um. Ela não merecia aquilo. Passara a vida toda sonhando. Não merecia nada. E merecia o nada.

Kate pegou a camisa de Luke que estava embaixo do travesseiro, segurou-a contra o rosto e fechou os olhos.

Parte dois

VEM DANÇAR

Capítulo 7

Ela acordou na escuridão.

Não, isso não pode estar certo. Que horas são? Kate foi pegar o celular, mas sua mão chocou-se contra a parede fria. *Espera aí... parede? Que parede?* E não era sequer o tipo certo de escuridão. Alaranjada. E meio enevoada. A luz do amanhecer entrando pelas cortinas laranja. *Espera, cortinas? Fechadas? Cortinas laranja fechadas ao amanhecer? Como assim?* E por que a janela estava do lado dela, e não na frente dela? E por que ela estava embaixo do edredom, em vez de deitada em cima dele? E o edredom também estava errado. Era leve, fino. De solteiro. Kate estendeu a mão de novo, hesitante, pressionando os dedos contra a parede impossível enquanto a outra mão tateava a beira do colchão. Aquela era uma cama de solteiro. O coração dela começou a bater mais rápido e Kate acalmou o pânico crescente fazendo a "respiração hoo".

Quem?, a palavra pulsava em sua mente. *Quem sou eu? Mais precisamente... onde eu estou?*

Ela era Kate Marsden. *Muito bem*, pensou, *não estou com amnésia, não enlouqueci. Sou Kate Marsden, uma mulher de quarenta e cinco anos, do sudeste de Londres. Katherine Jennifer Marsden, nascida em 1974, filha de Bill Marsden e Madeleine Theroux; companheira de Luke Fairbright por vinte e oito anos, casada pelos últimos dezessete, viúva há quase um ano. Isso está claro. É basicamente a única coisa que está clara, mas já é alguma coisa.*

Teria sido sequestrada?

Parecia um pouco improvável. Não estava amarrada, não tinha a sensação de ter sido drogada. Na verdade, a não ser pelo fato de estar se cagando de medo por estar tão desorientada, sentia-se ótima fisicamente.

Kate não conseguia ver muita coisa, mas sentia a proximidade de outras paredes, do teto. Será que ficara tão doida que alugara um quarto e não se lembrava? Seria *possível* ter ficado tão bêbada sem perceber? Aquilo explicaria a visão borrada. Mas onde estava a sensação de ressaca?

Ela se sentou na cama.

Jesus. Como foi fácil fazer aquilo.

Mas que diabo estava usando? Não eram as roupas com as quais havia dormido. Era... era uma camiseta comprida. Sendo usada como camisola. Do jeito que ela costumava dormir quando...

Kate jogou as pernas pela lateral da cama e se levantou. Pés descalços, piso errado, carpete e não madeira. Uma ausência total e desconcertante de qualquer mínima dor ou sensação de esforço quando seus pés sustentaram o peso do corpo. Aliás, que peso era aquele? Subitamente se tornara feita de madeira flutuante? Porque era o que parecia, que estava flutuando.

Ela deu um passo na direção da cortina e sentiu o tecido — fino, áspero, barato, laranja, laranja, laranja...

Kate se deu conta de que nos noventa segundos desde que acordara, vinha evitando reconhecer onde estava. Poderia tentar voltar a dormir e talvez tudo aquilo desaparecesse. Mas a sensação não era semelhante à de nenhum outro sonho que já tivesse tido. Era milhares de vezes mais física. Se o corpo dela estava dormindo, ela não conseguiria ter consciência daquilo — não havia como se lembrar de que estava dormindo e voltar a dormir. Ela não estava lá. Estava aqui.

A mão de Kate ainda tocava a cortina, e ela tomou coragem e abriu-a. O som familiar dos rodízios de metal deslizando no trilho. O que Kate viu, então, pela porta de correr (não era uma janela) foi apenas a confirmação do inevitável.

Estava na Benedict College, um dos "Colleges" da Universidade de York.

E aquela era a vista do seu quarto do primeiro ano.

Do outro lado estava o concreto cinza da ala norte da universidade. Três andares abaixo dela, trilhas cortavam o gramado raquítico. E bem do lado de fora da porta de correr, a passagem de que Kate com frequência se ressentia — a que conectava todas as outras portas dos fundos do Nível 3, Bloco Sul.

Quanto à visão borrada, a explicação para isso era ainda mais perturbadora. Kate prendeu a respiração: ainda olhando para a frente e confiando apenas na memória muscular, ela inclinou o corpo para a esquerda e estendeu a mão para a mesinha de cabeceira. Ali estavam. Seus óculos. Ela os levantou e examinou-os. Seus óculos de armação escura, uma imitação dos que Michael Caine usava em *Ipcress — Arquivo confidencial*. Ela precisava deles porque a correção a laser da miopia que tinha feito em 2005 havia... deixado de funcionar?

Kate colocou os óculos e voltou a olhar para a Benedict, agora revelada em toda a sua claridade monótona. Um aluno saindo para uma corrida matinal passou pisando firme pela porta dela, que evitou os olhos dele com um breve aceno de desculpas depois que o rapaz passou. O que ele vira? Uma mulher de meia-idade usando óculos grandes e engraçados? Kate abaixou os olhos para a camiseta Ride estampada com o cara com fatias de pepino nos olhos e, abaixo disso, os joelhos, canelas e pés de uma mulher jovem.

Na verdade, uma mulher de dezoito anos. Na verdade, ela mesma aos dezoito anos.

Kate cambaleou de volta para a cama, tentando respirar.

A certeza veio com o esmalte. Um "adeus às férias" nada sábio naquele verão, em Poole, com Pete Lampton, a deixara com um belo bronzeado, mas também com as unhas dos pés pintadas de turquesa. O esmalte tinha sido um dos muitos presentes que ele comprara para ela naquela semana, quando mudara de ideia sobre o rompimento que haviam combinado.

— Relacionamentos a distância podem funcionar e funcionam, Kate! — insistira Pete.

Kate havia aceitado o presente ligeiramente irritante (ela não gostava muito de usar esmalte, nem da cor turquesa), mas deixara claro para ele, gentilmente, que o relacionamento dos dois estava terminado.

— Às vezes, as pessoas precisam seguir em frente — ela havia dito.

Na noite anterior a de pegar o trem para a Universidade de York, para começar seu primeiro período na faculdade, Kate havia pintado as unhas com o esmalte turquesa, em uma extravagância sentimental. Não era um adeus apenas a Pete, mas também ao esporte competitivo. Nem morta ela seria vista usando cosméticos em um dojo ou em um torneio. Mas, naquele momento, depois de ter feito direitinho "aquela história do caratê", ela estava pronta para tentar fazer direito "aquela história de agir como uma universitária, mas também como uma mulher". As regras eram bem menos claras. E as habilidades de Kate para a empreitada ainda não eram muito desenvolvidas. Depois de vinte minutos deixando o pé como se tivesse recebido a tinta de um carimbo, Kate pediu conselhos à mãe. Madeleine ficara encantada.

— Le moineau quitte le nid mais n'a pas de chaussures!

— Tenho muitos sapatos, mãe. Só não sei como pintar a droga das minhas unhas do pé.

— Não estrague esse momento, meu bem.

No quarto de seu alojamento na universidade, Kate examinou o trabalho da mãe. Ela sabia que nunca havia usado esmalte turquesa antes, ou depois. Sabia que o havia tirado naquele dia mesmo porque com certeza não estaria com as unhas dos pés pintadas naquela primeira noite, quando encontrasse...

Kate levantou os olhos e olhou ao redor do quarto mal iluminado. As paredes sem pôsteres. As prateleiras sem livros. A mala aberta, mas ainda com as coisas dela. Havia chegado à universidade na noite anterior, pegado apenas a escova de dentes, o estojo das lentes de contato e — ela chegou na mesinha de cabeceira. Isso mesmo, *Orlando*, de Virginia Woolf. Estava lendo aquele livro, sozinha, no bar da universidade quando ele...

Não, a correção a laser da miopia não tinha deixado de funcionar. É que ela ainda não havia feito a operação. Estava no passado. Aquela era a Semana dos Calouros, em outubro de 1992.

Aquele não era o Dia 10.000. Era o Dia 1.

Kate se levantou e só teve tempo de tirar os óculos antes de ver o chão vindo em sua direção e cair de cara.

Ela acordou com a boca formando uma única palavra. "Merda."

Alguém estava batendo na porta. Kate se levantou da cama, pegou os óculos, checou se haviam sofrido algum dano, puxou a camiseta para baixo e seguiu na direção da porta. O olho mágico ainda estava ali, no mesmo lugar, posicionado na altura de alguém dez centímetros mais alto do que ela. Kate ficou na ponta dos pés para espiar.

Ah, Deus. A australiana religiosa do segundo ano fazendo a ronda e tentando reunir calouros com saudades de casa. Como era mesmo o nome dela? Kate abriu uma fresta da porta.

— Ah, oi! Nossa, foi dormir tarde, hein? Você parece arrasada! Sou a Lauren! Bem-vinda à Benedict!

Kate a encarou, meio zonza.

— Oi.

— Hahaha! Somos todos doidos na Benedict, portanto você se encaixa direitinho.

Lauren pareceu se dar conta de que a garota que tinha acabado de sair da cama e olhava para ela através de óculos excêntricos não iria convidá-la a entrar. Mas recuperou a animação na mesma hora e entregou a Kate um pedacinho minúsculo de papel com alguns detalhes impressos.

— Então, só estou aqui para avisar a você sobre o chá festivo que vamos fazer hoje, às quatro e meia da tarde, para todos os recém-chegados anônimos, certo? Conhecer pessoas? Gente que pensa como você? Talvez pessoas com quem você

não fosse conversar normalmente? Talvez não! Ei, então...
vejo você lá???

Kate pegou o papelzinho mal cortado. Um chá festivo religioso. Ela fechou a porta lentamente, enquanto dizia:

— Ahn... vou dizer... não?

Ela ouviu uma bufadinha ultrajada do outro lado da porta e o som de chinelos se afastando. Kate se lembrou de que Lauren tinha escrito uma resenha sobre uma das peças de Kate na revista estudantil, um texto notável por sua homofobia passivo-agressiva e ausência de vírgulas. Mas não sabia disso na última vez. Como havia tratado a representante efervescente da União Cristã vinte e oito anos antes? Ela se sentou no chão, com as costas apoiadas na porta, examinando o quarto e lembrando.

Uma questão filosófica interessante surgiu em sua mente, e Kate optou por ponderar a respeito dela em vez de gritar feito louca apavorada com QUE PORRA estava acontecendo ali??? Talvez fizesse isso mais tarde.

O que havia feito na última vez, na verdade, na primeira vez? Tinha desarrumado a mala e colocado as lentes de contato. Então tomara banho, se vestira e levara algum tempo tentando decidir onde colocar o pôster de Caravaggio. Sim, havia convidado Lauren para entrar, com o aviso de que não tinha tido oportunidade de comprar chá nenhum. Lauren havia gritado alguma fofura irritante sobre a obsessão inglesa com bebidas quentes e tinha ido embora.

A pergunta era: será que acabara de mudar o curso da história? Tinha acabado de ser ligeiramente grosseira com Lauren, certamente mais grosseira do que na última vez. Aquilo afetaria o humor de Lauren? A garota se tornaria mais irritadiça com os outros calouros? Ou ela usaria o que aconteceu para se aproximar deles, fazendo comentários maldosos sobre a garota esquisita no quarto 47 Sul? Qual seria o efeito cascata nos participantes do chá festivo? Pessoas que haviam se encontrado ali pela primeira vez não se encontrariam? Ou pelo menos não do modo que havia levado àquele primeiro encontro? Ou talvez ainda houvesse um primeiro encontro, mas sob circunstâncias diferentes: chuva onde teria havido sol; a gravata profissional no lugar da camisa aberta na gola; *Retorno a Howard's End* em vez de *Instinto selvagem*? E, assim, sem um segundo encontro? Nem um terceiro? Que casamentos ela desfizera? Que filhos não nasceriam? E os filhos *desses* filhos? As crianças que cresceriam e inventariam a fusão nuclear ou o sequestro de carbono perfeito. Em resumo, será que ela acabara de ferrar com o planeta Terra porque sabia de antemão que Lauren era uma escrota homofóbica?

Pelo amor de Deus, estava tudo muito bem, mas ela certamente estava sonhando. Kate tirou os óculos e bateu com força no próprio rosto.

— Acorda — disse em voz alta.

O som da própria voz ameaçou detonar outra onda de pânico. Era uma oitava alta demais e estranha, além de, claro, o tabaco. Ela não começara realmente a fumar até o final daquele ano, quando todos começaram a fumar maconha depois dos exames preliminares. Kate experimentou falar mais um pouco, então:

— Essa sou eu falando.

Então, em um falsete esquisito:

— Essa sou eu falando.

Do lado de fora, um vizinho do outro lado do corredor bateu a porta do quarto e saiu sacudindo as chaves.

— Muito bem — sussurrou Kate —, talvez seja melhor parar de agir como louca.

Ela se levantou e olhou de relance para a porta do banheiro. Aquilo seria um desafio e tanto. Um espelho. A versão mais nova dela. Será que teria um ataque cardíaco?

Ora, não, provavelmente não, tentou se acalmar. Era um coração jovem e saudável, capaz de aguentar quase tudo. Ao menos fisicamente. Mas o coração emocional dela era muito mais velho — tão velho quanto ela acreditava ser. Como se lembrava de tudo? Porque as lembranças em seu cérebro tinham quarenta e cinco anos. Aquele cérebro era parte do corpo dela, e sujeito a mudanças. Mas o corpo havia voltado a ser jovem, enquanto o cérebro permanecera o mesmo. Aquilo era impossível. Era um sonho. Kate tirou novamente os óculos e deu um tapa ainda mais forte no próprio rosto.

Nada. Ainda ali. Ela recolocou os óculos e se levantou. Seus dedos buscaram o interruptor na parede externa do banheiro pequeno. *Pé direito na frente, Katie*, pensou, e recolheu a mão na mesma hora.

O pai dela estava vivo. Não apenas Luke, mas o pai dela também.

Em algum lugar naquele prédio, Luke estava prendendo o pôster de Kurt Cobain na parede, ou talvez saindo para ir a uma loja de roupas com descontos para comprar aquela camisa gola de padre dele. E em algum lugar lá em Deptford o pai de Kate estava fazendo seu turno de sábado de manhã, no táxi, torturando educadamente os passageiros com seus palpites sobre as chances do time de futebol deles naquela tarde.

A mão de Kate voltou ao interruptor. Muito bem. Coragem. Uma coisa de cada vez. Não importava o que fosse fazer a seguir, tinha que colocar as lentes de contato, tomar um banho e se vestir. Ela acendeu a luz e ouviu o som familiar do exaustor despertando. E entrou no banheiro.

E lá estava ela.

— Ah — falou baixinho. — Ai, meu Deus.

A não ser pela marca vermelha no lado direito do rosto, onde se esbofeteara, a pele era totalmente uniforme. Dourada e ainda com algumas sardas do verão. Os malares pareciam estranhamente pronunciados, como se ela tivesse feito uma plástica.

Não, isso é o que a plástica tenta recuperar. Não sou vaidosa e tonta. Sou apenas saudável. Apenas jovem. Isso não deve ser confundido com beleza. Não há nada acontecendo ali.

Os cabelos escuros dela desciam até logo abaixo das orelhas — despenteados e livres. Kate tirou os óculos e espiou mais de perto. Os olhos eram do mesmo cinza-azulado... mas o branco dos olhos! Nossa, seriam capazes de cegar um californiano. Em um impulso, ela levantou a manga esquerda da camiseta. A cicatriz da BCG! O círculo pálido da injeção que tomara na adolescência era mais pronunciado em meio aos músculos jovens do ombro. Afinal, havia parado de treinar muito recentemente.

O que mais? Aquele corpo era estranho a ela, mas também era o seu lar... assustadoramente desatualizado, mas o único amigo dela naquele momento. Mas o que mais? O que mais?

Depois de tomar banho, e fervendo de curiosidade, Kate saiu correndo do banheiro enrolada em uma toalha e fechou as cortinas de novo. E agora?

Animada, ela deixou cair a toalha e se dedicou a fazer vinte flexões de braço quase sem esforço. Então, ficou de pé, dando um gritinho de prazer, e fez um polichinelo nua.

— Ai!

Muito bem — não tente isso de novo sem sutiã. Você tem dezoito anos, não é a Mulher Silicone.

Kate bateu palmas e riu como uma supervilã. Aquele corpo! Por um instante, ela teve vontade de sair correndo pela universidade, batendo nas portas e gritando: "Vocês são lindos! São todos lindos! Vocês não têm ideia de como estão VIVOS, porra! Não me importa se não vêm treinando caratê obcecadamente por anos... vocês ainda estão NO AUGE! Joguem os livros no lixo e saiam para dar uma corrida! Ou simplesmente deem uns 'amassos'! Certo, 'amassos' ainda é a palavra certa? Ou isso foi nos anos 1980? Tá bem, 'se peguem'. Todo mundo se pegando imediatamente! É uma ordem! Acreditem em mim porque eu sou a..."

Ela afundou no carpete, recuperando o fôlego e cruzando as pernas lentamente. Então, disse baixinho:

— Porque eu sou "A Garota do Futuro".

Kate pressionou os polegares nos arcos dos pés, massageando-os, pensativa.

Luke.

Que diabo ela deveria fazer a respeito de Luke?

Kate se sentiu subitamente despreparada e estupidamente nua. Ela se arrastou até a mala aberta e procurou por alguma roupa de baixo. Acabou optando pela calcinha mais confortável que conseguiu encontrar e pegou também um sutiã. A geografia daquele corpo apresentava algumas curvas e ângulos inesperados, mas isso era algo alegremente familiar naquele mundo alarmante. Ela examinou o baú do tesouro de roupas retrô à sua frente.

— Acho que todos os baús de tesouro são retrôs — disse, já mais acostumada à própria voz. À sua antiga voz. À sua voz jovem. Sim, aquilo ia ser complicado. Precisava do diário. Nada de notebook.

O diário. Feito de papel. Sim, claro. Ah, Deus. Antes de qualquer coisa, se vista.

A minissaia de veludo cotelê verde.

— Ah, você deve estar brincando — disse Kate. Por que ela colocara aquilo na mala?

O que havia usado naquele primeiro dia? Na verdade, naquela primeira noite? Ora, o vestido-avental jeans e as botas pesadas, é claro. Aquilo importava? Precisava usar a mesma coisa? Porque... ela se permitiu a pergunta ao mesmo tempo absurda e inevitável...

Não ia realmente fazer sexo com Luke naquela noite, não é?

Certo?

Só... mesmo?

Não. Não, aquilo seria demais.

Kate queria usufruir do próprio corpo e sair saltitando um pouco mais ao redor. Mas havia coisas demais para pensar.

Por enquanto não importa.

Ela se vestiu, então viu outra bolsa, a mochila dela. Onde estava o diário. Ela o pegou e levou para a escrivaninha.

"Vou fazer tudo exatamente do mesmo jeito. Totalmente igual. Só que, dessa vez, vou salvar o Luke."

Kate colocou a tampa vermelha na caneta e girou-a nos dedos como costumava fazer. Então comparou o que acabara de escrever com a anotação anterior, escrita acima — a que escrevera na véspera, que acontecera vinte e oito anos antes. Era a mesma caneta, mas com o tempo a letra dela se tornara grande demais e deselegante. Já não escrevia nem listas de compras à mão. Ela achava até que o pulso doeria depois daquelas dezessete palavras. Mas é claro que isso não aconteceu — aquela mão e seus músculos compreendiam canetas. Aquela era a mão que conseguia passar três horas escrevendo em uma prova nota dez na universidade, assim como Pete, quando estava bêbado. Mas a mente de Kate insistia que tinha mais de quarenta anos e que a escrita fluente à mão era uma habilidade perdida.

Ela releu a última anotação.

"Cacete, lá vamos nós! Uma hora até o trem das 18h54 para York. O papai está muito mais nervoso do que eu, o bobo. Prestes a me levar de táxi para King's Cross, como se eu já não tivesse ido para o centro da cidade, de ônibus, milhares de vezes. A querida mamãe está mais preocupada que eu a esteja abandonando. Um dramalhão, ainda mais em francês. Ah, e ela não conseguiu evitar fazer outra piadinha com Oxford. "Tenho certeza de que York vai ser maravilhosa no seu jeito descomprometido. Que pena. Que pena." CRETINA! Eu nunca contei a nenhum dos dois a verdade sobre o que aconteceu naquela entrevista — que *eu* rejeitei *a eles*. Mais ou menos. Enfim, tudo já foi dito, pé direito à frente e outros clichês fascinantes.

Como será lá? Quem eu vou conhecer? Devo contar a essas novas pessoas sobre a escola? Sobre a medalha de prata? Cacete, deixe as coisas acontecerem naturalmente. Se entrega. Um estranho alto, moreno e bonito? Ou talvez experimentar alguma coisa com uma garota? Todos, menos o Pete, acham que eu sou uma lésbica em negação, portanto posso muito bem experimentar. O esmalte na minha unha ainda está fedendo. Errei feio pintando as unhas. Aah, o papai está gritando do andar de baixo sobre o trânsito — preciso correr. Descubra amanhã 'A continuação das aventuras da Srta. KJ Marsden e sua busca da normalidade já totalmente condenada'."

Muito bem, então sou animada, pensou Kate. *Sou animada e otimista. Tenho dezoito anos e estou cheia de esperança, cacete. Não é fácil fingir isso, mas vale tentar. Por outro lado, ainda amo tanto o meu pai quanto a minha mãe, mas acho um deles muito chato. Isso é mais familiar. Plus ça change... Certo.*

Ela tirou a tampa da caneta e continuou a escrever na nova anotação.

"Não sei o que aconteceu, ou por que estou aqui. Deus, ou aliens, ou uma falha no universo, ou um coma muito profundo. Esse último é mais provável, só não sei como, porque só tomei meia garrafa de vinho, dei uma caminhada rápida e almocei bem. Obviamente eu também estava suicida e paranoica com a possibilidade de o caro Charles mandar alguns brutamontes me darem uma surra, enterrada no luto pela morte do meu marido, e havia acabado de insultar e então expulsar de casa um ótimo amigo... sim, sem dúvida eu estava muito estressada. Mas isso? Isso não é nada razoável.

Seja como for... Veja. Estou aqui. Completa e inegavelmente aqui."

Ela fez uma pausa e examinou a parte de baixo do braço esquerdo — enquanto estava no chuveiro, havia se arranhado naquele ponto com a borda de plástico áspera do estojo de lentes de contato, tentando infligir o máximo de dor que ousou, para tentar se arrancar do sonho/coma. Com cuidado para evitar as veias, Kate havia feito três arranhões paralelos no braço. Não, ela não havia acordado. Não, também não esperava que isso realmente acontecesse.

Kate continuou a escrever.

"E deve haver um motivo. Por ora, decidi que o motivo é salvar o Luke. O meningioma já está no cérebro dele. Tenho que convencê-lo de que há um tumor crescendo em sua cabeça, que vai matá-lo. Mas sem soar como uma vidente. E isso não vai ser fácil, para dizer o mínimo. Vamos ser claros — do ponto de vista dele, nós nunca nos vimos. Somos completos estranhos. Ele não sabe que é meu marido. E ele não tem quarenta e sete anos, tem dezenove."

Kate deixou a caneta em cima da mesa e ficou olhando para a frente, para o quadro de cortiça vazio na parede oposta. Aquilo era loucura. Era uma missão triplamente impossível. Ela sentiu o quarto começar a vibrar. Será que ia desmaiar de novo? Respirou fundo. Que venha, então. Que venha. Ela esperou.

Então voltou a focar e recuperou um pouco da coragem. Ela pegou a caneta de novo.

"Se alguém pode fazer isso, sou eu. Tenho esses malditos 'dons' de que todo mundo fala. Eles irritam as pessoas, mas agora sei escondê-los melhor. Com certeza. Sei de coisas que eles não sabem. Sempre soube, mas agora... ora, agora eu sei ainda mais. Devo ser cuidadosa com isso. Mas a minha carta na manga é que eu amo o Luke. Isso deve ajudar."

Ela parou de novo. Aquilo seria mesmo uma vantagem? Se ia salvar a vida de Luke, o fato de amá-lo realmente ajudava? Ou acabaria atrapalhando? Kate afastou o pensamento e procurou por mais vantagens. Havia uma que ela teria se sentido tímida demais para escrever quando tinha dezoito anos. Na verdade, quando tinha dezoito anos, ela nem sabia daquilo.

"E, a propósito, sou linda. Isso deve ajudar."

Kate ficou olhando para aquela primeira frase. Realmente acabara de escrever aquilo? O pai sempre dizia que ela era linda, mas isso é o que os pais sempre dizem. Pete dizia a mesma coisa, mas isso é o que os namorados sempre dizem. A mãe dela havia garantido uma vida inteira de comentários de desprezo velado, ou de elogios com indiretas: "É maravilhoso quando as jovens de hoje se vestem de um modo realmente *feminino*." Ou, "Não precisa se preocupar, meu bem. Sim, os homens são atraídos pela aparência — seu pai certamente foi —, mas sei que você vai se sair o melhor possível, apesar desses músculos." E o constante "Quero que lembre que essa sua estranheza não a torna bonita. Mas para mim você é, não importa a sua aparência".

Luke dizia que ela era linda diariamente, então semanalmente, então mensalmente, por vinte e oito anos. Kate não acreditava em uma palavra daquilo. Tinha certeza de que ele gostava da aparência dela, mas aquilo era diferente.

Mas, naquele momento, no banheiro, Kate olhou para o próprio rosto com toda a compaixão e visão crítica de um eu mais velho. Na verdade, a Kate mais velha sentia uma necessidade incontrolável de dar à menina bonita no espelho alguma coisa que aquela menina sempre quisera. Ela pegou mais uma vez a caneta.

"Essa garota tem uma mãe decente agora. Vão tomar conta dessa garota. E do Luke também."

Capítulo 8

Kate calçou as botas Doc Martens e amarrou os cadarços. Ao seu lado, havia duas pilhas de papéis que ela havia recolhido na portaria quando chegara, na noite anterior.
Preciso me acostumar a chamar de "na noite passada". E não "meia vida atrás".
Ela havia organizado os papéis: os folhetos e anúncios de vários clubes e sociedades formavam uma pilha multicolorida; enquanto as folhas A4 mais sóbrias tinham informações sobre o curso e os vários registros e matrículas. Sem aulas até segunda-feira. Evento de apresentação de associações no Saguão Central: amanhã. Conhecer seu futuro marido morto: esta noite. Kate deu uma olhada na papelada — foi o bastante para desanimá-la.
— Filas — murmurou, mal-humorada —, as intermináveis filas.
Ela não sabia quanto tempo ficaria ali. Mas se fosse fazer contato com Luke e dar um jeito de salvar a vida dele, teria que se misturar aos alunos e fazer todas as coisas que eles costumavam fazer. E naquele fim de semana uma grande parte das atividades que envolviam os alunos também envolvia filas — pegar a carteira de estudante, se registrar na união estudantil da universidade, fazer o registro médico e todas as outras providências iniciais. Todo ano, por três anos: fila

para a cabine telefônica, fila na cantina da faculdade, fila no único caixa automático da cidade de Dennington que não cobrava taxa de transação.

Ela estava falida, como todo mundo. Poderia estar menos falida, mas não colocara o pé em um cassino desde que o pai a acusara de fazer mau uso de seus dons.

— Você falsificou uma identidade, Katie. É ilegal. Você é boa demais para a lei, é isso?

— Não, é claro que não!

— Muito bem, então! E, antes de mais nada, pode devolver essa furadeira para a Halfords. Obrigado, mas não quero um presente que você conseguiu trapaceando.

— O jogo era vinte-e-um... todo mundo conta as cartas! Só que alguns de nós são melhores do que os outros!

— Katie, não é esse o uso que deve ser dado a uma memória como a sua.

— Que uso deve ser dado, então?

— Todos gostaríamos de descobrir, meu bem. Mas não é esse!

Ela apertou bem o laço do segundo pé da bota e esfregou os olhos, se lembrando de tomar cuidado com as lentes de contato.

Olhos antes da correção a laser. Em 2020, seu modo de ver era 20/20. Perspectiva. Estava olhando para 1992 por cima das costas. Era preciso levar em consideração que aquela não era necessariamente a vista mais confiável.

Onde ela fora primeiro? Havia se atrasado para o café da manhã na cantina e saído para uma caminhada constrangedora e sentimental, observando o novo cenário e pensando — e Kate assoviou baixo nesse momento — no futuro.

Havia parado no meio de uma das pontes acima do lago do campus e uma garota chamada Vandra arruinara o momento se juntando a ela para se apresentar. Kate mal veria Vandra de novo pelos próximos três anos, mas havia dado toda a atenção à garota por aqueles dez minutos, só para o caso de ter acabado de conhecer a melhor amiga. Aquela era a loteria insana da Semana dos Calouros — em um momento você estava trocando furiosamente números de quarto e histórias do ano sabático com pessoas de cujos nomes já não se lembraria mais na semana seguinte; então, se pegaria pousando sua bandeja do almoço diante de alguém a cujo casamento você compareceria, ou cujo aniversário-surpresa de quarenta anos planejaria, ou cujos filhos a chamariam de tia Kate. Ou talvez se pegasse sentada ao lado de alguém em um bar cujo convite para o funeral seria você quem faria.

Não exatamente uma loteria, pensou Kate. York não era uma universidade grande em 1992, e a Benedict também não. Mais cedo ou mais tarde, ela teria esbarrado em Luke. Se não naquela primeira noite, em outra. Mas como? E aquilo teria feito alguma diferença? Quais eram as chances de aquelas duas pessoas se identificarem daquele jeito, naquele momento? Quais as eram as chances de eles terem nascido? Antes de mais nada, quais eram as chances da vida na Terra, do universo ter se formado? Toda a existência humana era risivelmente improvável e completamente insana. Ao se lembrar daquilo, Kate se sentiu estranhamente encorajada em relação à situação que vivia naquele momento. Uma falha matrix, um nó no continuum espaço-tempo — ora, coisas estranhas aconteciam...

Ela não havia conhecido Luke, nem nenhum dos poderosos — Amy, Toby ou Kes — até aquela noite no bar. Assim, Kate refaria seus passos para evitá-los naquele dia. E se perguntou, distraidamente, se deveria usar um chapéu ou óculos escuros como disfarce, antes de lembrar que nenhuma daquelas pessoas sabia quem era ela.

Luke não sabia quem era ela.

— Muito bem — disse Kate para si mesma, enquanto se levantava e procurava o celular pela décima sexta vez naquela manhã. *Sim. Sem problema. Quem precisa de um celular?*

Mensagens de texto, e-mails, sites, Facebook, Twitter, Instagram... tudo se fora. Tudo.

Ela fechou os olhos e disse calmamente para si mesma:

— Nenhuma outra pessoa está saindo do quarto hoje sentindo falta de um iPhone. Eu sou uma dessas pessoas. Sou da Geração X. Nós inventamos metade dessa merda. Vou conseguir. Estou com o meu povo.

Kate enfiou a carteira prateada esfarrapada no bolso do casacão com estampa militar; prendeu os cabelos em um rabo de cavalo, deixando algumas mechas soltas na frente, como Sandra Bullock tinha usado em um filme que ainda não havia feito; pegou as chaves e saiu.

Três horas e várias filas mais tarde, o campus a fizera sentir que estava em um set de filmagem, onde os cineastas tinham enlouquecido em um exagero de anos 1990. Era insistente e insanamente 1992. Havia permanentes demais; garotos demais usando blusas de manga comprida por baixo de camisetas Ned's Atomic Dustbin; muitas camisetas de rúgbi e muitos cabelos compridos cobrindo o rosto; garotas demais usando saias-lápis na altura do joelho (alunas de Letras); cabelos demais com frizz, naquela época sem prancha de alisamento; a quantidade precisa demais de góticos para aquela hora do dia (zero); estampas de margaridas demais por toda parte; alunos demais fazendo aspas no ar uns para os outros; Tasmin Archer, Pearl Jam e SNAP demais ressoando pelas janelas abertas, vindo de rádios e aparelhos de CD pesadões.

Ela se aproximou de Dennington — a cidadezinha pequena, não exatamente a típica cidade de cartão-postal nos arredores do campus. E ali, entrando naquela Inglaterra provinciana não estudantil, os cineastas pareciam ter feito uma pausa para o almoço e os anos 1980 haviam se esgueirado de volta. As enormes antenas parabólicas brancas se aglomerando ao longo dos terraços mais novos; os gnomos orgulhosamente à mostra nos jardins elegantes dos mais prósperos: as casas mais antigas, de tijolos e geminadas. Duas tribos inglesas, pensou Kate — e a recessão era profunda e dolorosa para muitos. Mas aquela não era uma cultura de guerra ou uma oportunidade para o ódio racial. Margaret Thatcher se fora, John Major ocupava havia dois anos o posto de primeiro-ministro, com mais cinco pela frente. A Grã-Bretanha estava entrando em uma era de ouro de profundo tédio. Errada de muitas maneiras, mas fiel a si mesma. Quase nenhum progresso, mas muito poucos retrocessos. Prestes a ferrar com as ferrovias, mas não com toda a base constitucional do país, nem com a relação com a Europa e com o resto do mundo. Resumindo: cinza com momentos ensolarados — o clima frustrante de uma democracia funcional.

Kate examinou os jornais expostos do lado de fora da banca de jornal — ainda com as folhas grandes e fotos em preto e branco. O IRA explodindo bombas em Londres. O governo fechando a última mina profunda de carvão e um alerta de cortes por conta da crise financeira. O chanceler Norman Lamont estava prestes a passar mais tempo com a família, assim como David Mellor, só que por razões diferentes. Outro mulherengo, Boris Johnson, ainda era apenas um picareta frívolo, em vez de um primeiro-ministro frívolo. Kate presumiu que, entre as folhas do *Daily Telegraph*, uma coluna admirada dele sobre a "Europa" tentar regular o formato das nossas bananas já estava pressionando sua minúscula ereção contra as costas de uma nação adormecida. Ela se perguntou vagamente se teria sido enviada de volta a tempo de estrangular o desgraçado mentiroso. Provavelmente não.

E o gosto no ar a cada Astra e Sierra que passavam — gasolina com chumbo. Delicioso e venenosamente nostálgico. Parecia que a traseira de quase todos os carros seguia uma faixa de borracha em zigue-zague para fazer contato com o chão: um placebo sem evidências para evitar enjoo no carro, que cerca de metade dos motoristas no país juraria que tinha efeito — até alguns anos depois, quando mudariam de ideia silenciosamente. Do outro lado, a estranha tranquilidade de uma cidadezinha à beira de um campus universitário — o dia ameno de outubro sob a vigilância do céu cor de asfalto de Yorkshire.

Ela percebeu pela primeira vez o terreno abandonado entre os chalés mais antigos; o leve cheiro de esterco na brisa, vindo de uma fazenda próxima; um cortador de grama manual, enferrujado, no jardim negligenciado de alguém — urtigas e prímulas crescendo ao redor e através dele; o eco queixoso de uma van de sorvete tocando "O Sole Mio" a distância. Era o passado ou era apenas o campo?

Dá-me um Cornetto...
Ela era uma garota londrina. Amava mais do que tudo a vista da sua cidade da Ponte Lambeth. Mas aquilo ali também era especial. York era a sua segunda casa, e Kate se atreveu a permitir que algum amor pela cidade voltasse ao seu coração. Só um pouco — havia trabalho a fazer.
Kate pegou a carteira enquanto se aproximava do caixa eletrônico. Achava que sua conta corrente devia estar no azul. A julgar pelos preços baixos que vira no café ao lado da biblioteca central, duraria até a sua bolsa universitária ser depositada.
"Bolsa universitária." *Não era de admirar que os millennials nos achem cheios de merda.*
O cartão Alliance e Leicester desapareceu um segundo antes de Kate se dar conta de que não tinha ideia de qual era a senha. Havia mudado regularmente a senha de todos os cartões, zombando dos idiotas que mantinham o mesmo número de ano para ano. Ela franziu a testa, encarando com perplexidade os quatro travessões em branco.
— Ai, Cristo — falou em voz alta —, onde estão seus poderes de memória agora, velha?
Kate digitou o ano da Lei de Reforma. Nada. Tentou então o ano do nascimento de Jane Austen. Também não. Sentiu que, agora, havia alguém parado atrás dela, bufando ligeiramente de impaciência.
De repente, a inspiração: o aniversário do Luke! Mês e ano — sim, claro. Ela digitou 1072.
VOCÊ INSERIU UMA SENHA INCORRETA TRÊS VEZES. SEU CARTÃO FOI RETIDO POR RAZÕES DE SEGURANÇA. POR FAVOR, CONTATE A SUA AGÊNCIA LOCAL.

Não, ela se deu conta. É claro que a senha não era o aniversário do Luke. Ela ainda não conhecia o Luke.

Kate bloqueou a pontada de desespero e gritou para o texto verde.

— Como assim?! Do que você tá falando, seu Dalek estúpido?! Como vou me lembrar de um número desses no meio de toda essa merda? Vá se foder!!

Ela estendeu o punho direito cerrado para trás e precisou de toda a sua autodisciplina para não acertar um soco na tela.

— Vá em frente, meu bem! Também já passei por isso! Mete a porrada mesmo.

Disse uma voz atrás dela, e muito familiar.

Kate girou no salto da bota.

— Só não *me* bata, tigresa! Calma aí.

Franja, Kate pensou enquanto desmaiava. *Amy usava franja.*

— Ela literalmente *apagou*, como uma donzela de antigamente. Eu pensei: "Cacete, falei alguma coisa errada?"

Kate escolheu não abrir os olhos. Então ouviu uma segunda voz, masculina.

— É surpreendentemente pesada, na verdade. Muitos músculos. O meu palpite é que provavelmente seja atleta. Afinal, dá pra ver que ela está em forma. De várias formas!

— Tá certo, bem, obrigada pela ajuda... Freddie?

— Sim, isso mesmo. Freddie.

— Tá certo, então, meu bem, obrigada pela ajuda, mas pode deixar que agora eu tomo conta dela.

— Posso ficar, sem problema. Ela talvez precise de cuidados, não é?

Kate ouviu um toque de paciência forçada na voz de Amy, quando respondeu:

— Você foi ótimo, Freddie, mas a minha irmã é enfermeira e sei algumas coisinhas sobre cuidados médicos. Ela vai ficar bem comigo agora.

— Você também está em muito boa forma, Amy.

— Freddie, meu bem, se manda.

— Tá certo.

Kate acabou rindo e mostrando que já havia se recuperado do desmaio, mas tentou fingir que estava tossindo.

— Muito bem, o Kraken desperta — brincou Freddy, pairando sobre ela em uma camiseta de rúgbi de duas cores.

— Estou indo.

— Muito obrigada por me ajudar a carregá-la, fofinho.

— Estou totalmente à sua disposição, Amy.

Freddie, pensou Kate. *Segundo ano. Legal. Rúgbi e Geografia. Não é má pessoa, mas claramente está tentando tirar vantagem de uma crise.*

— É isso aí — voltou a falar Freddie, finalmente se afastando. — Quando precisar, Amy. Quando precisar.

Kate voltou o olhar desfocado para a amiga.

Amy, dezoito anos, uma paródia mais jovem de si mesma, como se vinte e oito anos tivessem sido um trabalho de aprimoramento constante de cabelo e maquiagem. Naquele momento, ela era apenas a Amy básica. Em sua fase original de roupas da All Saints, é claro. Uma blusa curta de estampa camuflada, o piercing no umbigo, os cabelos muito pretos, ainda sem tintura, que ela deixava soltos ao redor dos ombros durante o dia. Kate sorriu e a amiga retribuiu o gesto.

Amy falou primeiro.

— Ora, ora, você. O que aconteceu? Parecia ter visto um fantasma, caramba.

— Ainda não — murmurou Kate.

— O que você disse, meu bem?

— Nada. — Ela se sentou, tentando se recompor. — Desculpe. Não tenho ideia do que aconteceu. Acho que virei a cabeça rápido demais. Sou a Kate.

— É um prazer conhecer você, Kate. Agora tome um pouco de água. Sou a Amy.

Kate pegou a caneca com a estampa do elenco da série *Thirtysomething* e fez o que a amiga dizia. Então, olhou ao redor do quarto.

— Seu quarto é igual ao meu, mas você fez ele parecer mais bonito.

— Você também está aqui?

Kate assentiu na direção da janela.

— Bloco Sul, pra lá. Quarto 47.

— Bem, você com certeza sabe fazer uma entrada triunfal.

Kate riu.

— Desculpe de novo. Cristo, o que você vai pensar de mim? Nossa... apagando igual uma... — Ela teve vontade de dizer "aquele vídeo do repórter da meteorologia de 2016, no YouTube", mas mudou na mesma hora para — ... Madame Bovary. — Provavelmente porque sabia que Amy estava ali para estudar Francês.

— Ah! Agora, sim! Que interessante. Mas ela não desmaia, na verdade. O Justin desmaia, mas a Emma, não.

Kate viu uma oportunidade para criarem uma identificação.

— A Emma Bovary é meio idiota, não acha?

— Acho que a intenção é que ela seja meio idiota de um jeito bom, mas, pra ser sincera, não consigo suportá-la.

— Isso mesmo! Eu não sabia disso sobre você!

Amy a encarou sem entender por um momento. Kate resolveu preencher o vácuo com uma conversa educada básica. Seu sotaque estava se dividindo loucamente entre o da sua Deptford nativa e o jeito de falar da classe média britânica que adquirira já adulta.

— Muito obrigada. Amy, não é? Foi muita gentileza da sua parte.

— Está tudo certo, meu bem.

Kate sentiu que estava sendo observada enquanto, constrangida, tomava outro gole de água e olhava ao redor do quarto.

De repente, Amy se levantou da cama.

— Descanse, não vou a lugar nenhum por enquanto.

Amy começou a arrumar a escrivaninha, sem parecer estar prestando muita atenção no que fazia, mas logo parou. Ainda de costas para Kate, ela pareceu tomar uma decisão. Então virou-se, voltou para a beira da cama, colocou os cabelos atrás da orelha e pigarreou.

— Escuta — começou, encarando Kate com uma expressão sincera, apesar dos olhos estarem semicerrados —, não conheço você, Kate, e pode me mandar calar a boca se eu estiver passando dos limites. Mas não pude deixar de notar que você andou se cortando. — Amy deixou os olhos pousarem no braço esquerdo de Kate.

Os três cortes paralelos daquela manhã.

Kate pousou a caneca em cima da mesa de cabeceira e cobriu instintivamente os arranhões.

— Tá certo, sim, não... isso não é o que parece.

— Tenho uma ideia do que parece, meu bem, e também já passei por isso.

— Não, isso foi um acidente.

— Um acidente com um tigre-dente-de-sabre?

— Não, um acidente com...

Com o quê? Um garfo? Um esquilo furioso? Um abacaxi escorregadio? Aquilo era impossível. Kate saiu da cama e se levantou. Amy fez o mesmo.

— Sim, você tá certa. Eu não quero falar sobre isso. Enfim, você foi muito legal e...

— Escuta! — Na mesma hora, Amy assumiu sua postura mais formidável, com as mãos nos quadris, as sobrancelhas escuras sutilmente erguidas, em um jeito profissional, um pé ligeiramente à frente. — Você é quem sabe. Só estou dizendo que já passei por isso. E que há pessoas com quem você pode conversar. Pessoas que podem ajudar.

Kate já estava recuando em direção à porta com uma expressão contrita, mas ao ouvir aquilo estacou. Ela se aprumou e soltou a frase como se lançasse uma adaga:

— Você não muda, não é mesmo? Cacete!

Amy arquejou diante do comentário louco e extravagante, e também diante do veneno que fazia pesar a voz de Kate. Suas mãos permaneceram nos quadris, mas ela recolheu o pé que estava à frente e inclinou a cabeça.

— Quem... você pensa que é...

Kate a interrompeu.

— Eu não preciso disso. Não preciso de ninguém. Eu não "andei me cortando". Estou bem. Sempre estive bem. Sempre vou estar...

Ela balançou a cabeça enquanto as mentiras, o luto, a vergonha e a sensação de impotência pareciam apertar a sua garganta. A expressão no rosto de Amy suavizou e ela fez um movimento que ameaçava se transformar na oferta de um abraço.

Kate pegou o casaco e saiu do quarto.

Ela saiu pisando firme, com a cabeça baixa, e voltou para o quarto que ocupava.

Nossa, isso deu TREMENDAMENTE certo. Boa, Kate.

Ela atravessou mais uma ponte sobre o lago do campus, aquela no nível da água, feita de degraus de pedras de concreto — só alguns centímetros separavam as pedras, e ela contou os próprios passos. Cuidado com o vão. O vão vai jogar você para fora.

Gansos. Os gansos idiotas por toda a parte. Ela se lembrou de que aquele era o tipo de coisa que os ex-alunos da Universidade de York falavam com carinho quando já não pisavam mais em cocô de ganso. Kate se imaginou voltando à margem do lago para chutar alguns malditos gansos em direção ao céu. Por que tinha sido tão horrível com Amy? Aquele jeito de ser simplesmente se tornara um hábito? Era o *sistema* de relacionamento dela? Não importava o século, toda vez que Amy oferecesse ajuda, já poderia esperar ser insultada como resposta? *Qual é o problema comigo, cacete?*, gritou dentro da própria mente.

Aquilo tinha sido uma folha em branco. Um novo começo. Agora a melhor amiga dela já estava prevenida, na defensiva, em relação àquela pessoa rude, furiosa, que desmaiava... aquela pessoa *doente*. Que queria se machucar. Que obviamente havia feito aquilo, na sua antiga vida. Mas agora... Kate desacelerou o passo.

Agora... ela não queria mais morrer.

Então aquilo era... bom?
Kate alcançou a outra margem e parou. Sim, aquilo era bom. Era bom, mas não havia ninguém com quem compartilhar. Ninguém a conhecia. Ela se virou e ficou olhando uma família de gansos se aventurar para fora do lago.
Não.
Não, aquilo seria insuportável.
Mas maravilhoso.
Vamos lá, então. Pé direito na frente.

Kate encontrou a fileira de três cabines telefônicas no lugar de sempre, do lado de fora do Salão Comunitário Júnior. Sentindo-se ainda mais furtiva agora que precisava evitar Amy, ela esperou que uma cabine vagasse enquanto examinava as unhas roídas e desejava ter um celular para checar. Mas, obviamente, se tivesse um celular, não estaria na fila da cabine telefônica.

A caloura que estava na frente dela terminou a ligação. Tinha uma aparência tão aleatória que nem mesmo Kate conseguia se lembrar do nome dela. Ela reparou no rosto manchado de lágrimas quando a garota passou, e sentiu uma pontada de arrependimento. Na primeira vez que chegara ali, não tinha conseguido entender a necessidade dos calouros de ouvir uma voz familiar depois de apenas vinte e quatro horas longe de casa. Agora — bem, as circunstâncias dela eram incomuns, mas um pouco mais de gentileza da última vez não teria feito mal. *São só crianças*, pensou. *Alguns deles nunca tinham se afastado muito de casa antes. Eles não conhecem ninguém — estão com medo —, então é claro que querem falar com os pais.* A única diferença era que quando os outros calouros ligavam para casa em 1992, não havia muita chance de falarem com um pai que morreu em 2001.

Kate respirou fundo. Se a querida mamãe atendesse, seria mais administrável. Mas não tinha esperança de que aquilo acontecesse. Ela checou o relógio de pulso. Quase duas da tarde de um sábado. Madeleine com certeza estaria na casa de uma amiga, onde as duas passariam cerca de dez minutos desafiando educadamente uma à outra a abrir um vinho rosé antes que cada uma entornasse uma garrafa. Já Bill... se o Millwall estivesse jogando em casa, ele estaria assistindo ao jogo no Old Den, com Keith. Caso contrário, estaria trabalhando ou assistindo a algum outro jogo na TV. Kate imaginou que o pai não se importaria com a interrupção. A menos que estivesse assistindo ao West Ham ser destruído. Mas, se fosse esse o caso, não haveria problema — porque, naquelas circunstâncias, ele não atenderia ao telefone.

Ela pegou o fone e discou 100.

— Operador. Como posso direcionar sua chamada?

— Oi, preciso fazer uma ligação a cobrar, quer dizer, dar um telefonema.

Kate deu o número e esperou que a ligação fosse completada. Ela ouviu o som de chamada e pensou que estaria tocando no "novo" telefone verde com botões no lugar do disco e um toque elétrico que parecia um grilo indignado — o telefone ficava no corredorzinho perto da escada, na mesinha lateral antiga que Madeleine tinha comprado, meio bamba, e que Bill ajeitara colocando um envelope embaixo.

— Alô?

O som da voz do pai fez Kate encostar a cabeça na divisória de madeira que separava as cabines. Ela fechou os olhos e saboreou o som como se fosse leite morno com uma pitadinha de morfina. Sentiu-se agradavelmente doente.

— Temos uma ligação a cobrar de uma cabine telefônica da região de York. O senhor aceita a cobrança?

— Sim, por favor.

Sem mais desmaios, sem mais desmaios, sem mais desmaios.

— Obrigado, a ligação foi completada.

Kate ouviu o clique quando o operador desligou. Ela abriu os olhos, mas mal conseguia respirar.

— Kate? Alô, Katie, é você?

— Papai — falou ela, a voz engasgada.

Houve uma breve pausa de surpresa do outro lado da linha. Ela não o chamava assim desde que tinha nove anos.

— Você está bem, querida? Aconteceu alguma coisa?

A última coisa que Kate queria era preocupá-lo. Ela cerrou os dentes e congelou metade do coração para deixar a outra metade sentir o sol. E se imaginou sendo atacada por um bando de hienas selvagens.

— Não, não. Não aconteceu nada. Eu só queria ouvir... Só queria dizer oi.

— Ora, oi pra você! Para ser sincero, como deixei você na estação ontem, achei que não teríamos notícias suas até o Natal. Não que não seja maravilhoso falar com você. Tem certeza de que está bem?

— O que você tá fazendo? Não interrompi nenhum jogo, não é?

— Não, meu bem. Quer dizer, sim, mas o jogo estava uma porcaria, por isso eu desliguei. Dica de leitura. Dr. Francis Fukuyama, por favor. O livro é *O fim da história e o último homem*. Novinho em folha. Dá pra sentir o cheiro da fábrica de papel.

— Por que você compra os livros em capa dura, pai?

— Duram mais.

Era verdade. Kate tinha herdado aquele livro, entre outros, quando a mãe se mudara para uma casa menor. Ela evitara que ele fosse vendido na feira beneficente da igreja.

— E o que ele diz?

— Parece que diz que a Guerra Fria acabou e nós vencemos, *ergo,* todos concordamos que a democracia liberal é melhor e, assim, não precisamos mais nos dar ao trabalho de discutir, *ergo,* fim da história. O que acha?

— Acho que a história deve ter outras ideias.

— Certíssima. Dizem que o amanhã nunca chega, mas ontem chegou, não foi?

Kate riu. Houve uma breve pausa e ela percebeu que Bill ainda estava confuso com o telefonema. Então, continuou:

— Muito bem, então, vou deixar você voltar para o que estava fazendo. Só queria dizer oi. Talvez eu apareça por aí para uma visita um pouco antes do que imaginava.

— Tá certo, querida, é uma boa ideia. — Houve outra pausa. — Você está fazendo amigos e tudo o mais, não é, meu bem?

— Sim! É claro. Aos montes.

— Ótimo. Bem, só não fique grávida.

— Esse com certeza não é o plano.

— Fico feliz em ouvir isso. Sou bonito demais para ser avô.

Kate sorriu, mas já havia esgotado as hienas com que batalhar. Não conseguiria mais aguentar aquilo. Sentiu vontade de dizer "estou com saudades", mas não ousou. O mesmo para "amo você".

Em vez disso, ela conseguiu manter a voz no mesmo tom pelo tempo necessário para dizer:

— Nos vemos logo, então. Se cuida.

— Você também, querida. E me ligue a qualquer hora que precisar.

— Farei isso.

— Estou sempre aqui.

— ...

— Kate?

— Sim. Sei que está. Tchau.

— Tchau, meu bem.

Kate pousou o fone no lugar e arriou no chão, com o rosto entre as mãos. Com quantos homens mortos ainda teria que conversar naquele dia? Com sorte, só um.

Era um tipo complicado de esperança.

Naquele momento, ela percebeu um estranho (ao menos era o que ele achava) se agachando ao seu lado. Kate ergueu os olhos e os soluços pesados se transformaram em uma risada engasgada. *Sim, é claro. Quem mais seria?*

Kes — preocupado e esquisito no jeans vermelho, as meias desencontradas cuidadosamente escolhidas e uma camisa floral com um colarinho saído diretamente dos anos 1970. Kate se animou ao vê-lo, e seu humor deu uma virada completa, como um táxi em uma rua sem saída. Ele parecia tão arrumadinho quanto Amy, mas a comparação com seu eu mais velho parecia menos pronunciada naquele rosto, graças à quantidade de botox que Kes começaria a aplicar no rosto ainda com trinta e poucos anos. Um crítico de TV se referira a ele como um "John Barrowman galês". Kes descobriu que era capaz de viver com aquilo, apesar de reclamar com seu agente que, na verdade, Barrowman é que deveria ser chamado de um "Keven Lloyd americano".

— Está tudo bem aí, meu bem? Más notícias de casa?

Kate estendeu a mão e ele a ajudou a levantar.

— Obrigada. Não. Não, na verdade foi uma ótima notícia de casa. Acho que foi um pouco demais pra mim. Eu...

— Nem me conte... uma prima distante que você sempre odiou acabou de ganhar na loteria e vai gastar tudo naquele apartamento em Biarritz, bem ao lado do seu, e estragar a vizinhança.

— Sim, exatamente. — Na mesma hora Kate sintonizou naquele cumprimento de onda de sacanear alguém imaginário com que costumava se divertir com Kes. — Típico da Marcia. Ela vai enfiar luzes de fadas por toda a parte. Criatura vulgar.

O rosto de Kes se iluminou com a descoberta.

— Sim. Qual é o problema com a Marcia? Você vem falando com ela há anos e a criatura não te escuta. — Ao lado de Kes, Kate reconheceu um aluno da Benedict, de aparência ligeiramente doentia, que começava a franzir o cenho, confuso. Ele mudou o peso de um pé para o outro, lembrando momentaneamente a Kevin da sua existência. — Ah, desculpe... Eu sou o Kes, e esse é o Jordan.

— Jury — disse Jury.

— Desculpa. Jury.

— Sou a Kate. — Ela trocou apertos de mãos com eles.

— Tenho que fazer uma rápida visita ao meu alfaiate em Savile Row — disse Kes —, mas depois eu talvez pudesse levar você para tomar um gim no centro da cidade, o que acha? — Ele se virou impiedosamente para Jury, e acrescentou: — Querido, podemos remarcar o chá com bolinhos? Tenho certeza de que a Kate precisa da minha atenção exclusiva. Você sabe como é com a Marcia.

Jury começou a abrir a boca, visivelmente tentando descobrir quem diabo era a Marcia, e como ela acabara cancelando o boquete que lhe tinha sido prometido dez minutos antes. Kes continuou:

— Mas verei você mais tarde no bar, e não ouse me deixar esquecer. — Antes que pudesse haver qualquer objeção, Kes segurou o rosto doce de Jury entre as mãos e disse com urgência: — Quero saber muito mais sobre você. Muito mais. Promete que vai estar no bar?

— Ahn... tá certo!

Com isso, Kes deu um beijinho rápido nos lábios dele e se afastou. O garoto enrubesceu, mas sorriu.

— Vejo você mais tarde, querido. — Kes declarou aquilo e acenou com a cabeça com uma autoridade que não deixou ao rapaz ligeiramente mais jovem qualquer dúvida de que ele agora tinha que ir embora. E foi o que fez.

Kate ficou olhando Jury se afastar. Na época dela de verdade, um beijo gay em público era mais corajoso do que os liberais gostavam de pensar. Mas, em 1992, Kes estava fazendo uma declaração e tanto, mesmo em um campus universitário. Ela olhou para ele com admiração, mas disse:

— Predador.

— Eu sei. Graças a Deus você estava aqui para me salvar. — Kes foi até a cabine telefônica e revirou o bolso em busca de dinheiro.

— Estava me referindo a você.

— A mim?! Ah, Kate, como você pôde? Depois de todo esse tempo? — Ele piscou para ela e ergueu o dedo indicador brevemente como se dissesse que voltava logo, antes de colocar uma das moedas enormes e antigas de 50 pence no slot e discar com cuidado. Ela se virou e recuou alguns passos para dar a ele um pouco de privacidade.

Estava tudo errado. Tinha conhecido Amy cedo demais, e agora Kes. E na primeira vez — naquela noite no bar —, Kes praticamente a ignorara. Seu talento duvidoso para amizades instantâneas fora direcionado para outro lugar. Agora ele estava fazendo o que presumiu serem piadas irônicas sobre sua intimidade de longa data. Tudo porque ela conjurou o nome "Marcia" e a chamou de idiota.

Por causa da direção da brisa, Kate conseguiu ouvir que Kes estava falando em galês. O tom dele era alegre, mas terno, e ela adivinhou com quem ele conversava. O irmão mais velho de Kes, David, entrava e saía de centros de detenção juvenil desde que eram crianças. Demoraria alguns anos até que o sucesso de Kes na TV financiasse um curso universitário local para David e as coisas começassem a mudar. Nesse meio-tempo, Kes dedicava tempo e atenção ao irmão que ele adorava, mas cujo caminho havia conseguido evitar seguir. Kes fez de si mesmo a pessoa indispensável, e aquilo funcionou. Kate pensou a respeito... era um final feliz em construção.

Logo, Kes desligou o telefone. E bateu palmas ruidosamente.

— Muito bem, então!
— Como estava o seu alfaiate?
— Humm? Ah, ele está perturbado. Eu queria um blazer de lamê dourado cintilante para o Oscar, mas ele fez o último para Keanu Reeves e agora não tem mais nenhum lamê dourado. O homem está completamente fora de si.

— Você não pode simplesmente ligar para Keanu e pedir o dele emprestado? — Eles começaram a caminhar em direção à cidade.

— Seria uma boa sugestão, Kate, mas é bem sabido que Keanu é agressivamente direitista e homofóbico. Não tem a menor chance de dar certo.

— E ele odeia particularmente os galeses, certo?

— Ele nos odeia com ardor. Keanu aparece de vez em quando em Porthcawl, aparentemente para jogar golfe... você sabe que ele é um jogador de golfe muito talentoso, não é?

Kate visualizou Keanu Reeves com uma viseira e calças brancas. E engoliu uma gargalhada.

— Na verdade, eu não sabia disso.

— Ah, meu Deus, ele *vive* para o golfe. Mas é claro que só joga no País de Gales para poder sair disfarçado à noite e nos matar um por um com as próprias mãos.

Ah, o prazer descomplicado de ouvir Kes falar besteiras. Certamente foi aquilo que o médico receitou.

— Qual é o disfarce dele?

— Essa é uma questão controversa. Alguns dizem que ele usa o vestido de noiva da mãe com um véu, mas acho que essas pessoas viram filmes de terror demais. Na minha opinião, houve um terrível mal-entendido. Keanu nos odeia, mas também quer nos ajudar. Acho que foi seu envolvimento com o Drácula de Bram Stoker que induziu a psicose. Ele está em conflito, você sabe. Tenta impor suas mãos curadoras, mas não conhece a própria força. É quando os corpos começam a se acumular. É tudo profundamente lamentável.

— Foi isso que o trouxe aqui? A ânsia de escapar do abraço letal de Keanu?

— Sim. Isso e o fato de a porra da Oxford não ter me aceitado.

Kate riu.

— Idem aqui.

— Ah, uma companheira de rejeição. — Kes ofereceu o braço e ela aceitou. — Qual é a sua desculpa?

Kate estava feliz por estar em um território tão familiar, olhando diretamente para trás de 1992, sem armadilhas relacionadas ao tempo de que precisasse se esquivar.

— Oxford, então — disse Kate, feliz em dizer a verdade. — Eu perdi a cabeça e fui obscenamente rude com o meu entrevistador.

— Ah, pelo amor de Deus, me conta tudo imediatamente.

— Bem, no fundo, sou uma pessoa de computadores, e meu entrevistador de Ciência da Computação achou isso um pouco desafiador.

— Pelo detalhe provocador de você ser proprietária de uma vagina?

— Eu esperava que não fosse isso, mas acabou sendo exatamente esse o motivo.

— Um professor de Oxford sexista. Acho isso inacreditável.

— Ele estava preocupado a respeito dos hobbies que listei no meu formulário de apresentação.

Kes estava se divertindo.

— Sabe, os hobbies que eu coloquei no meu formulário eram um bando glorioso de mentiras. Mas tenho a sensação de que os seus são verdadeiros.

Kate aceitou o elogio. Deus, como sentira falta de Kes...

— Eram, sim. Eu mencionei meu interesse em caratê.

— Ah. As artes violentas. Esse é um interesse casual? Quer dizer, você...

— Sou faixa-preta do sétimo dan e medalha de prata no campeonato mundial.

A Kate de dezoito anos nunca teria contado aquilo com tanta ousadia. Ela observou Kes absorver a informação. Ele olhou para ela pela primeira vez em alguns minutos, o rosto todo iluminado por um sorriso largo e desarmado. E disse apenas:

— Quem ficou com o ouro, sua perdedora terrível?

Kate riu.

— O nome dela era Mischa Filatova. Uma garota muito legal, e nós nos correspondemos por... quer dizer, ainda mantemos contato. Mas os húngaros estavam dopando a equipe deles até quase perderem a consciência. A pobrezinha se parecia com o Tom Selleck.

— E nosso amigo de Oxford achou sua conquista difícil de suportar.

— Ele foi estranhamente agressivo por meia hora. Um professor de computação com a gravata manchada de ovo e um cavanhaque. No final, sugeriu uma festa à fantasia, na qual eu iria de Miss Piggy porque ela também fazia caratê.

— E você se viu obrigada a comentar sobre o jeito esquisito dele se vestir.

— Eu disse que ele deveria colar mais alguns pelos púbicos no queixo e ir fantasiado de boceta.

Kes fechou os olhos para saborear a alegria do que acabara de ouvir.

— Ah, Kate, já posso ver que vamos nos dar maravilhosamente bem.

Kate voltou para o quarto por volta das cinco da tarde, depois de alguns gins-martínis com Kes no bar matinê do

Teatro Royal. Com o limite estourado em três cartões de crédito, ele passou um cheque sem fundos para a ocasião. Eles conversaram espirituosamente, como se fossem pequenos aristocratas passeando entre o populacho ou, naquele caso, entre os aposentados abastados de York. Kate se lembrou de que Kes trazia à tona o que havia de deliciosamente pior nela. Anos tomando cuidado com o vocabulário que usava, com o que revelava sobre seus dons — certificando-se de não dar a ninguém alguma desculpa para dizer que ela era "inteligente demais" —, tudo isso jogado no lixo na companhia maldosa daquele palhaço bissexual da classe trabalhadora e com o nariz empinado. Ele chegou até a dar uma leve cantada nela.

— Lady Katherine, admito que ainda não tenho vinte e um anos, mas acho que devo avisá-la que não sou um mero caçador dos prazeres do pau. Também não sou estranho aos encantos da WOOLWA.

— Lorde Keven de Newport, agradeço a delicadeza da sua proposta. Mas devo confessar que a minha WOOLWA está prometida para outro.

— Outro?! Como é possível? Quem é esse chato problemático? Devo desafiá-lo para um duelo mortal e destruí-lo instantaneamente.

— Frisbees ao amanhecer?

— Frisbees afiados a qualquer momento.

— Difícil de lançar. Ai.

— Eu não tinha pensado nisso. Mas posso estar falando sério... você está envolvida?

Kate sorriu para seu gim.

— Keven, precisamos ter um ou dois segredos entre nós. Do contrário, fica chato, não acha?

Kes estava dividido entre a sua curiosidade insaciável e o risco de parecer entediante. Eles encostaram os copos em um brinde.

— Ao amante de Kate — anunciou ele —, seja quem for. Espero que ele ou ela valorize você.

— Ele valoriza — disse Kate. — Vai valorizar.

Ela se sentou na cama, contemplou a mala aberta e se deitou na mesma hora. A meia-calça e o vestido-avental eram irritantes, por isso os despiu logo. *Jeans e uma blusinha mais tarde. Fique confortável. Humm, só um pouco bêbada. Esse corpo não é de uma alcoólatra.* Os dois gins que normalmente serviriam como um café da manhã farto agora corriam pelo seu sangue com uma potência há muito esquecida.

Seus pensamentos se voltaram para Luke, ponderando vagamente sobre o enigma da viagem no tempo e da monogamia. Não tinha sido nenhum problema rejeitar Kes porque não se sentia atraída por ele. Mas aquilo certamente seria um problema.

Kate fungou profundamente e se sentou. Então, tecnicamente, era duplamente solteira. Era uma viúva que não precisava ser fiel a Luke porque ele estava morto, ou era uma jovem que não precisava ser fiel a Luke porque nunca havia conhecido o cara. Mas não era tão simples. Ela não conseguia se esquivar da realidade emocional dos seus vinte e oito anos juntos. Eles não tinham se divorciado. Estavam juntos. Luke tinha morrido, mas agora estava vivo. O marido dela estava vivo. E Kate poderia salvá-lo. O que estava perdido tinha sido encontrado.

O pequeno problema era que ele não sabia que estava perdido.

Kate relaxou o corpo contra o travesseiro.

Vou manter a cabeça fria. Vou manter a cabeça fria de verdade. Quando o Luke entrar naquele bar? Vou permanecer totalmente tranquila.

Capítulo 9

Ela entrou no bar como se estivesse retornando à cena de um crime.

O bar da Benedict College parecia a área de desembarque de um aeroporto — tolerada por seus desafortunados passageiros graças a uma mistura de estoicismo britânico e álcool. Era um salão grande, em forma de L, onde a parte inferior do "L" era uma curiosa "área para não fumantes", acarpetada e novinha, por falta de uso. A parte principal do bar era cenário de uma vasta e contínua briga entre ladrilhos quebrados, luz fria e fórmica lascada. As paredes eram marrons, mas com aquele toque de amarelo que dá ao esterco de cavalo seu elemento dramático. Ao redor da parte principal havia uma série de "compartimentos" semicirculares com banquetas de plástico e pequenas mesas bambas que derramavam imediatamente qualquer bebida com a qual entravam em contato. Os pés das cadeiras de metal tinham perdido as proteções de borracha anos antes, e o efeito de uma centena de cadeiras raspando contra o piso de "terracota" era — até se aprender a ignorá-lo — como seria a insanidade se morasse com um dentista. Era um lugar onde não era possível se ouvir pensar, e que só captava os cheiros de tabaco e de cerveja da noite anterior. Kate se sentiu imediatamente em casa.

Por um momento ela ficou tentada a se sentar na área para não fumantes, mas depois lembrou que aparentemente tinha dezoito anos e não deveria estar interessada em se sentar em uma cadeira confortável. Kate havia passado por uma loja de sapatos mais cedo e se pegou com os olhos fixos em um par de sapatos Dr. Scholl. Agora, no bar, ela se virou na direção do balcão principal e fez uma pausa, inspecionando o campo de batalha. Era naquele canto. A mesa em que estava sentada sozinha quando Luke a abordara. Estava vazia. Kate fingiu estar andando casualmente até o bar, tentando dizer ao coração para se acalmar.

O bom e velho Malcolm, o impassível e quase inteiramente silencioso barman, exibia seu traje usual — uma camisa polo de times de competições de dardos e calça azul-clara. Um gosto de taberneiro pelo seu abastecimento e um cigarro Lambert and Butler, permanentemente queimando no cinzeiro atrás dele, haviam envelhecido prematuramente a cara triste de Malcolm, mas ele não poderia ter mais de trinta e cinco anos. Nossa... até Malcolm era mais jovem do que ela. *Fique calma. Tome só um drinque.* Kate tinha encontrado uma nota de dez no bolso do jeans que estava usando, então pelo menos o problema de dinheiro havia sido resolvido por enquanto. Todo o resto parecia normal. O canto do bar estava vazio, como deveria. Malcolm estava polindo com todo cuidado uma caneca de cerveja, como deveria estar.

E Toby Harker estava parado bem ao lado dela. Como certamente não deveria estar.

Kate ficou paralisada, olhando para a foto de Florence Nightingale no verso da nota de dinheiro ridiculamente grande. *Não, não, não. Toby, não. Ainda não.*

Toby havia arruinado a própria entrada. Ele não deveria aparecer por pelo menos uma hora. Deveria estar no camarim, fazendo exercícios vocais e treinando suas falas para, então, entrar caminhando lentamente e ir até a banqueta do canto, onde daria uma tragada no cigarro de Kes, e os dois acabariam discutindo sobre Jacques Derrida. Depois, eles começariam a reclamar de como Kate e Luke — os dois pombinhos no canto — estavam ignorando rudemente todos os outros e pareciam prestes a se agarrar. Então Kes perguntaria ao Toby, "Onde um homem pode se divertir com outros em York?". E Toby diria que achava que não poderia ajudar com aquilo. Não, Toby não deveria estar de pé ali, de jeans verde, camiseta branca e colete azul-marinho, o braço esticado em cima do balcão, mostrando o relógio Swatch antigo e o... ah, Deus, o rabo de cavalo dele! A trança!

Kate olhou novamente de relance para a esquerda, para o Toby adolescente. A trança única no cabelo loiro sujo caía frouxamente pelo lado esquerdo do rosto forte, terminando perto da mandíbula, onde claramente irritara a pele. A trança combinava com o cabelo sujo, mas destoava totalmente do colete de veludo que, por si só, prejudicava o ajuste perfeito do jeans. Ele era como um senhor do tempo recém-regenerado que ainda não tinha encontrado o visual certo. Em algum momento no futuro, o dinheiro selaria a paz. A falta de jeito desapareceria, e o dândi se uniria ao homem musculoso em um alfaiate caro da New Bond Street. Não demoraria muito para Toby abraçar de novo os bastiões da masculinidade, assim como o valor reconhecido do xampu. Nesse meio-tempo, aquele visual era glorioso. Kate desviou o olhar com um sorriso malicioso um pouco tarde demais.

— Oi! Como vai?
— Ah. Bem.
— Meu nome é Toby.
— Eu sou a Kate.

Ele continuou onde estava no bar, com o braço do Swatch esticado, e usou a outra mão para apertar a de Kate, em um movimento desajeitado para trás que a fez sorrir. Como todos os velhos/novos amigos que ela havia conhecido naquele dia, Toby parecia ter acabado de dar meia tragada em um balão de hélio. E o sotaque dele estava um pouco mais próximo da sua origem, em Edimburgo, do que ela se lembrava. A não ser por isso, aquele jovem causava uma ótima impressão de Toby. Kate se sentiu encorajada.

— Estava admirando a sua trança.
— Nossa, essa coisa idiota. — Ele escondeu a trança na mesma hora em meio à confusão do rabo de cavalo. — Estou o tempo todo querendo me livrar disso, mas... Foram umas garotas que fizeram essa trança em mim, enquanto eu estava deitado na grama.
— Você estava drogado e amarrado?

Toby deu um sorrisinho, revelando o espaço entre os dentes da frente.

— Drogado, sim, mas amarrado, não. Em Glastonbury.
— Ah.
— Você estava lá?
— Não. Não, eu estava... — Kate ficou virando a nota de dinheiro nas mãos por um segundo. Ela estava o quê? Em Granada ganhando uma medalha de prata no Campeonato Mundial de Caratê? Melhor não seguir por aquele caminho.
— Estava lavando os cabelos.

Uma rápida nuvem de dúvida franziu o cenho de Toby, enquanto ele parecia se perguntar se aquela garota estava debochando dele, e se ele se importava ou não.

— Não tem cheiro, sabe.

— O que não tem cheiro?

— O cabelo. Depois de um tempo, não tem cheiro de nada.

— Sim, acredito que sim. Eu não estava...

— Pode cheirar, se quiser.

— Não vou *cheirar* você, Toby.

Ele piscou, surpreso. Certo, aquilo talvez tivesse sido um pouco íntimo demais.

— Posso pedir uma bebida pra você?

Que *maravilha*.

— Não, obrigada, eu tô... — O quê? Dirigindo? De luto? — Tô... tentando beber menos. Na verdade, quero só um copo d'água — respondeu Kate. — Na verdade, não estou me sentindo muito...

— Pode pegar um copo d'água, por favor, a moça não está se sentindo bem. — Toby fez o pedido com tamanha autoridade que Malcolm pegou um copo com algo semelhante à pressa. Kate se apoiou no balcão. A loucura e o absurdo da situação em que se encontrava a atingiam em ondas, e aquela foi uma das grandes.

— Desculpe, estou bem, é sério.

— Claro que está. Mas também está tremendo. E como não costumo ter esse efeito sobre as mulheres, pensei que poderia ser outra coisa.

— Aqui está, meu bem — disse Malcolm, quase dobrando o número total de palavras que Kate já o ouvira dizer.

Ele empurrou um copo d'água em sua direção, ela pegou e virou de uma vez. Kate ouviu o próprio coração e procurou acalmá-lo com a respiração, reparou no sangue correndo em suas veias, na pressão do chão sob as solas de seus pés, na sensação fria da borda de metal do bar na palma da sua mão. Toby pareceu perceber que não havia muito que pudesse fazer por ora, e ela o ouviu pedir em silêncio uma caneca de cerveja. Querido Toby...

Mas aquilo não era bom. Mais calma agora, Kate arriscou uma olhada no relógio. 19h38. Faltavam seis minutos para Luke chegar. Da primeira vez, ela havia ficado boquiaberta quando ele entrou pela porta — aquela porta, na outra extremidade, perto da mesa de bilhar. E tinha checado o relógio — aquele mesmo relógio, naquele pulso jovem. Parecera a coisa óbvia a fazer. Assim como um médico registra a hora da morte, Kate registrou o amor à primeira vista. 19h44.

Ela precisava chegar à mesa do canto.

— Obrigada — disse a Toby —, você foi muito gentil mesmo, mas tenho que ir me sentar.

Toby limpou um pouco de espuma de cerveja do lábio superior.

— Claro. Tem uma mesa vazia naquele canto. Vamos...

— Estava querendo dizer me sentar sozinha.

— Claro. Sim, claro.

— Desculpe. Isso foi muito horrível? É só que estou esperando uma pessoa.

— Tudo bem. — Ele tomou um longo gole de cerveja.

Kate percebeu que Toby estava se perguntando o que dizer agora, e teve que se conter para não abraçá-lo. Ele não investia muito do seu orgulho na aparência, mas o pobre rapaz agora estava visivelmente avaliando a possibilidade de um corte de cabelo.

Kate se pegou dizendo:

— Na verdade, é só um cara qualquer. Quer dizer, uma pessoa que eu conheci. Nada de mais. Mas ele é calouro aqui. Imagina a coincidência! Eu poderia apresentá-lo a você, mas... bem, tenho certeza de que vou fazer isso, mas...

Toby assentia enquanto ela falava, mas havia recuperado sua autossuficiência de sempre. Ele guardou o troco e disse:

— Tudo bem. Vejo você mais tarde.

— Quer dizer, ele provavelmente se esqueceu de mim.

Toby encarou-a nos olhos com ternura e disse:

— Eu duvido.

Kate ficou em silêncio por um momento. Um pensamento tentava muito chamar a sua atenção. Um pensamento emocionante e profundamente perturbador. Na verdade, era profundamente perturbador porque era emocionante. Mas o pensamento não teve a chance de se explicar porque foi interrompido por um galês berrando.

— KATE MARSDEN, SUA VADIA INSACIÁVEL!

O bar tinha começado a encher e metade dele agora se virou para ver Kes caminhando em direção a Kate com um sorriso largo. Ele tinha a aparência de um homem que estava bebendo desde o almoço e não tinha intenção de parar até mais ou menos a mesma hora do dia seguinte.

— Cristo — murmurou Kate quando ele chegou ao bar. Ela deu outra olhada no relógio. Cinco minutos.

— Então esse é o seu namorado secreto! — anunciou Kes, dando um tapinha nas costas de Toby.

— Hum, não — disse Toby, pousando o copo com o que restava da cerveja na mesa e enxugando a mão encharcada no jeans.

— Não mesmo — retrucou Kate —, quer dizer, não exatamente *não mesmo*, mas também... não. Na verdade, não tenho um namorado secreto. Ou qualquer outro namorado.

— "Minha WOOLWA está prometida a outro", você disse isso há menos de três horas! Achei que era esse danado bonito aqui. Ai, meu Deus! Derramei a sua cerveja!

— Sim — disse Toby. — Não se incomoda com isso.

— Mas é um incômodo imperdoável! Não tenho como me desculpar o bastante. Barman! Um uísque grande para o meu amigo escocês aqui! Um single malt, se é que tal coisa existe nesse buraco de merda esquecido por Deus!

— Hum. Tenho certeza de que não é necessário — interrompeu Kate.

Um Toby tranquilo se virou para ela:

— Na verdade, pra mim está tudo bem.

— Tá certo, então. Vejo vocês dois mais tarde.

Kes bateu com seu exausto talão de cheques no bar e começou a procurar uma caneta.

— Você não vai?

— Ela precisa se sentar — disse Toby.

— O que você fez com ela, seu bruto lindo? Ah, obrigado! — Kes aceitou a caneta-tinteiro de prata de Toby e examinou-a com admiração enquanto falava. — Deixa eu lhe dizer uma coisa: a Marsden e eu temos uma longa história. Foi nos dias inocentes logo depois do almoço que ela me revelou...

Estava claro que a única maneira de calar a boca de Kes e escapar era confundi-lo. Kate checou o relógio enquanto começava a falar.

Quatro minutos.

— Keven, esse é o Toby. Toby, Keven. Vocês dois têm opiniões bastante fortes sobre Jacques Derrida. Kes é um grande fã, mas, Toby, você acha que ele é uma fraude e que a Desconstrução é apenas uma desculpa para os professores de inglês ensinarem mal Filosofia. Certo?

A mão com que Toby levava a cerveja à boca parou a meio caminho da boca.

— Isso parece mesmo o tipo de coisa que eu diria — consegui dizer.

— Ótimo — disse Kate, pegando o copo d'água. — Fora isso, vocês não têm muito em comum, exceto pelo fato de ambos serem aquarianos e nenhum dos dois gostar de camarão. Com licença.

Ela se virou e começou a se dirigir à mesa do canto, horrorizada. Felizmente, Kes já estava bêbado demais para absorver muito do que ela dissera. Por cima do ombro, ela o ouviu perguntar:

— Então, Toby, isso é verdade? Qual é o seu problema com Derrida?

Ela se esquivou e abriu caminho para chegar à mesa, que agora tinha assumido uma importância religiosa. *Banco para dois, banco para dois, preciso conseguir um banco para dois.* O mantra de um antigo trecho de um stand-up de Ben Elton sobre como os britânicos se transformam em nazistas quando tentam encontrar assentos em trens surgiu em sua mente e, naquele ponto, ela teria alegremente cortado a garganta de alguém para chegar à mesa sagrada ao lado do banheiro. Kate se contorceu para entrar no banco diante da mesa bamba e pousou o copo.

Três minutos. Consegui.

Com certeza agora alguma coisa daria errado. Certamente Lauren, a cristã australiana, apareceria para perguntar por que Kate era tão esquisita. Certamente Amy bloquearia sua visão da porta ao lado da mesa de sinuca — ela ficaria parada ali com as mãos nos quadris, fazendo outro discurso sobre como Kate era uma autoagressiva em negação. "Uma autoflageladora em negação." Talvez aquela fosse uma definição perfeita. Talvez ela tivesse sido exatamente aquilo, nos 10.000 dias na cozinha de casa. Kate se concentrou na mesa de sinuca: um jogo de duplas — três rapazes e uma moça. Um estudante de Direito do terceiro ano estava tentando mostrar a uma caloura para onde apontar a bola branca. Se ela se incomodou com aquilo, não deixou transparecer, porque apenas riu e virou os cabelos com permanente para o lado enquanto se movia ao redor da mesa. *Sandra Milhouse*, lembrou Kate. *Sandra Milhouse, a idiota filha da puta com o peixinho dourado no quarto.*

Um minuto. Ela perdera Toby e Kes de vista. E Luke realmente iria aparecer? Por que ele apareceria? Afinal, outras coisas haviam sido diferentes naquele dia, e não havia razão para acreditar que...

Pronto. Parado na porta, educadamente deixando alguém sair, passando uma mão descuidada pelo cabelo escuro.

Luke Fairbright, dezenove anos, de volta.

Capítulo 10

Luke passou calmamente pela porta, e Kate olhou para ele como se estivesse sendo reapresentada ao próprio coração. Ela pensou nas vezes em que o observara da janela do quarto enquanto ele saía de casa, sendo observado, mas inconsciente disso, vulnerável em sua inocência. Luke em seu corpo, descendo lentamente a rua — a forma do amor.
— Você — sussurrou Kate.
Ele estava atravessando o bar em seu passo de sempre, mas para Kate pareceu que estava andando muito rápido. Nos sonhos, os mortos se movem lentamente, se é que o fazem. Eles caminham em sépia. Brilham como um holograma e dizem coisas sábias em câmera lenta.
Luke deu a volta na mesa de sinuca e um lado de Kate sentiu vontade de gritar, enquanto outro lado teve vontade de desaparecer no ar. Ela nunca o vira perder um encontro e ali estava ele, na hora certa. Vestido como antes: jeans preto, botas pretas, jaqueta preta de imitação de couro da loja de segunda mão em Salisbury. Um brinco de aço barato em cada lóbulo. Todo de preto, a não ser por baixo da jaqueta — a camisa. A camisa gola de padre azul e cinza que ela havia encontrado na parte de trás do guarda-roupa, junto com outros tesouros da época da universidade dos quais Luke não conseguiu abrir mão. Era a camisa que Kate encontrava presa

em seus punhos todas as manhãs. A mesma que, subitamente, pertencia novamente a Luke. O que ela compreendia mentalmente, naquele momento enfim começou a apertar suas entranhas: Luke não sabia que ela dormia com aquela camisa porque ele não sabia que estava morto; ele não chegara na hora para um encontro porque não havia encontro; ele não estava procurando por ela porque não sabia quem ela era. E ainda assim...

Vivo! Luke está vivo! Kate agarrou a mesa com uma das mãos e secou as lágrimas com a outra. Ela arriscou levantar os olhos — ele se aproximou do final do bar, do extremo oposto onde estavam Toby e Kes. No caminho, passou por duas mulheres, uma das quais o encarou boquiaberta e cutucou a amiga enquanto ele passava. *Ah, sim*, lembrou Kate, tentando se recompor, *aquilo era outra coisa. Aquilo ia ser um problema*. Ela se lembrou de um breve período em que Luke estava com trinta e poucos anos e ficava parado sem camisa, diante do espelho do quarto, consternado com o início de uma barriguinha de cerveja. Em vez de dizer a ele para parar de choramingar e ir para a academia, Kate dizia que preferia mesmo um pouco mais de carne. Se fosse para criticar, aquele Luke era magro *demais*. Mas ninguém estava ali para criticar. Kate se lembrou de como aquilo costumava ser chato — Luke era bonito pra cacete. Havia homens heterossexuais naquela sala que olhavam para Luke como se não soubessem se deveriam bater nele ou lhe comprar um buquê de flores.

Kate hesitou. Por que estava sentada ali, pelo amor de Deus?

Não o assuste. Talvez você possa ir até lá e pagar uma bebida para ele. Seria demais? Sim, *com certeza* demais. Fique quieta onde está. Ele vai pegar a cerveja que pediu, vai se virar e ver uma mesa vazia com uma garota lendo *Orlando*.

Porra! Onde está Orlando? *Deixei na porra do quarto!*

Luke não vai ver uma garota lendo um livro. Ele está prestes a se virar e ver uma garota olhando para ele como se estivesse vendo um fantasma. Ou o homem em seus sonhos. E ambos.

Tudo bem, dane-se a mesa. A mesa iria continuar ali. Kate reuniu toda a coragem de que precisava, se levantou lentamente e caminhou vacilante em direção à versão jovem de seu marido morto. Ele havia pousado um cotovelo em cima do balcão do bar e aparentemente estava assoviando para si mesmo. Uma versão quase silenciosa de "Chirpy Chirpy Cheep Cheep", a menos que Kate tenha errado o palpite. Aquela era a melodia dele de "permaneça alegre quando as luzes se apagarem", herdada da mãe. Luke estava de perfil quando Kate se aproximou, brincando com o brinco da orelha direita — outra pista de que estava nervoso. Ela pensou na primeira vez em que aquela cena tinha acontecido — não à toa ele tinha ido direto para a garota que estava lendo o livro conhecido. *Orlando,* o único amigo dele naquele bar.

Kate sentiu o olhar de Luke quando chegou ao bar, mas manteve os olhos fixos em Malcolm. Ela procurou a nota de dez no bolso de trás, tentando ignorar o charme absurdo de Luke. E ficou pensando a respeito. Por isso é estranho quando se conhece alguém famoso, porque, no que te diz respeito, você já conhecia aquela pessoa. Ela não te conhece, mas imagina como você se sente — porque toda pessoa famosa começou como fã. Assim, há uma estranha intimidade que deixa ambas as partes com a língua travada, mas com vontade de proteger um ao outro. É quase como amor.

Ela estava parada ao lado de Luke agora e se atreveu a inspirar lenta e profundamente. Ele nunca usava loção pós-barba, mas havia um traço de desodorante Lynx Oriental. Kate sentiu vontade de poupá-lo de alguns anos desnecessários de eczema nas axilas e dizer que ele precisava passar imediatamente a usar um desodorante sem álcool. Além disso, também teve vontade de dizer que ele tinha um tumor no cérebro. No entanto, aquilo também podia ser um *pouco* ousado.

Controle-se, controle-se, controle-se.

Kate olhou para a mesa do canto e viu que um bando de alunos de Medicina do terceiro ano já havia se acomodado e estava abrindo sacos de batatas chips na mesa para compartilhar. Cristo, estava dando tudo errado.

Ela encontrou o olhar de Malcolm enquanto ele se aproximava lentamente e erguia o queixo para ela de forma imperceptível. Pelo menos poderia pedir a mesma bebida que tomara da última vez.

— Uma caneca de sidra Scrumpy Jack, por favor.

— Estamos sem Scrumpy.

Kate o encarou como se ele tivesse acabado de dizer que a Terra era feita de Lego.

— Não. Não é possível — declarou.

Malcolm pareceu ligeiramente magoado.

— Bem... as coisas são o que são.

— Não pode ter acabado a Scrumpy. Não essa noite.

Malcolm encolheu os ombros e olhou para as bebidas atrás, no bar.

— Temos Strongbow.

Kate entrou em pânico quando mais uma fatia do Bolo de Criação de Luke e Kate pareceu se desfazer diante de seus olhos.

— Strongbow?! Como eu *poderia* beber Strongbow?

Aah. Aquilo não soou bem. Ela se deu conta de que parecia uma mulher de meia-idade, de classe média, fazendo um papel ridículo. Malcolm estendeu a mão para pegar o cigarro aceso e se recompôs. Ele obviamente já tinha visto aquele tipo de coisa acontecer antes com o pessoal que bebia sidra.

— Entendo o que você quer dizer. Strongbow realmente parece mijo. — Ele deu uma tragada e exalou pensativamente. — Temos algumas sidras em garrafas, na geladeira.

Kate olhou de relance para Luke, que estava bebericando a cerveja e ouvindo cada palavra, e disse:

— Desculpa, tá? Certo, não, eu tô sendo uma imbecil. Pode ser Strongbow.

Malcolm recolocou o cigarro no lugar com um gesto complacente e pegou um copo.

Kate voltou a olhar furtivamente para Luke, que a encarava diretamente com um meio-sorriso. Ele desviou os olhos e ficou olhando Malcolm servir a sidra. Kate fez o mesmo, mordendo o lábio inferior com tanta força que quase tirou sangue. Ela se voltou para Luke.

— Oi — disse.

— Oi.

— Você deve estar achando que eu sou louca.

— Não, não. Você só gosta muito de Scrumpy Jack.

Aquela com certeza não era a impressão que Kate estava tentando passar, mas ao menos era uma impressão. Ela ficou satisfeita. Muito satisfeita.

— Rá, rá! Sim, eu levo sidra incrivelmente a sério. O que é preciso compreender sobre o jeito como fazem o Scrumpy Jack é...

Kate percebeu que na grande catedral da sua memória não havia absolutamente nada cujo assunto estivesse encabeçado por "O que é preciso compreender sobre o jeito como fazem o Scrumpy Jack é". Ela só gostava de beber aquilo porque a ajudava a esquecer que conseguia se lembrar de basicamente todo o resto. Por sorte, Malcolm chegou com a outra sidra, e Kate estendeu a pausa entregando a ele a nota quente de dez libras. Malcolm recebeu a nota com o cenho franzido. Ela olhou para Luke, esperando que ele tivesse esquecido do que ela estava falando.

— Você estava dizendo... — perguntou, irritantemente.

— Sim — disse Kate. Ela tomou um gole e observou Malcolm abrir a caixa registradora e suspirar com a escassez ali dentro, antes de voltar a fechar tristemente, pegar uma enorme garrafa de uísque Bell's cheia de moedas e começar a derramá-las lenta e ritmicamente sobre um pano de prato.

— Sim — continuou Kate —, ela é feita de maçãs muito especiais.

— Maçãs especiais. Certo. — Luke nem se importou em manter a ironia longe da voz, e sua expressão mostrava o tipo de sinceridade que ele usaria alguns anos depois com as pessoas que batiam na porta deles pedindo contribuições para instituições de caridade.

De repente, Kate sentiu vontade de dar um tapa no merdinha. Parado ali, presunçosamente inocente dos nove meses de tormento que a fizera passar. Ela não tinha sido arrastada de volta aos anos 1990 para ser ridicularizada por aquele *moleque*. E não era sequer a parte divertida da década de 1990, mas a parte de merda em que garotos brancos não acham nada de mais passar um desodorante nas axilas autodenominado "Oriental", descrições de cargos sem discriminação de sexo,

como *chairperson*, eram vistas como uma piada, assim como "papel higiênico reciclado", e Malcolm estava acendendo outro Lambert em um lugar público, e "aquecimento global" era algo que poderia ou não acontecer em um "futuro" em que todos estaríamos vivendo em Marte de qualquer maneira e...
Mas agora era uma questão de orgulho que ela perseverasse. Kate olhou nos olhos de Luke.

— Maçãs especiais. Sim, foi o que eu disse. Eles cultivam as maçãs em uma redoma climatizada nos arredores de Salisbury. Não sei se você conhece a área. Sou uma grande fã de Wiltshire de um modo geral, mas Salisbury em si pode ser cheia de babacas engraçadinhos. Então, eles pegam as maçãs especiais e, em vez de apenas pressioná-las em uma máquina como um idiota faria... como um idiota que estava fazendo faculdade de Inglês, mas não tinha nem lido *Middlemarch* faria. Eles separam as maçãs em *grupos* especiais de maçãs especiais... Obrigada, Malcolm.

— Desculpe por tanta moedinha.

— Não tem problema — Kate começou a enfiar a meia tonelada de moedas enormes nos bolsos. — Eles pegam grupos de maçãs, separados por tamanho e compatibilidade genética de acordo com os regulamentos da União Europeia, obviamente estou me referindo à Comunidade Europeia, e basicamente as fritam.

Ela tomou um gole rápido da sidra e olhou para Luke, desafiando-o contrariá-la. O sarcasmo de Luke foi rapidamente substituído por uma ansiedade crescente. Ele deu um gole na cerveja e disse:

— Entendo.

— Mesmo?

— Acho que sim.

— Você me ouviu dizer que eles fritam as maçãs.
— Sim, sim.
— E não tem nada dizer a respeito?
— Na verdade, tenho uma coisa a dizer. — Luke olhou ao redor da sala como se não quisesse ser ouvido.
— O quê? — perguntou Kate.
— Senti saudade de você.

Capítulo 11

— **M**arsden parece desmaiar regularmente. Acha que pode ser vaginismo?
— Concordo. Quer dizer, ela basicamente mora aqui agora. Eu poderia muito bem abrir uma pousada.
— Você tem sido muito legal com ela, Amy. Meu Deus, a Marsden está profundamente perturbada. Brindo a ela!
— Você não acha isso um pouco estranho? A garota pareceu estar a cinco segundos de um aneurisma quando me ofereci para comprar uma bebida pra ela.
— Meu caro Toby, essa é a reação natural quando...
— Por favor, não faça piada sobre escoceses e dinheiro.
— Eu não ia fazer.
— Sim, você ia.
— Sim, eu ia.
— Rapazes, vocês não precisam ficar.
— Vamos deixar você em paz se quiser, Amy, mas não vejo por que Kate tem que ser sua responsabilidade.
— Porque eu sou mulher.
— Bobagem.
— Não vamos nem ouvir falar nisso, Amelia! Toby, passe o conhaque medicinal.
— Ei! Esse quarto é meu e isso é para a Srta. Desmaio quando ela voltar a si.

— Muito bem, Amelia. A Karatê Kid aí tem notáveis poderes de recuperação, não esqueça. Ela estava no chão, em prantos, quando a encontrei perto dos telefones. Então... ficou toda animada. Parece esquisito, mas era como se ela já me conhecesse.

Todos ficaram em silêncio, pensativos. Até Amy falar.

— No fim, acho que o importante não é o que estamos fazendo por ela, mas o que ela está fazendo por nós.

— Vá em frente? — pediu Toby, atento. — Kes, largue a sidra dela.

— Desculpe.

— Ora — continuou Amy —, há quanto tempo nós a conhecemos? O Kes tomou uma bebida com ela no teatro, mas não foi exatamente como ver um documentário da vida dela. Você e eu não devemos ter passado mais de cinco minutos cada um com ela. Aquele cara alto que amparou a Marsden saiu correndo para comprar bebida para todos nós. Quer dizer... aqui estamos. Oito horas da primeira noite da Semana dos Calouros, no quarto, em vigília.

— Parece o certo a fazer.

— Não me entenda mal, Toby, eu não me importo. É só que...

— Não, eu entendo o que você quer dizer. A propósito, Kes, eu vi isso.

— Desculpe. A Marsden pode tomar o conhaque.

— Pelo amor de Deus!

— Mas vocês dois estão certos — disse Kes, enquanto soltava um arroto de sidra. — Não sei qual é o negócio com essa Kate Marsden. Ela parece ter uma aura.

Kate se sentiu mal por espionar os amigos, mas havia tirado o último minuto para se recompor. Ela sentiu uma presença ao lado da cama. Toby.

— Não sei se acredito em auras.

Agora, Kes de novo, do canto da sala:

— Pensando bem, eu também não. Mas alguma coisa está acontecendo. Acho que, de repente, todos nós a amamos em outra vida.

Outra pausa. Kate decidiu que era hora de acordar. Ali estava Toby, ajeitando com carinho o edredom de solteiro ao redor dos ombros dela. Kate entreabriu os olhos e encontrou os dele.

— Onde está o Luke? — perguntou.

— Quem?

Amy se juntou a Toby ao lado da cama.

— Ela está falando do cara alto. — Toby manteve os olhos em Kate. — Ele foi embora.

— Para a loja de bebidas! — gritou Kes da cadeira onde estava sentado.

— Preciso falar com o Luke — disse Kate, jogando as pernas para fora da cama de Amy e pousando os pés no chão.

— Qual deles é o Luke?

— Acabei de dizer. O cara alto que foi até loja de bebidas.

Toby foi se sentar na cadeira da escrivaninha de Amy e Kate o ouviu murmurar para si mesmo:

— Ele não é tão alto assim.

Foi nesse ponto que Kate percebeu que estava sem calça.

— Eu...

Amy entregou o jeans a ela.

— Desculpe, meu bem, eu tirei o seu jeans e as suas botas. Não se preocupe, os caras esperaram do lado de fora.

Kes acendeu um cigarro.

— Eu fui totalmente a favor de dar aquela boa e velha olhada, mas o Tobias aqui literalmente me empurrou porta afora com seus bíceps galantes.

Toby desviou os olhos para o teto, envergonhado, e disse baixinho:

— Ah, cala a boca.

Kate virou as roupas que estavam do avesso e todas as moedas que Malcolm tinha lhe dado se espalharam pelo chão.

— Ah, droga.

— Olha só, a Marsden está milionária!

Kate vestiu a calça jeans, fazendo com que Toby se interessasse repentinamente pela lâmpada de lava de Amy. Ela disse:

— Desculpem, tenho sido tão merda. Não queria estragar a primeira noite de vocês aqui.

— É a sua primeira noite também, Kate — lembrou Amy.

Ela pegou o cigarro da mão de Kes e apagou em um cacto. Kes assistiu à ação com tranquilidade e disse:

— É isso mesmo. Além disso, trouxemos as nossas bebidas.

— Eu trouxe as bebidas — corrigiu Toby —, você carregou a Kate.

— Isso mesmo. Você trouxe as bebidas, eu carreguei a Kate.

— E eu só organizei tudo — disse Amy, enquanto acendia um incenso.

Kate não conseguiu evitar achar divertido o fato de seus amigos mais antigos/recentes a terem resgatado novamente, mas sem serem descuidados a ponto de deixar a bebida no bar. Afinal, eram universitários.

— Vamos voltar para o bar! — anunciou ela. — Vou pagar uma rodada pra cada um de vocês. — Ela olhou para a constelação de moedas no tapete de Amy. — Ainda tenho oito libras e vinte e cinco xelins. Vamos ter uma noite e tanto!

Toby olhou para a enorme pilha de moedas e franziu a testa.

— Jesus Cristo, o bar da Benedict de novo, não! — quase gritou Kes. — É uma bosta de lugar.

Toby se ajoelhou e começou a recolher o dinheiro de Kate para ela. Ela franziu os lábios ao perceber que ele estava contando secretamente. Sem dúvida, um espião em formação. Ele disse:

— Talvez a gente possa encontrar um pub, então?

— Pra mim, o que vocês decidirem está bom — falou Amy, tranquila —, mas a gente devia esperar pelo cara alto. Ele deve estar de volta a qualquer minuto.

Subitamente, Kate não estava mais com pressa de estar na presença de Luke novamente.

— Tá certo, manda uma mensagem de texto pra ele.

As mãos de Toby ficaram paralisadas no lugar e ele olhou para Kate.

— Mandar o quê pra ele?

— Eu quis dizer que era pra gente deixar um bilhete na porta pra ele.

Kes soltou um peido semidiscreto.

— De quem estamos falando?

— Ao que parece, do Luke — disse Toby. Ele empilhou as moedas de Kate em colunas e levantou os olhos para ela. — São exatamente oito libras e vinte e cinco pence.

Humm, não é um espião tão bom assim. Os espiões não anunciam desse jeito os resultados da sua espionagem.

Kate se ajoelhou na frente dele e começou a guardar o dinheiro no bolso. Enquanto Toby lhe entregava as pilhas de moedas, ela reparou nas unhas roídas dele e no calor surpreendente dos seus dedos quando roçaram os dela.

— O que posso dizer? — Ela sorriu para ele. — Uma garota com orçamento limitado sabe o preço da sidra, certo?

Toby retribuiu o sorriso

— Com certeza.

Eles ouviram uma batida na porta.

— Ah, deve ser o Luke — disse Amy a caminho da porta.

Kate e Toby não se moveram. Ela se pegou ouvindo Amy na porta, enquanto seu olhar vagava livremente pelas mãos de Toby, pelo relógio de Toby, ao longo dos pelos louros e finos dos braços de Toby.

— Isso foi legal da sua parte, meu bem. Quanto lhe devemos?

— Ah, não se preocupe, a minha bolsa foi depositada hoje cedo.

— Entre.

Kate se levantou em um movimento rígido e automático. Com uma presença física impressionante no quarto pequeno, Luke se adiantou como a pantera mais hesitante do mundo. Houve uma breve rodada de reapresentações durante a qual Kate teve tempo para se recompor. Atrás dela, sentiu Toby voltando ao lugar onde estava sentado.

Luke ergueu uma das duas sacolas plásticas da loja de bebidas.

— Eu não sabia se as pessoas gostavam de tinto ou branco, então comprei os dois.

Kes se levantou na mesma hora e tirou as duas garrafas das mãos de Luke.

— Esse é o tipo de tomada de decisão que me agrada.

Luke olhou para Kate com cautela.

— E eu... desculpe, é Kate, não é?

— Sim — disse ela. — É Kate.

— Imaginei. De qualquer forma, trouxe isso pra você.

Ele tirou, então, da segunda sacola, uma garrafa de um litro de sidra Scrumpy Jack. De camiseta, jeans e pés descalços, Kate deu alguns passos na direção dele e pegou a garrafa em silêncio. Ela examinou o rótulo e perguntou:

— Por que você disse que sentiu saudade de mim?

Havia um nível de constrangimento na cena com que um quarto de alojamento universitário contendo cinco humanos britânicos não tinha sido construído para lidar. Luke corou e começou a balbuciar.

— Ah, é, desculpa por isso. Não achei que você fosse... é só uma fala idiota.

— Uma fala?

— Sim. Uma fala de uma cantada. Desculpe.

Amy entregou um saca-rolhas a Kes, e Kate os pegou compartilhando dois pares de sobrancelhas erguidas. Toby ainda estava inspecionando a luminária de lava, mas agora como se odiasse o objeto e tudo o que ele representava. Amy pigarreou e se afastou para colocar um CD para tocar. Luke continuou:

— De um filme. Desculpa. Isso torna a frase ainda mais cafona, não é? É de *Sammy e Rosie*.

— Ah, sim — intrometeu-se Kes enquanto se encarregava de abrir rapidamente a garrafa de vinho espanhol que Luke levara. — Com Roland Gift e Frances Barber. La Barber.

— Isso mesmo, *Sammy and Rosie Get Laid* é o título original, é da Film Four, de 1987, dirigido por Stephen Frears — informou Toby à lâmpada de lava, em um tom categórico.

— Isso mesmo — confirmou Luke. — Então... — Ele olhou ao redor, mas não havia onde se sentar. Kate o encarava agora, e dos alto-falantes de Amy soaram as primeiras notas de "Losing My Religion", do R.E.M. Luke continuou: —

Então... isso mesmo. O Roland Gift conhece a garota e diz "Senti saudade", e ela diz "Nunca nos vimos", e ele diz "Se já tivéssemos nos visto, teria sido pior".

— Entendi — disse Kate, cambaleando ligeiramente.

— Pois é, ele está sendo meio convencido, presumindo que eles estavam predestinados um ao outro, quando, na verdade...

— Eu entendi.

— Desculpe. É cafona mesmo. As pessoas normalmente não desmaiam por causa disso.

Ao ouvir isso, Toby voltou toda sua atenção para Luke.

— Presumo, então, que você já tenha usado essa fala antes — disse, com seu sorriso mais encantador e o tom leve que garotos de escola pública usam quando querem chamar alguém de babaca só para ver se a pessoa se dá conta.

Luke não se deu conta. Ele encolheu os ombros de um jeito camarada e disse:

— Bem, só uma vez. E não funcionou exatamente, mas...

Kes e Amy riram com indulgência e começaram a fazer perguntas simpáticas a Luke sobre o curso que ele estava fazendo. Kate se sentou lentamente na cama de Amy e ficou olhando para o garoto com quem havia dividido a vida. Ela viu como era fácil para ele. Luke só encolhia os ombros e se autodepreciava em meio a tudo aquilo. Ele rebatia elogios e insultos exatamente da mesma maneira — simplesmente não dava ouvidos.

Então foi assim que você fez. Foi assim que sobreviveu por vinte e oito anos sem conseguir um emprego de verdade.

Luke decidiu se sentar ao lado dela na cama. Kes aparentemente tinha levantado o assunto de romances literários.

— É exatamente a mesma coisa com Ben Okri — concluiu ele.

Em um longo dia de momentos surreais, Kate achou aquela uma finalização extraordinária. O homem que todos na sala sabiam que tinha acabado de passar uma cantada nela, agora estava sentado ao seu lado, falando sobre Ben Okri. Ela ficou encantada com a forma como aqueles jovens simplesmente aceitavam a estranheza e conviviam com ela. Eram tão leves.

— A questão com Ben Okri — dizia Luke — é que ele deveria voltar aos contos para renovar seu estilo.

Se os olhos de Kate fossem capazes de se revirar tanto quanto subitamente se tornara necessário, ela no momento estaria tendo uma visão em close do próprio cérebro. "Ben Okri deveria voltar aos contos para renovar seu estilo" tinha sido um dos *Grandes Sucessos* de Luke. Ele sacava a frase toda vez que achava que precisava dizer algo sobre literatura que soasse inteligente. Estava ao lado de *"Ulisses* é mesmo incrivelmente convencional" e "Prefiro as coisas mais antigas e sombrias de Ian McEwan". O fato de Luke não ter lido *Ulisses* ou uma única palavra escrita por Ben Okri era irrelevante. Ele ainda não havia conhecido ninguém disposto a expor as bobagens que dizia. Em outras palavras, ele ainda não havia conhecido Kate Marsden.

Kate cruzou uma perna sobre a outra e tentou olhar para fora da janela, mas estava escuro agora e ela só conseguiu ver o próprio reflexo.

Pega leve com o garoto. Ele é calouro, é aluno de Inglês — é claro que vai mentir sobre livros. Você, por outro lado — você está mentindo sobre tudo.

Kate encontrou o olhar de Toby na janela — um olhar que misturava confusão e preocupação. Fosse qual fosse a expressão no rosto dela, não parecia normal. Qual seria o normal a se fazer naquele momento? *Participar. Preciso participar.*

Ela ouviu o que tinha que dizer — estava dizendo em uma voz estranhamente alta.

— Então, Luke... qual é o seu conto *favorito* de Ben Okri?

Ele se virou para ela surpreso, mas manteve a compostura.

— Ah, Deus, são tantos, tantos...

— Sim, claro — disse Kate em um tom compreensivo. *Estou farta das suas besteiras.*

— Bem... — Ele puxou com ardor o fio solto da calça jeans rasgada. — Ai, meu Deus, você não vai me fazer escolher só um, não é?

— Vou, sim — disse Kate, com um sorriso simpático. — Vou fazer você escolher só um.

Luke deu um sorrisinho corajoso, e pareceu profundamente perturbado. Certamente era muito injusto que alguém que amava Ben Okri tanto quanto ele se visse obrigado a escolher só uma história. Luke esperou pacientemente que alguém o resgatasse. Demorou cerca de três segundos.

— Há coisas boas em *Incidents at the Shrine* — arriscou Kes, como se concordasse com algo que Luke acabara de dizer.

Luke acenou com a cabeça, a expressão sofrida. Ele encolheu os ombros como um homem experiente.

— Mas as críticas...

— Nossa, sim, cacete, as críticas foram...

— Continua — disse Kate.

Kes continuou:

— Bem, os críticos são uns idiotas, a gente sabe disso.

— A gente sabe — repetiu Luke, como se estivesse dando a sua bênção magnânima àquele poderoso insight.

Kate não pretendia desistir tão facilmente.

— Sim, mas *Incidents at the Shrine* é o nome de uma coletânea, não é? Qual é a sua história favorita da coletânea, Luke?

Luke — imperturbável e aparentemente bastante acostumado às garotas insistirem em sua opinião sobre aqueles assuntos — se virou para ela.

— Bem, o primeiro da coleção, aquele que... — Ele virou rapidamente a cabeça na direção de Kes, mais uma vez, e franziu o cenho como se a questão insignificante de um título fosse algo com que seu novo assistente pudesse ajudá-lo.

— "Laughter Beneath the Bridge" — completou Kes, sem desapontá-lo.

— Sim isso... é esse... não é o primeiro, é?

— Acho que é, sim. Posso estar enganado.

— Não, desculpe, acho que você tá certo. Ora, o conto tem uma qualidade lírica que...

Kate não ouviu o resto do discurso desprovido de conteúdo de Luke. Aquela pequena hesitação que ele fingiu, o jeito como manipulou Kes para descobrir qual era o primeiro conto — aquilo a congelou por dentro. Ela começou a puxar as meias.

Luke continuava a falar.

— ... qualidades que se confundem com Zola, mas acho que isso é uma falsa oposição. Acho que tenho uma afinidade com a literatura francesa de qualquer maneira, sabe, por causa do meu nome.

Kate balançou a cabeça e amarrou os cadarços das botas Doc Martens com movimentos abruptos. Toby não resistiu à isca, mas conseguiu manter o tom neutro.

— O que tem o seu nome, Luke?

— Bem, na verdade se escreve L-U-C. Um nome que está na família há muito tempo. Meu pai acha que descendemos de Leonor da Aquitânia, mas eu não acredito nisso.

Kate terminou de dar o nó no cadarço e pegou o casaco. Aquilo era inacreditável. De todas as afetações de Luke no primeiro período, ela havia se esquecido daquela: o cara ainda estava fingindo ser francês. Ela se levantou e anunciou:

— Bem, eu vou voltar pro bar.

Luke, ou aparentemente "Luc", recolheu as longas pernas, mas ela passou por cima do espaço vago de qualquer maneira. Houve uma rajada de objeções perplexas, mas Kate já estava na porta quando se virou para Luke com um olhar tão severo que silenciou a sala. Ela falou baixinho para ele:

— Você não deve dizer a uma pessoa que sentiu saudade dela quando nem sabe quem ela é.

— Eu sei. Desculpe. Como eu disse, foi só...

— Nunca mais faça isso.

Ela fechou a porta com cuidado depois de sair. Naquele momento, a faixa do CD terminou e só sobrou a voz baixa de Amy dizendo:

— Essa garota precisa de ajuda.

Capítulo 12

O ar de outubro tinha ficado cortante e Kate se aconchegou mais ao casaco. Ela seguiu na direção do centro do campus, já que não queria voltar para o bar cheio nem para o quarto vazio, embora nenhum dos dois fosse capaz de fazê-la se sentir tão solitária quanto o cara que ela acabara de deixar.

Foi como se seu filme favorito tivesse se perdido e ela se visse forçada a assistir à *prequel* mais merda que se possa imaginar. Como se alguém tivesse gravado por cima da única cópia de *Casablanca* e substituído o filme original por duas horas de Rick Blaine em pé diante de um espelho de barbear — penteando as sobrancelhas e tentando sem sucesso endireitar a gravata-borboleta —, enquanto ensaiava suas falas mais descoladas, mas acabava dizendo todas ligeiramente erradas. "Um brinde a você, mocinha" e "Sempre teremos Doris" e "Acho que Ben Okri deveria voltar aos contos para renovar seu estilo".

Por que aquilo não a incomodara da primeira vez? As mentiras e afetações estranhas de Luke? O cocô de ganso no caminho cintilou e Kate olhou para a lua cheia em busca de inspiração.

Bem, a primeira vez foi mágica porque ela estava apaixonada. E quando estamos apaixonados é que realmente vivemos no presente: quando cada momento é uma descoberta, cada pequeno detalhe está carregado de significado. Mas a tristeza... a tristeza é o oposto do significado; luto é onde o presente não pode respirar; onde o passado está em todo lugar que você olha, onde cada novo momento já está morto na chegada. O luto é o Dia da Marmota.

Ah, sim, isso e o fato de que Kate estava furiosa com ele. Furiosa com a frase idiota sobre sentir saudades dela. Só por aquele segundo no bar, ela havia imaginado um vislumbre do homem que sabia estar preso no corpo do rapaz à sua frente. Mas não. Luke era realmente um estranho e o homem que ele viria a ser ainda não se refletia no rapaz de agora. E não viria a ser aquele homem com tanta facilidade — o Luke maduro teria trabalho para construir aquele homem, e Kate sabia que ela havia sido responsável por colocar no lugar cerca de metade dos tijolos. Não, nós não mentimos para as pessoas para parecermos descolados. Não, antes de mais nada, parecer descolado não é tão importante assim. Não, não se deve esperar que a pessoa que vive com a gente limpe o apartamento só porque ela nasceu com um útero. Não, não ficamos emburrados por duas horas quando estamos chateados e esperamos que alguém nos pergunte o que está acontecendo. Não, ser muito sério não o torna inteligente. E ser inteligente é menos importante do que ser gentil.

Sim, eu sou a Garota do Futuro. Sempre fui. Eu sabia coisas. Por que você não?

E ela deveria fazer tudo de novo? Por mais vinte e oito anos?

Kate virou à esquerda, passando pelo Derwent College. O pêndulo de seus pensamentos voltou inevitavelmente à autocensura. Então, quanto *ela* havia sido gentil naquele dia? Quanto havia sido *sábia*? E, naquele exato momento, não estava emburrada? Está certo, talvez estivesse vivendo circunstâncias extraordinárias, mas não são sempre? Devemos esperar nos sentirmos gentis antes de nos comportarmos com gentileza, ou agimos assim de qualquer maneira? Um bombeiro fica parado vendo uma casa arder em chamas porque "na verdade não está de bom humor naquele dia"? Você ama seu parceiro só quando ele está em sua melhor versão?

Kate percebeu que tinha chegado ao Still Spot: uma capela universitária secular, em miniatura, aonde os alunos podiam ir para encontrar um pouco de sossego. Era um prédio de tijolos de dois andares com um salão em cada andar, no meio de um lindo gazebo georgiano. Kate e Luke haviam feito sexo uma vez no salão superior, o que não combinava muito com o espírito do lugar. Até Kes ficou chocado. Ela jurou segredo a Luke e foi uma promessa que cumpriu contando apenas para um amigo por vez.

Entre ela e o prédio havia um jardim esculpido que consistia em muitos arbustos gigantescos dispostos em um padrão assimétrico, mas plantados próximos o suficiente para dar o efeito de um labirinto. Kate caminhou lentamente em direção a eles, os enormes arbustos assumindo um ar benigno de mistério na escuridão, como deuses adormecidos.

Enquanto passava silenciosamente entre as árvores que davam para fora, Kate parou ao ouvir o som de choro. Alguém estava chorando no jardim. A pessoa devia estar sentada no banco que ficava no centro. A opinião de Kate sobre a própria capacidade de compaixão era algo que ela deixaria para pensar em outro momento: por enquanto, optou por caminhar rapidamente em direção ao som angustiado, o coração já sensível esquecendo de si mesmo. Quando se aproximou, Kate percebeu que a pessoa infeliz no banco era um homem — os soluços estavam sendo furiosamente reprimidos, mas o som semelhante a um latido que escapava de vez em quando, ao inspirar, era inconfundivelmente masculino.

O que ela encontrou ao contornar os arbustos centrais foi de fato um homem sentado no banco de madeira, mas não o tipo de homem ou o tipo de assento que ela havia imaginado. Ele certamente era um aluno, ou tinha idade para ser. Mas em vez de estar sentado para a frente com a cabeça entre as mãos, estava caído para trás em um ângulo estranho com os braços também para trás, de um jeito nada natural. Na verdade, aquela foi a terceira coisa mais surpreendente sobre ele. Porque a segunda foi o fato de que o rapaz estava nu, a não ser pelo que parecia ser uma cueca branca. Mas o verdadeiro vencedor do Concurso de Coisas Surpreendentes sobre o Choro do Rapaz só se tornou aparente quando ele sentiu a presença de Kate e levantou a cabeça, fitando-a na escuridão, com os olhos semicerrados, e desviando o rosto na mesma hora, envergonhado. Aquele movimento de cabeça, aquele corpo pálido e magro, aquele cabelo claro, aquele rosto. Kate teve vontade de rir. Ora, todos as outras pessoas que ela conhecia no Benedict College tinham aparecido naquele dia — a pessoa diante dela era apenas uma questão de tempo.

— Posso ajudá-lo, Charles?

Charles Hunt se voltou para ela, atônito.

— Quem é você? Como você sabe o meu nome?

Kate ignorou as perguntas e o tom imperioso. Quando se aproximou dele, percebeu por que as mãos de Charles estavam para trás — na verdade, por que elas estavam para trás do banco? A pena que sentira por ele voltou, mas agora acompanhada de uma onda de raiva.

— Quem fez um absurdo desses com você?

— Uns desgraçados me amarraram, não está vendo? Uns desgraçados me amarraram a esse maldito banco e sumiram com as minhas roupas, os merdas.

Kate deu a volta e viu que os pulsos de Charles estavam amarrados firmemente a uma das ripas horizontais do banco com duas faixas grossas de plástico. Ela pensou em correr para pedir uma tesoura a um porteiro de Derwent, mas aquelas faixas de plástico tinham um padrão industrial e seria necessário um cortador de arame para cortá-las. Charles tremia violentamente, e falou, com os dentes batendo:

— O Bonzo era o que estava com essas coisas de plástico. Disse que pegou dos caras que montaram a tenda para a festa do aniversário de dezoito anos dele. O infeliz achou que poderiam "vir a calhar". O Dusty e o Laz não são melhores. Eles me seguraram e roubaram a minha calça.

— Por que escolheram você?

— Eu disse a eles que era o meu aniversário.

— Claro.

— Você consegue soltar as faixas?

— Não.

— Ai, meu Jesus!

— Tá tudo bem. Eu consigo te soltar, mas você precisa ficar imóvel.

— O quê? O que você vai fazer?

— Xiii. Preciso me concentrar.

Ainda atrás de Charles, Kate deu um passo para trás e examinou o banco, observando suas dimensões. Era solidamente construído, mas desgastado pelo tempo. Ela não conseguia garantir no escuro, mas imaginava que devia ter cupim. Os imbecis torturadores de calouros tinham amarrado os pulsos de Charles apenas a uma ripa, a terceira de baixo para cima. Muito baixo para um soco e desajeitado para um chute. Ainda assim... nada é fácil.

Kate disse:

— Como você está preso bem junto à ripa de madeira, talvez sinta um solavanco.

— Ora, o que você vai...

Charles não terminou a frase. No momento em que chegou na palavra "você", aquela mulher estranhamente confiante, no corpo de uma medalhista mundial de caratê de dezoito anos, havia saltado trinta centímetros no ar, levantando e estendendo os braços para se equilibrar, enquanto jogava a perna direita para trás e acertava um chute rápido como um relâmpago com os Doc Marten no pinho envelhecido, quebrava a ripa onde ele estava preso e lascava as de cima e as de baixo.

— CRISTO! Cacete! Você... ah, entendi. Caramba. — Com a ajuda de Kate, Charles deslizou com cuidado os pulsos amarrados pela ponta afiada da ripa quebrada. As faixas de plástico de repente pareciam pulseiras para um gigante e caíram de suas mãos. As primeiras palavras de liberdade de Charles foram: — Vai se meter em encrenca por causa disso, você sabe.

— Não vejo por quê. Eles deveriam enviar a conta do conserto para o Gonzo ou seja lá qual for a porra do nome dele. Tome. — Kate tirou o casaco e entregou a Charles, que tremia violentamente.

— É um casaco de garota.

— É um casaco. Vista, seu idiota, antes que morra de hipotermia.

— Tem uma bandeira nazista nele.

— É a bandeira da Alemanha Ocidental. Nós os vencemos na Copa do Mundo, lembra?

— Eles estavam do nosso lado?

— Na Copa do Mundo? Não.

— Mas na guerra.

— Vamos sair daqui, Charles? Para que lado fica o seu quarto?

Como o casaco era três vezes maior que o tamanho de Kate, acabou servindo surpreendentemente bem em seu companheiro quase congelado. Ela pensou que, se havia um aluno da Benedict College que meio que esperava ver só de cueca naquela noite, com certeza não era aquele.

— Do outro lado do lago.

Kate olhou para as pernas ossudas de Charles se projetando do sobretudo como o desenho que uma criança faria de um homem de saia. Aquilo a fez lembrar de um programa infantil de TV chamado *Bod*.

— Os infelizes levaram até os seus sapatos. Certo, preste atenção onde pisa. Vamos lá.

Kate foi na frente, com Charles a seguindo cautelosamente e tentando fechar os botões do casaco, muitos dos quais estavam faltando. Ele se deu conta, então, de outro problema intransponível.

— Não estou com a chave do meu quarto!

— Os porteiros devem ter uma reserva.

— Ah. Olha, eu consigo ir sozinho. Por que você tá indo também?

— Porque vou querer o meu casaco de volta, não vou?

— Ah. Sim.

Como, como, COMO aquele perfeito idiota tinha se tornado chefe dela? Como era possível que um dos homens mais estúpidos que ela já conhecera tivesse a mínima influência que fosse sobre o eu dela do século XXI?

— Como você sabe o meu nome? Ainda não me disse.

— Ah, devo ter ouvido alguém chamar você. Acho que eu estava atrás de você na fila do... — Ela tentou dar uma de Luke. — ... você sabe, aquela fila enorme com todos os...

— Na cantina, na hora do almoço?

— Sim.

— Ah, certo.

Foi uma longa caminhada até a extremidade onde ficava o quarto de Charles na Benedict. Kate ficou pensando naquele cara, "Bonzo". Jesus. No final do primeiro ano de Kate na faculdade, o líder dos torturadores de Charles tinha se tornado muito conhecido por ela. Paul Bonaugh, estudante de pós-graduação em Economia — o tipo de cara com quem você nunca fica bêbada; o tipo de cara com quem você não vai para um quarto; o tipo de cara que interpretava a palavra "não" como um charminho para excitá-lo. Kate fez uma lista mental de homens como Bonaugh, sobre os quais tinha ouvido falar naquela universidade. Estranhamente famosa por sua monogamia com Luke, ela havia conseguido evitar a maior parte das merdas deles. Mas tinha ouvido coisas e acreditado em coisas. Deveria fazer algo em relação àquilo? Como fazem as pessoas vagamente cientes de que têm um problema com bebida, Kate tentou não seguir aquela linha de pensamento. O problema com bêbados e pensamentos rebeldes é que em um minuto você está pensando algo ultrajante e no minuto seguinte você está realmente dizendo ou fazendo alguma coisa a respeito. Não, decidiu Kate com certa relutância: não estava ali para abater todos os suspeitos de estupro no campus. Não acreditava que a justiça era mais bem exercida por bandidos e justiceiros. Não seria certo fazer aquilo agora, da mesma forma que não seria certo dali a alguns anos uma multidão fazer aquilo porque não conseguia distinguir as palavras "pedófilo" e "pediatra".

Isso posto, se ela pegasse "Bonzo" sorrindo para Amy da maneira errada, obviamente quebraria a cara dele.

Aquele tipo de homem... Charles não era um deles, mas não se importava em andar na companhia deles. A proximidade com a violência masculina já estava dando a ele algum tipo de tesão. Ela também tentou não pensar naquilo. Aquela cueca. Eca.

Kate olhou para Charles, se arrastando atrás dela.

— Sabe, você realmente não devia andar com esse pessoal.

Charles estava esquadrinhando o caminho à frente e atrás, a expressão apavorada com a possibilidade de alguém testemunhar sua caminhada da vergonha, mesmo que a vergonha pertencesse aos seus torturadores.

— Os merdas — ele murmurou. — Eles vão se arrepender quando meu pai souber disso. Vão se arrepender muito.

Kate imaginou o pai de Charles como ele seria naquele momento — ainda na casa dos cinquenta anos, ainda um ministro do governo.

— O que o seu pai faz?

Charles pensou a respeito por um momento, preso entre a desconfiança em relação àquela estranha e uma necessidade profunda de afirmar um certo status.

— Ele é político.

— Sério?

— É bastante importante, na verdade.

— Parece impressionante.

— Bem. Isso impressiona algumas pessoas, mas... você sabe, pra mim é normal.

— Acho que sim. Meu pai é motorista de táxi.

— Lamento ouvir isso.

Ele foi totalmente sincero, e Kate teve que conter uma risada. Mas ela queria continuar: nunca em vinte e oito anos fizera Charles falar a verdade sobre o pai.

— Então ele é um homem poderoso, seu pai?

Um momento de silêncio.

— Sim.

— Você deve admirá-lo muito.

Ela deu outra olhada em Charles. Era difícil interpretar a expressão dele no escuro, mas havia alguma coisa naquela pausa que falava de um imenso anseio. Por fim, ele disse baixinho:

— Ele é um parâmetro difícil de seguir.

Lá estava. Charles Hunt em sete palavras. Ou pelo menos o problema de Charles Hunt. O que ele transformaria no problema de todo mundo. Kate disse:

— Tenho certeza de que ele tem muito orgulhoso de você.

— Desculpe, qual é o seu nome?

— Kate.

— Certo. Na verdade, não é da sua conta, Kate.

*

Depois de uma visita mortificante à guarita do porteiro, Charles entrou no alojamento dele e Kate o seguiu. Ele acendeu a luz, revelando um quarto arrumado, as paredes decoradas com apenas duas fotos: um pôster de um Harrier Jump Jet e um recorte de jornal de Margaret Thatcher. Charles foi direto até o guarda-roupa, onde pegou uma calça de algodão e uma camisa xadrez. Kate se virou para uma estante de livros enquanto ele se vestia, sem a menor vontade de impingir a si mesma outra imagem indelével do corpo de Charles, que ela presumiu ainda ter a cor e a textura de cola branca molhada.

— Hum, isso é seu, então — murmurou ele, devolvendo o casaco de Kate.

— Obrigada, vou embora. — Kate vestiu o casaco, sentindo-se bastante orgulhosa de si mesma por resgatar aquele idiota ingrato. Se ela estava conseguindo ser tão boa com seu futuro inimigo, certamente poderia perdoar o futuro marido? Fosse um adolescente decepcionante ou não, Luke ainda estava em perigo e ela ainda tinha um trabalho a fazer. — Na verdade, estou indo para o bar. A noite ainda é uma criança. Quer vir?

— Bem... — Embora agora estivesse vestido, Charles claramente estava experimentando um novo tipo de ansiedade... aquela em que se via sozinho com uma mulher em um quarto pela primeira vez na vida. Ele andou lentamente pelo quarto, com o cenho franzido voltado para o chão, tocando aleatoriamente os móveis como um ator ruim. — Não, acho que vou só... ficar aqui por enquanto. Colocar a leitura em dia, talvez escute um dos meus CDs.

Ele parecia estar se sentindo mal, como se houvesse algo que sabia que precisava ser dito, mas que o faria vomitar se dissesse. Mas fez o melhor que pôde.

— Olha, hum, Kate. Você foi... aquilo foi... Por que você foi legal comigo?

Kate sorriu para ele.

— Porque todo mundo merece uma segunda chance, Charles. Todo mundo.

Capítulo 13

O bar estava lotado quando Kate deu a volta ao redor da mesa de sinuca. Ela calculou que o grupo que deixara no quarto já teria chegado ali àquela altura: fazia uma hora desde que havia deixado o quarto de Amy, e as objeções de Kes ao bar teriam secado junto com o vinho. Ela os viu em uma mesa no centro do bar com alguns outros calouros ao redor. Dada a sua partida tensa, seria preciso um pouco de coragem para simplesmente se juntar a eles, mas Kate percebeu que aos olhos de todos ela já havia alcançado uma altitude de cruzeiro de estranheza, e mais uma atitude esquisita faria pouca diferença. Ela pegou meia taça de sidra no balcão e se aproximou da mesa.

Kes a viu primeiro.

— Marsden! Ela sai, ela volta, ela está dentro, ela está fora, ela dança e balança tudo!

— Oi! Eu de novo.

Kes arrastou o corpo para o lado do banco, dando espaço para Kate, esmagando ligeiramente Toby, que ergueu um copo para ela e abriu um sorriso. Amy estava falando com Luke em um tom veemente sobre os deméritos do modelo de negócios da Nestlé nos países em desenvolvimento. Ele cumpria sua rotina sincera de acenar com a cabeça enquanto olhava constantemente por cima do ombro de Amy, para o caso de haver alguma coisa mais interessante acontecendo em outro lugar.

Toby estava enrolando um cigarro.

— Kes e eu estávamos discutindo programas de TV infantis... consegue imaginar um assunto mais banal? É como se estivéssemos em negação.

— Ah, é? — Kate começou a despir o casaco, uma manobra que havia esquecido que era quase impossível enquanto se estava sentada. Ela se levantou. — O que estamos negando?

O movimento e a pergunta fizeram Luke e Amy olharem para ela. Kate tirou o casaco e se sentou, levantando o polegar para Amy com entusiasmo. Sem mover a mão da mesa, Amy ergueu lentamente o polegar, mantendo o cenho franzido. Kate assentiu alegremente, como se tudo estivesse normal, e decidiu ignorar a expressão perplexa do marido morto.

Sim, mantendo a cabeça fria. Totalmente tranquila.

— Estamos negando nosso enorme potencial acadêmico — continuou Kes. — É violentamente transgressivo falar sobre *Bagpuss* em um ambiente como esse.

Eles ouviram um estrondo alto no canto mais distante e o som de uma bandeja de bebidas caindo, seguido pela humilhação absoluta de alguém saudado com o grito coletivo obrigatório.

Toby passou a ponta da língua pela seda e deu alguns toques finais em sua obra.

— Lógico, esse lugar é claramente uma potência intelectual.

— Nossa, eu adorava *Bagpuss*! — comentou Luke.

Amy cruzou os braços e desviou os olhos. Kate sentiu que o comentário de Luke deveria ser encorajado, já que ele finalmente havia dito algo sincero. Luke realmente amava aquela série de TV para crianças. Como exatamente ela iria conseguir transformar aquilo em "Você tem um tumor no cérebro" era uma questão que ainda precisava ser administrada, e que provavelmente precisaria ser tratada em algum momento no futuro próximo.

— Eu também gostava — falou Kate sem muito entusiasmo.

Toby ainda estava no caso de Luke.

— O que você adorava em *Bagpuss*, Luke?

— O Yaffle — respondeu Luke sem vacilar. — O professor Yaffle. Ele é um grande pedante. Acha que tudo está abaixo dele, mas não consegue evitar se envolver. Isso torna a coisa toda mais real.

— Você quer dizer que ele é o patriarca benigno — continuou Toby, acendendo o cigarro que enrolara, sem fitar os lindos cílios de Luke, que agora piscavam atentos. — Ele é o adulto na sala que valida toda a operação. Ou seja, mesmo quando crianças, precisamos ter permissão para acreditar em magia.

— Ora, o próprio Bagpuss *é* mágico.

— Sem dúvida. Mas você acha que precisamos que Yaffle assine a autorização.

— Autorização?

— O bilhete que nos dá permissão para acreditar no mágico, da mesma forma que nos permitiria sair da sala para ir ao banheiro. Não podemos aproveitar o impossível, a menos que alguém que se denomina professor diga que está tudo bem.

— Eu não disse isso.

— Não disse? Achei que você disse que ele torna tudo mais real, não?

— Não, eu... sim, provavelmente eu disse isso, mas...

Kes sentiu algo no ar e optou por desanuviar o ambiente.

— Obviamente, a chefe de Bagpuss é uma matriarca. É a loja da Emily. A Emily é a força motriz.

Amy encontrou um princípio que superou a sua relutância em se juntar à conversa.

— Ah, pelo amor de Deus. A Emily nem está nisso! Ela aparece nos créditos de abertura e ninguém nunca mais a vê! Matriarca, uma ova.

A familiaridade daquele assunto estava começando a oprimir Kate. Afinal, já havia aderido alegremente à primeira rodada daquele tema — durante todo o primeiro semestre, se não fosse *Bagpuss*, então seriam outros programas infantis, como *Rainbow*, ou *Chigley*, ou *The Flumps*. Mas Luke usando a palavra "real" a incomodara. De repente, Kate sentiu o peso da idade — com quarenta anos, sua própria infância parecia tão distante que às vezes ela precisava se perguntar quanto do que se lembrava realmente havia acontecido. Em um reflexo, ela levou a mão ao ombro esquerdo e passou a ponta do dedo sobre a cicatriz da BCG.

— Sim! — disse Luke, animado. — Nostalgia com certeza não é o que costumava ser!

Houve um momento de silêncio para interromper a conversa e Luke tomou um gole rápido da cerveja. O coração de Kate saltou em solidariedade. Sempre soubera qual era o maior medo de Luke, seu pavor mais secreto. Luke estava com medo de ser chato.

Ele entrava nos lugares e a sua aparência gerava expectativas que ele sentia que nunca poderiam ser atendidas. Era como David Beckham: um semideus com voz de personagem de *Vila Sésamo*. Aquiles abriria a boca e todos ficariam basicamente aliviados por ele soar como Elmo. Não havia nada de estranho na voz de Luke: um contralto fácil e suave como giz.

Ele apenas se preocupava com o uso que dava àquela voz. Daí toda a pose e as baboseiras que falava. Kate o havia libertado daquilo graças a uma combinação de amor e sarcasmo. Ela preferia muito mais quando as declarações dele eram feitas de leite e biscoitos: gostava quando Luke falava como Barbara, a mãe dele. Além disso, ela conhecia intimamente a vida interior do marido, que era consideravelmente mais sombria e nodosa. Havia lido o livro dele. Se um personagem no extenso romance de Luke dissesse algo tão insípido como "A nostalgia não é o que costumava ser!", Luke iria persegui-lo pelas próximas cinco páginas e, em seguida, jogá-lo embaixo de um caminhão.

— Com certeza não é! — concordou Kate, e tentou pensar em algo para complementar o tom blasé de Luke. — Dizem que as calças boca de sino estão voltando à moda, mas acho isso um absurdo!

Toby pareceu levemente alarmado.

— Mas as calças boca de sino *já* voltaram, não é?

Amy concordou.

— Elas vieram e se foram.

Kes abaixou os olhos para a bainha ligeiramente aberta do jeans bootleg vermelho que usava.

— Não, posso confirmar que ainda estão na moda. Ainda estamos de volta aos anos 1970.

— As calças boca de sino são dos anos 1960 — objetou Toby. — Meu pai ainda tem uma no guarda-roupa.

— Tudo bem, eu estava errado — disse Luke, que parecia ter se recuperado. — Nostalgia claramente *é* o que costumava ser. Tudo volta.

Mas agora Kate disse baixinho:

— Volta. Mas não é a mesma coisa, é?

— Não tenho certeza se alguém está dizendo que é a mesma coisa — disse Amy.

Kate se sentiu batendo em uma parede de futilidade absoluta. Ela não podia conversar sobre nada com aquelas pessoas. Sabia demais.

— Você está. Você não sabe, mas está.

Kes detectou o ninho de vespas de pensamentos por trás dos olhos de Kate e decidiu dar uma boa e velha cutucada.

— Meu Deus, Marsden está tendo um de seus insights e agora estamos todos na merda!

Kate o ignorou.

— Precisamos nos proteger do cataclismo. Ela está prestes a nos destruir por causa de nossa conversa inútil sobre calças boca de sino e *Bagpuss*.

— Não é que seja inútil, é só que toda essa coisa de tentar-viver-no-passado não tem sentido.

— Por quê?

Não diga nada esquisito. Não diga nada esquisito.

Kate praticamente gritou:

— Porque obviamente não se pode fazer algo pela primeira vez duas vezes! Porque não se pode fingir inocência!

Houve um silêncio espantado. Kate continuou com mais calma, mas com uma raiva controlada. Ela nem sabia de quem estava com raiva.

— Você pode usar calças boca de sino como nos anos 1970 e pode fazer sua banda indie soar como David Bowie como se fosse nos anos 1970, e pode se divertir com um desenho da TV como nos anos 1970, mas não vai ser a mesma coisa, porque você sabe coisas que as pessoas dos anos 1970 não sabiam. É como dizer: "Vocês ficam com a AIDS e a Praça da Paz Celestial, nós ficamos com os pula-pulas." E para trás, estamos sempre querendo voltar mais para trás. "Vamos *voltar* ao básico. Vamos *re*tomar o controle. Vamos tornar a América grande *de novo*." E é sempre um erro. Porque ninguém se lembra de nada direito. Vamos reestatizar os trens e esquecer como eles costumavam ser ainda piores. Calças boca de sino, pelo amor de Deus. Era melhor dançar conga em um cemitério.

Kes cronometrou uma pausa, então se virou para uma câmera imaginária:

— E isso conclui a edição dessa semana do *Sermão de Kate Marsden*. — A quebra na tensão deixou Kate ao mesmo tempo irritada e grata. Kes continuou: — Na próxima semana, Kate conhecerá Nelson Mandela e lhe dará uma bronca por causa do seu gosto em camisas.

Kate riu junto.

— Desculpem. Eu não queria falar tanto assim.

Amy agarrou o braço dela.

— Não ouse se desculpar. — Ela acenou com a cabeça para os rapazes ao redor da mesa. — Eles não se desculpariam.

— Na verdade, eu talvez me desculpasse — disse Luke com tamanha naturalidade que Toby soltou um pequeno gemido, que atraiu mais atenção do que pretendia. Ele rapidamente transformou o gemido em um pigarro.

— Sim — disse ele. — Mas estou um pouco confuso sobre as ferrovias. O que você quer dizer com reestatizá-las? Até onde eu sei, eles são propriedade pública.

Kate percebeu seu erro, mas teve um momento para respirar quando Amy comentou com amargura.

— Não por muito tempo, conhecendo aqueles infelizes.

— Bem — disse Toby —, o prefeito está falando sobre isso, mas...

Kate havia encontrado o que procurava no afresco gigante de sua memória, e ficou tão aliviada que deixou escapar a correção:

— Mil novecentos e noventa e quatro. Eles vão privatizar os trens... em alguns anos. Eu acho.

— Eu sabia. A Marsden não é só muito cheia de opiniões sobre o assunto nostalgia, como também é vidente.

— Não, não, isso é...

— Você sabia que Tobias e eu éramos aquarianos.

— Isso foi só...

Luke se juntou aos outros.

— Então, quem vai ganhar o Grand National do ano que vem?

Kate tomou um gole de sidra.

— Humm... O Red Rum?

Luke riu.

— Acho que o Red Rum teria que voltar dos mortos. Desculpe, você está bem?

Kate se recuperou e limpou a sidra do nariz.

— Sim, só desceu pelo caminho errado. Escuta...

— Não, vamos continuar com o tema da política — Kes anunciou para o teto, achando "Kate, a Clarividente" uma ótima brincadeira. — Então, Marsden, John Smith vai ganhar as próximas eleições gerais?

— Eu... duvido.

— Por que não? — perguntou Toby.

Ataque cardíaco fatal.

— Muito seguro — Amy interrompeu. — Agora que Kinnock estragou tudo, eles precisam de alguém da esquerda.

— Bem, isso é verdade — concordou Kes.

Cinco pessoas que votariam em Tony Blair com vários graus de entusiasmo. Kate estava feliz por não ser tarefa dela avisá-los.

— Qual é o meu signo, então? — perguntou Luke baixinho, por baixo dos cílios.

Muito bem... Luke flertando de novo. Aquilo era... bom?

Kate se lembrou da fraqueza absurda de Luke por horóscopos e quis encerrar aquela bobagem o mais rápido possível. No entanto, tinha acabado de começar a recapturar o interesse dele, o que seria útil se quisesse salvar a vida dele. Ela encontrou o olhar de Luke com tranquilidade e disse:

— Você é libriano.

Ele confirmou que ela estava certa olhando para os outros e levantando a palma da mão em sua direção. Então se voltou novamente para Kate. Havia um ar de descoberta na expressão de Luke desde o discurso que ela fizera minutos antes. E agora Kate reconheceu aquela expressão. Era algo que não via havia muito tempo.

— Com certeza foi um acaso em doze — murmurou Toby, girando no ar o porta-copo de papelão e pegando-o de volta.

Kate manteve os olhos em Luke, que a encarava diretamente. Ele nem se importou que ela pudesse ver o que ele estava pensando.

Marido danado. Ah, você é ousado quando quer.

Luke bebeu rapidamente o resto da cerveja e fez uma cena checando a hora no relógio.

— Bem, tá na minha hora. Foi um prazer conhecer todos vocês.

Ele se inclinou e beijou Amy na bochecha. Foi só um beijinho, mas ao mesmo tempo durou 0,00045 segundos a mais do que deveria. Amy percebeu na mesma hora que o beijo era para o benefício de Kate e ergueu uma sobrancelha para a garota do outro lado da mesa. Luke estava pegando o casaco quando Kate respondeu com o mais breve dos sorrisos cúmplices, e Amy desviou o olhar, sorrindo abertamente. Kate queria ficar sozinha com a amiga, só para ter uma conversa com ela, sem assustá-la...

Indignado, Kes ficou de pé.

— Pelo amor de Deus, cara... aonde você está indo? Ainda nem trouxeram as últimas bebidas que pedimos!

— Eu sei — disse Luke, afastando lentamente o cabelo escuro dos olhos. — Uma pena, né? — Com esse último comentário, ele olhou novamente para Kate. E então: — Estou indo para a cama.

— Boa noite, Luke! — disse Toby em voz alta. — Cuidado com o boi da cara preta.

Luke sorriu e fez menção de sair. Amy disse:

— Se você mudar de ideia, vamos sair pra dançar depois que o bar fechar.

Toby levantou a cabeça.

— Vamos?

— Sim. Eu estava conversando com um estudante de economia do quarto ano e ele disse que havia um lugar chamado Blossom, que é um restaurante chinês durante o dia e se transforma em uma danceteria à noite.

Kes pensou a respeito.

— Parece muito louco. Tô dentro.

Luke jogou a jaqueta por cima do ombro, parecendo mais do que nunca um modelo.

— Bem, divirtam-se. — Ele se afastou, mas não antes de fazer um contato visual significativo com Kate quando passou por ela.

Desgraçado cheio de si! Ele realmente espera que eu o siga.
— Certo, a próxima rodada é minha — disse Toby. — O que você vai beber, Kate?
— Ah, merda, estamos pagando rodadas? — perguntou Kes.

Amy também ficou perplexa:
— Só estou sabendo disso agora.

Mas Kate estava de pé.
— Na verdade, também vou embora.

Toby estava revirando o casaco em busca de dinheiro: ele manteve a cabeça baixa enquanto a busca parava por meio segundo, e depois continuou. Kate viu o rosto dele assumir uma expressão de resignação irônica. Ela encolheu os ombros, se desculpando com o grupo.
— Foi um dia meio longo.

Como a haviam recolhido do chão três vezes desde o café da manhã, o grupo dificilmente poderia argumentar contra aquilo. Kes cedeu:
— Talvez eu te veja mais tarde no Beijing Bopalong se você tiver um segundo fôlego.
— Talvez. Olha, vocês todos foram muito legais comigo hoje. Obrigada.

Toby se levantou para ir ao bar e colocou as mãos nos bolsos.
— Sempre às ordens.

Kate assentiu calorosamente para ele e se ajoelhou ao lado de Amy. Os dois homens perceberam que era um momento privado e se dedicaram a organizar o pedido de bebidas.
— Especialmente você — disse Kate.
— Não sei o que está acontecendo com você, garota — disse Amy, pegando a mão de Kate. — Mas se precisar de

uma amiga... bem, você com certeza sabe onde fica o meu quarto.

Kate revirou os olhos, se desculpando.

— Com certeza. — Ela olhou para a mão da amiga e pensou nas primeiras semanas após a morte de Luke. — Eu tive um sonho, sabe? Não foi nenhuma profecia ou qualquer coisa boba assim, mas... foi muito real. E, no sonho, eu perdi alguém. Alguém muito próximo.

— Que horrível.

— Foi, sim. E a questão é que... você estava no sonho. Não se assusta, obviamente não era você, isso seria impossível. Mas... alguém muito parecido com você. E éramos amigas. E você aprendeu sobre luto. Leu tudo o que podia a respeito... em uma grande biblioteca. E descobriu que as pessoas em um "luto complicado", pessoas que perdem entes queridos de repente, ou quando são muito jovens, ou alguma coisa assim... elas perdem o apetite por algum tempo. Então você fazia sopas, Amy. Sopas e caldos. E levava pra mim. Você ia até a minha casa com uma garrafa térmica e algumas revistas. E fazia isso todos os dias. A pessoa que se parecia com você. Você tentou cuidar de mim. E eu estava muito mal para agradecer.

Amy balançou a cabeça suavemente, aparentemente ainda se perguntando se aquela garota precisava de um abraço ou se deveriam interná-la à força. E disse com carinho:

— Bem, gosto de pensar que eu faria isso por alguém se fosse necessário, mas... bem, nunca se sabe, não é?

— Não. Nunca se sabe.

Kate achou que era melhor não ir mais longe, e fez menção de se levantar, mas se lembrou de uma última coisa.

— A propósito, aquele cara do quarto ano que contou a você sobre o Blossom. Ele não era um cara grande e forte com cabelo loiro tingido, era?

— Era, sim. Os amigos o chamavam de Bonzo ou alguma coisa assim. Você o conhece?

— Amigo de um amigo. Olha, não me leve a mal. Tenho certeza de que você é capaz de cuidar de si mesma. É só que... é melhor tomar cuidado com ele. Má reputação. Péssima.

Amy entendeu perfeitamente o que estava sendo dito.

— Tá certo, meu bem. Obrigada.

— Sempre acho que é melhor estar informada.

— Eu também.

— A gente se vê por aí, Amy. Até logo.

Capítulo 14

Quando Luke abriu a porta, ainda estava vestido com a camisa gola de padre a que Kate se agarraria toda noite anos mais tarde. Ela não sabia o que havia esperado — o Torso da Década com uma protuberância na frente do jeans? Um paletó de smoking Terry Thomas e uma piscadela lenta? E, supondo que tivesse interpretado corretamente a expressão dele no bar, como *ela* reagiria? Luke tinha dezenove anos. Seria como transar com um sobrinho.

A curta jornada até o quarto dele pareceu um curso intensivo de déjà vu. Subir a escadaria aflitivamente familiar para o corredor onde ele ficava, passar pela cozinha compartilhada com seu cartão de visitas aromático da culinária estudantil (arroz e complementos, massa e complementos, atum, latas vazias de tomates picados espalhadas em um escorredor) e a porta fechada do quarto de Martin Bailey com *Achtung Baby* berrando lá dentro. A cada passo, Kate se deparava com uma centena de lembranças preciosas e temia substituí-las. Mas não tinha escolha — aquilo era sobrescrever com um propósito.

Seria tudo muito objetivo. Convenceria Luke de que ela vinha do futuro e de que ele precisava remover um tumor no cérebro, caso contrário, cairia morto aos 47 anos na cozinha de casa, que por acaso também era a cozinha da casa dela porque ela era esposa dele. Perfeito.

Kate ficou imediatamente arrasada, não pelo fato de ele estar completamente vestido, mas por seu olhar de espanto.

— Ah! Oi — disse ele.

— Oi.

— Sim?

— Eu, hum... Acabei de me pegar andando até aqui.

— Entendo. Você estava procurando alguém?

Ah, pelo amor de Deus.

— Bem, sim. Você, na verdade.

— Ah!

Kate encerrou uma pausa absurdamente constrangedora ao antecipar a próxima pergunta dele.

— Consegui o número do seu quarto com os porteiros. Não se preocupe, não estou perseguindo você!

Luke riu educadamente, mas não parecia convencido.

— Quer dizer, obviamente eu *tenho* perseguido um pouco você. Um pouco. Uma miniobsessão.

— Uma obsessãozinha.

— Exatamente.

Pareceu ocorrer a Luke que ele tinha que fazer alguma coisa.

— Certo, bem, entre. — Ele parecia estar se dirigindo a um amigo da família a quem deveria entreter até que os pais voltassem de uma ida ao supermercado.

— Obrigada — disse ela e passou por ele enquanto pensava que aquele poderia muito bem ser o plano mais estúpido já concebido por qualquer mulher.

Luke fechou a porta e Kate foi até o meio do quarto. Ela notou os pés descalços dele e, de repente, se sentiu uma intrusa.

— Posso pegar seu casaco? — perguntou Luke. O susto havia ligado seu piloto automático de classe média.

— Hum... claro.

Kate entregou a ele o casaco que recentemente envolvera o corpo de argila de Charles Hunt e se sentou em uma poltrona perto da janela. Ela disfarçou um sorriso ao perceber que ele estava se perguntando que diabo fazer com o casaco e ao vê-lo optar por só dobrá-lo e colocá-lo com cuidado no chão. Luke se sentou na cama em frente. Era como no sonho recorrente de Kate, mas ele estava tenso e curvado para a frente, em vez de inclinado para trás, abaixo da imagem de Kurt Cobain. Se já tinha havido um momento para dizer "Por que você não tira toda a sua roupa para que eu possa fingir que te desenhei?", não era aquele. O universo estava rindo dela e até Kurt parecia estar na piada.

Muito bem então — vamos começar a sobrescrever!

— Luke, preciso te contar uma coisa.

— Café! — exclamou ele. — Eu pedi para você voltar para um café, talvez. E então esqueci.

— Você...? Hum, não, não com tantas palavras... Embora tenha me olhado meio que...

— Exatamente. Sim. Sou péssimo flertando. Quer dizer, sou terrível nisso. Mas gosto muito de você, então estou feliz que esteja aqui.

— Bem... É bom ter isso firmemente estabelecido.

— Desculpe. Isso foi...

— Também estou feliz por estar aqui.

Ela deu um sorriso tranquilizador e os dois riram. Sim, era mais assim — níveis mortificantes de vergonha de uma atração mútua, como adolescentes normais. Kate sentiu que aquilo era algo com que era capaz de trabalhar. Ela também ficou tocada e aliviada com o fato de o velho Luke — o jovem velho Luke — finalmente ter aparecido. No segundo em que ele saiu do convívio público, parou com as besteiras. Nada mais de fingir ser francês ou de falas bajuladoras. Só aquele jovem de coração franco que dizia coisas como "Eu gosto muito de você", sem nenhuma ideia do que aconteceria a seguir.

— Certo. Então — disse ele, olhando ao redor do quarto em busca de inspiração. — Há um certo nível de constrangimento aqui. Provavelmente deveríamos conversar um pouco.

Kate percebeu que, se ainda tivesse dezoito anos, concordaria sobre o constrangimento e haveria uma longa e irônica conversa sobre não saber o que falar. Mas tinha quarenta e cinco anos e não tinha tempo.

— Então, como eu disse, tem uma coisa...

— Eu na verdade não tenho café — interrompeu ele. — Isso não quer dizer que não seria ótimo "tomar café", mas não tenho nenhum café de verdade.

— Isso é muito lisonjeiro, mas não estou a fim de nenhum dos dois tipos de café.

— Desculpe, não tive a intenção de presumir...

— Não se preocupe. Mas acho que é melhor dizer logo que não vamos fazer nada hoje à noite, Luke.

— Não vamos?

— Não.

— Droga.

— Pelo menos eu não vou.

— Entendo.

— Não estou com humor para transar.

— Muito justo. Primeira noite e tudo mais.

Kate achou divertido que ele atribuísse a decisão dela ao fato de não ser "aquele tipo de garota" quando, por acaso, ela era, sim. Mas, por enquanto, aquilo bastaria.

— Sim — disse ela.

Ele pareceu satisfeito: a garota esquisita, mas interessante, havia introduzido a possibilidade de sexo e o fato de ter descartado aquela possibilidade era de certa forma quase tão excitante quanto a possibilidade em si. O fato era que o sexo agora estava no quarto. Luke colocou uma perna em cima da cama e começou a massagear o pé distraidamente.

— Vamos só nos conhecer. Você é boa de conversa. Foi incrível no bar. Ah, eu sei! Podemos pegar um atalho por...

— Qual o problema com o seu pé?

— O quê?

— Você está esfregando o pé direito. Machucou?

Ele olhou para baixo, surpreso e, por reflexo, retirou a mão.

— Ah, nossa, não. É só que... Às vezes o meu pé fica entorpecido. É estranho.

— Formigando?

— Sim, às vezes. De qualquer forma, conheço um bom atalho para a rotina de conhecer você....

Kate respirou fundo e tentou não se concentrar no tumor assintomático de Luke, que resolvera atormentá-la naquele momento, apresentando seu único sintoma. Ela olhou para Kurt Cobain, que aparentemente não sabia se ria ou chorava. O gesto de Luke tinha sido tão característico dele que acabara permitindo que o tumor se escondesse à vista de todos. Ela tentou ser menos dura consigo mesma: se fosse pensar daquele jeito, também poderia muito bem ter chamado uma ambulância toda vez que ele tocasse em uma verruga que tinha no pescoço, ou quando trocava a letra de uma palavra.

Não entre em pânico. Não há pressa. Deixa ele falar e, depois, comece a conduzir suavemente a conversa para a medicina ou pensar no futuro ou... seja como for — olhe pra ele —, o Luke está completamente saudável. Não há nada com o que se preocupar.

Ela voltou a prestar atenção na conversa e percebeu que Luke estava falando sobre a faculdade de Inglês.

— ... porque não se pode ser um grande escritor se você não for um leitor assíduo, não acha?

Ela tentou se concentrar.

— Imagino que você esteja certo. Quer dizer, eu nunca tentei exatamente...

— Então, você quer ler o meu livro?

Kate engoliu em seco.

— Livro?

— Não ele inteiro, obviamente. Não está terminado, mas já tem muitas páginas. — Ele se levantou e abriu uma gaveta da escrivaninha. — Pense nisso como um exercício de confiança.

— Confiança — repetiu Kate, como se estivesse atordoada.

— Sim, como Téspis, o poeta grego, fazia.

Ele sacou o que Kate reconheceu como uma versão inicial de muitos dos primeiros rascunhos de *Whatever* — cerca de duzentas páginas A4 escritas à mão, presas com alguns elásticos que Luke tinha pegado da faculdade. Ele empurrou a pilha de folhas na direção de Kate e ela pegou como se estivesse segurando uma granada de mão sem o pino. Luke percebeu a expressão dela, mas agora seu entusiasmo estava beirando a loucura. Foi o suficiente para superar a modéstia:

— Claro, você não precisa.

Por um instante, Kate desejou ser americana, porque os americanos costumavam ser mais diretos no que falavam. Na Inglaterra, o que ele acabara de dizer fora: "Obviamente, você não tem a menor escolha em relação a isso."

— Não, não... parece...

— Ótimo. Eu vou fazer aquele café para nós. Vou roubar um pouco da cozinha, rebelde que sou. — Ele caminhou determinado em direção à porta, então se virou. — É só um primeiro esboço, portanto seja boazinha! É como se eu estivesse deixando você me ver nu, mas menos desagradável.

Kate, que naquela circunstância era dois anos mais velha do que a mãe de Luke, ergueu os olhos da página do título e disse:

— Tenho certeza de que você fica muito bem nu. Mas como eu disse...

— Entendido! — Ele pareceu ter dúvidas sobre deixá-la ler a obra-prima, e falou em um tom mais contido: — Você só tem uma chance de ler um livro pela primeira vez, é claro. E lembre-se de que não está terminado. Você não vai debochar, não é?

— É tudo uma questão de confiança, certo?

Luke pareceu aliviado.

— Exatamente! Eu mesmo não poderia ter colocado melhor. — Ele abriu a porta. — Não demoro.

Não pela primeira vez na vida, Kate foi deixada sozinha em um quarto sem nada de Luke, a não ser o seu livro horrível. Ela virou cuidadosamente a página do título. Ali estava, então: o inimigo dela. O lunático no porão. O retrato no sótão. Apesar da afirmação de Luke, Kate sabia que aquele primeiro parágrafo já havia sido reescrito inúmeras vezes: ele tinha começado o livro logo depois das provas finais do ensino médio. No momento, ela estava mais interessada na caligrafia de Luke. Ele logo deixara de escrever à mão — já durante seu primeiro semestre em York. Ainda levaria anos para ter um computador, mas foi ali que Luke começou a digitar o livro em um Mac Classic II compartilhado, na Sala de Computadores da Benedict. Naturalmente era preciso uma Sala de Computadores. Onde se guardavam os computadores.

Ela estava encantada, como uma arqueóloga diante de um antigo pergaminho. Tanto da tinta de Luke, tanto da mão dele. De onde Kate vinha, artefatos com a caligrafia de Luke eram um recurso escasso. Velhas cartas de amor, as primeiras escritas no bloco da papelaria Basildon Bond provavelmente na gaveta ao lado dela — a mesma de onde ele havia tirado o livro. Uma ou duas listas de compras; os canhotos de um antigo talão de cheques. Mas aqui estavam todos os "l"s inclinados e "f"s floreados — os riscos raivosos e as anotações urgentes escritas verticalmente na margem. Tudo em abundância descuidada, como se a tinta nunca fosse acabar e a mão nunca fosse parar.

Kate leu, ignorando educadamente o que estava rabiscado e tentando reexaminar o que Luke estava tentando atingir.

Os saltos altíssimos de Jessica Zed fazem barulho no asfalto, transportando os seios pneumáticos da dona deles e contando sua própria história enquanto o telhado vários andares acima cintila no borrão de calor como uma placa de sorvete grata por derreter. Sua mente está vazia. Leve como bosta de plástico. Vazia como aquele telhado de estacionamento; prova positiva de que os lixeiros haviam tido sucesso. Ah, ele escolheu o lugar do encontro, certo. Ele gastou seu estoque de baixarias (descarregou todas), mas desligou exultante. Ela havia concordado.

E agora vem ela: avançando na direção dele.
— peso-pena
— lolita
— xeque-mate.
É o perfume dela que o faz divagar tanto? JuJu a 80 libras por 100 ml de toques de vinagre. Aflito, ele assiste com seu ânimo e desânimo, com sua massa cinzenta e o seu não importa: mergulhado no id e com o ego confuso, o ying e o yang do lixo estão fodendo ao sol e é possível farejar o fedor do cio das luas de Júpiter.
Aqui está ela, enfim: deliciosa Ju, colorida Ju, com as pontas dos bicos dos peitos apontando.
Sua vagina é a primeira a falar...

Kate suspirou e balançou levemente a cabeça. Ele realmente não iria continuar com aquilo por duzentas páginas, não é? Mas é claro que iria. E continuaria com aquilo por vinte e oito anos. Ela folheou o livro até o meio com impaciência. E tentou — não pela primeira vez — olhar para a coisa objetivamente. Então: o texto tinha uma noção de ritmo, o que era bom. Havia um gosto pela linguagem, o que era bom. Havia uma ausência total de qualquer sentido em qualquer coisa, o que era ruim. Havia uma misoginia estranha, o que era ruim. Havia alusões literárias vãs que não levavam a lugar nenhum, o que poderia ter sido meio bom se tivessem algo a ver com a história, mas não tinham e, portanto, eram totalmente ruins. Principalmente porque não havia uma história de verdade. Luke não estava escrevendo uma história. Ele estava batendo uma punheta. Uma punheta em que nem ele, nem o leitor, jamais gozariam. Kate pensou que, se Luke se gravasse realmente batendo uma punheta, ao menos para aquilo haveria mercado. E tudo terminaria.

Ela virou as páginas novamente. Algo chamou sua atenção.

... mas esse não é o acordo com Morlock.

Morris Morlock examina o playground como se pensasse "que diabo, que diabo está acontecendo de novo?". Não acontecendo, mas se permitindo. E sempre lá. Como algo crescendo no cérebro. Como um pênis minúsculo na cabeça dele como uma coceira, como um ponto que não se consegue coçar. Furtivo e rico, como Veronica Void. Ela o fez sentir como se a quimio já tivesse raspado suas forças. Como se ela o tivesse amarrado a uma cadeira da cozinha e...

Kate havia esquecido aquele trecho. A imagem de algo canceroso crescendo na cabeça de uma pessoa tinha sido descartada por Luke anos antes. Ela continuou a ler.

Logo, um barulho na porta a fez virar a página com culpa, enquanto Luke entrava no quarto com duas canecas de café.

— Acho que consegui me safar! — disse ele em um sussurro. — Vou repor um pote de café para eles pela manhã. Mas preciso avisar que é instantâneo e fabricado pela Nestlé. Pode ser?

— Prometo não contar para a Amy.

— Ha! Sim, ufa! Deus, aquela mulher fala.

Ele empurrou um antigo livro escolar para a ponta da mesa e colocou uma caneca em cima dele, ao lado de Kate, tentando fazer o movimento o mais natural possível para que não parecesse estar fazendo o que obviamente estava fazendo: dando a ela um descanso para a caneca, para proteger a mesa. Kate sabia que Barbara havia colocado na mochila do filho dois porta-copos de verdade com aquarelas de bom gosto da Catedral de Salisbury. Luke gostava de usá-las quando estava sozinho.

— Então — disse ele, se sentando na cama e segurando a caneca com as duas mãos —, você conseguiu... ler alguns trechos?

Kate respirou fundo e fechou o manuscrito. Ela se viu lutando contra uma memória muscular — um desejo há muito arraigado de protegê-lo, encorajá-lo: de dar o que Luke queria, em vez do que ele precisava. Tinha sido o jeito de agir de um pai ou uma mãe ruins. Mas, antes de mais nada, a situação não deveria ter sido aquela — ela não era mãe dele. Kate colocou o livro de lado com cuidado e se concentrou no rapaz à sua frente, avaliando seu volume e suas dimensões, como se ele fosse um osso que precisasse ser quebrado antes que pudesse ser restaurado. Aquilo ia doer.

Ele interpretou a imobilidade dela como hesitação.

— Está tudo bem, eu sou incrivelmente arrogante, portanto não ficarei ofendido. — Luke tomou um gole de café, em um gesto nervoso. — O que você achou?

— Acho que você precisa examinar a sua cabeça — falou Kate calmamente.

Um sorriso irônico se espalhou lentamente pelo rosto dele.

— Caramba. Olha, não precisa ficar em cima do muro, Kate. Me diz o que você realmente...

— Você vai morrer com apenas 47 anos. Sei disso porque estava presente, e a sua morte partiu o meu coração. Luke, meu amor... Sou sua esposa. Eu sou do futuro e estou aqui para salvar você.

Capítulo 15

A expressão de Luke não se alterou. Ele a encarou por alguns segundos com uma expressão que misturava ceticismo e diversão. Então tomou outro gole de café e pousou a caneca com cuidado ao lado dos pés descalços, contraindo brevemente os dedos, como se fossem tenazes tentando agarrar o tapete, mas logo relaxou.

— Certo. Ainda tenho muita coisa para arrumar — disse ele.

— Obviamente você acha que eu estou louca.

— Não! Hum... bem. Sim, um pouquinho.

— Tudo bem. Então escuta...

— Quero dizer, se você não gostou do livro, então basta...

— Não tem nada a ver com o livro.

— Afinal, é só um primeiro rascunho, então...

— Luke, por favor, para de falar sobre o livro.

Ele ficou em silêncio. Não tanto pelo tom de repreensão, mas pela familiaridade do tom de Kate, como se ela estivesse acostumada a dizer a ele para calar a boca de vez em quando. E havia algo mais naquele tom — não apenas intimidade, mas autoridade. Era como se ele estivesse sendo repreendido por uma professora legal ou por alguma outra pessoa com o dobro da sua idade.

Kate conseguiu ver o que se passava na cabeça de Luke por causa das rugas que franziram brevemente a testa dele — as rugas apareceram e desapareceram como as sombras de nuvens atravessando rapidamente um campo iluminado pelo sol. Assim como as dela, aquelas linhas se aprofundariam e se fixariam com o tempo. Mas, no caso dele, não chegariam a ficar profundas o suficiente.

Ela continuou.

— Se eu estivesse tão desesperada para mudar de assunto, tenho certeza de que poderia ter pensado em algo surpreendente, embora mais plausível. Tipo, sabe... "O livro é ótimo, mas você sabia que na verdade eu sou belga?" ou "Gosto do livro, mas vamos falar sobre o meu pai, que inventou os Wombles". Esse tipo de coisa.

— Certo...? — disse ele, cautelosamente.

— Mas não fiz isso. Fiz uma série de afirmações completamente malucas.

— Eu percebi.

— Então você tem que se perguntar por que eu faria isso.

— Não sei.

Kate se lembrou de que estava pedindo pelo impossível e conteve uma onda de impaciência. Sem dúvida, ele estava sendo um tanto lento. Ela era detentora de um arsenal nuclear de fatos que poderiam explodir o cérebro daquele cara, mas queria que ele a conhecesse pelo menos em parte primeiro. Luke poderia usar a lógica para compreender parte da situação, se ao menos se esforçasse um pouco.

— Certo, vamos jogar. Você gosta de jogos, não é?

— Ora, você deve saber, não é? Afinal, é minha *esposa*. — Luke falou a última palavra fazendo aspas no ar, com uma expressão de lamento.

Kate não sabia se era um bom sinal o fato de ele parecer estar gostando daquilo, mas pelo menos ainda a estava ouvindo.

— Sim — disse ela. — Então você pode me fazer qualquer pergunta sobre o futuro e eu darei uma resposta honesta. Cinco minutos apenas. Começando agora.

Luke mudou de posição e se sentou de pernas cruzadas na beira da cama. Ele olhou para o lado, algum humor voltando aos seus lábios.

— Ceeerto... quando no futuro?

— O início da terceira década do século XXI.

O sorriso de Luke se alargou.

— Então, o ano 2020.

— Sim.

— Mas você não está usando roupa de astronauta. Onde está seu skate voador?

— Não temos skates voadores.

Ela permaneceu paciente, mas começou a achar aquilo cruel: quanto mais o deixava debochar, mais idiota ele se sentiria se ela o convencesse.

— Não há skates voadores. Droga. Então, quem é o presidente dos Estados Unidos?

Kate sentiu o perigo. Responder a perguntas sobre o futuro da política americana não era a melhor maneira de convencer alguém de que ela era sã. Nem sobre a política britânica, por sinal.

— Você não vai querer saber.

— Não pode ser pior do que George Bush.

Ela adorava conversar com ele sobre política. Por isso, não resistiu e disse:

— O problema é que pode. Na verdade, o filho de George Bush era pior do que George Bush, mas o cara atual faz até ele se parecer com Gandhi.

— George Bush... filho?
— Vamos em frente.
— Então, quem? Quem é o cara atual? Você disse que responderia.
— Você não deve ter ouvido falar dele.
— Tenta.
Kate suspirou.
— Donald Trump.
— Donald...?
— Entende? Ninguém em 1992 está interessado em...
— O quê? Aquele idiota americano?
— Bem, os presidentes dos Estados Unidos tendem a ser americanos, mas...
— O imbecil dono de um monte de propriedades e que usa peruca?
Kate ficou agradavelmente surpresa por encontrar uma lacuna em seu conhecimento do que Luke sabia, mas ao mesmo tempo achou aquilo profundamente inconveniente. Quando ele tinha ouvido falar de Trump pela primeira vez?
— Sim.
— ... é o presidente dos Estados Unidos da América?
Kate olhou para o relógio.
— Quatro minutos. Vamos em frente.
Luke continuava extremamente cético, mas ainda estava se divertindo.
— Então, como é de um modo geral? O futuro de onde você vem?
Kate voltou a se concentrar: ela obviamente não iria chegar a lugar nenhum com o futuro abstrato. Precisava trazê-lo para mais perto de casa.
— É uma merda. O meu marido acabou de morrer.

— E esse seria eu.
— Isso mesmo.
— Do que eu morri?
— De câncer. Um tumor cerebral chamado meningioma.

O sorriso estava desaparecendo do rosto de Luke. O que quer que aquela garota estivesse fazendo, o câncer certamente não estava entre os Dez Principais Assuntos Excêntricos de Conversa. Seus olhos se estreitaram em uma expressão astuta.

— Sério?
— Sim.
— Quando a doença surgiu, então?
— Agora.

Ele piscou, confuso.

— Neste exato momento. — Kate jamais tinha visto qualquer traço de violência em Luke, mas a verdade era que ele era um cara grande e ela estava prestes a perturbá-lo seriamente. Por isso, manteve distância e apontou para a própria cabeça, mostrando um lugar cinco centímetros acima e atrás da orelha esquerda. — É mais ou menos do tamanho de um grão de arroz, mas cresce a cada dia.

Ele cruzou os braços, aparentemente resistindo à vontade de levar a mão à cabeça.

— Muito engraçado — comentou ele.
— Na verdade, não foi nada engraçado. Eu amava muito você e me culpei. Fiquei arrasada e suicida. — Ela disse aquilo de um jeito muito simples, comprimindo nove meses de agonia na declaração de um fato. Pela primeira vez, uma expressão de medo escureceu o rosto do marido. Foi quase um alívio quando ele afastou o medo e o transformou em um sarcasmo tolo.

— Sim, deve ter sido muito perturbador para você. É "Kate", não é? Deve ter sido horrível, Kate. Porque éramos casados... há quanto tempo?

— Nós nos casamos em 2003.

— Claro que sim. Deve ter sido uma ocasião e tanto.

— Foi. Não vou descrever a coisa toda, mas...

— Suponho que era preciso *estar lá*.

Kate ficou chocada por um momento ao ouvir aquilo. Ele continuou.

— E quando começamos a sair, Kate?

— Essa noite.

— Sério?

— Sim.

— Essa é a grande noite da Kate, certo?

— Foi, sim. E a sua.

— Mas não mais?

— Não.

Ele fez uma cena, cruzando uma perna sobre a outra e inclinando a cabeça para um lado. Kate podia ver que o havia assustado, e que aquilo estava trazendo à tona algumas das atitudes defensivas menos agradáveis de Luke — o babaca exibicionista estava de volta.

— Desculpe — disse ele. — Tenho certeza de que estou sendo muito estúpido...

— Tudo bem.

Ele ignorou a interrupção.

— Mas, só continuando... como é que você estava tão ansiosa para dormir comigo "esta noite", mas não muito interessada "nesta noite"?

Não era uma pergunta estúpida, embora agora ele estivesse se comportando de forma muito estúpida. Kate se inclinou para a frente e teve um insight ao começar a falar. Deveria ter previsto aquilo.

— Porque sou uma pessoa diferente agora. Mas esse não é o problema. O problema é que você também é uma pessoa diferente.

— Tenho certeza de que isso é muito importante, mas você vai ter que...

— Você morreu, camarada. E mesmo que não acredite em mim, vai ser agora e para sempre alguém que teve que ouvir isso, sentado no seu quarto. Você está diferente agora. Nesse momento, nem mesmo gosta de mim, muito menos quer se casar comigo.

— Ah, droga, o casamento acabou! Não importa. — Luke se levantou e deu um bocejo. — Bem, isso tudo está sendo fascinante, mas eu gostaria que você fosse embora.

Kate persistiu.

— E eu também sou diferente. Não só porque na minha cabeça eu sou mais velha, mas porque acabei de ver como você trata as pessoas em quem não acredita. E não é muito legal. Se realmente acha que eu estou louca, então deveria ser mais legal comigo do que isso.

— Certo, tá bom... eu sou uma terrível decepção. Deve ser por isso que, de acordo com você, levamos onze anos para nos casar.

Kate se levantou também.

— Não foi por isso que demorou onze anos. — Ela atravessou lentamente o quarto para pegar o casaco.

— Ah, é mesmo? Conte, então! Não me deixe na expectativa!

Ela se virou para ele com pesar.

— Eu estava esperando, Luke. Estava fazendo o que qualquer mulher faria, dando um pouco de tempo e usando a intuição com que ela nasceu. Eu estava esperando o cara crescer.

Foi uma observação cruel, mas terrivelmente verdadeira, percebeu Kate. O jovem Luke interpretou aquilo como um ponto a ser discutido.

— Não vejo o que lhe dá o direito de... Espera, podemos apenas dar um passo atrás aqui? Podemos apenas falar sobre a porra da INSANIDADE do que você está dizendo? Aparentemente, eu deveria ser mais legal, mas olha... você não parece estar mostrando nenhum sinal clássico de doença mental, então o que está fazendo? Qual é a porra do seu joguinho?

Kate vestiu o casaco, sentindo-se triste e derrotada. Era inútil — havia falhado novamente com ele. Mas se recusava a sair do quarto com Luke intimidando-a daquele jeito. Só por orgulho, ela perguntou:

— Você sabe muito sobre doença mental, Luke?

— Por acaso, sei. Na verdade, meus pais queriam que eu fosse...

— Não — interrompeu Kate. — Os seus pais, não. Só o Richard. Ele queria que você fosse médico, como ele.

Luke abriu a boca para responder, mas não saiu nenhum som. Kate se deu conta então de que agira de forma totalmente errada até ali. Não era o conhecimento de uma viajante no tempo sobre o futuro de Luke que o afetaria. Era o conhecimento de uma esposa sobre o passado dele.

Ela parou diante dele, as mãos nos bolsos do casaco.

— Sei como Richard se sentia porque foi uma das primeiras coisas que ele me disse quando você me levou à sua casa para conhecer os seus pais no próximo verão...

— Levei... próximo... cacete...

— *Katie, não é para isso que serve uma memória como a sua.*
— *Para que ela serve, então?*

Ela continuou.
— É um lugar delicioso. Avenida Fleetwood, 12. Uma casa grande, no centro do terreno. Eu já achava que você fosse bem de vida, mas devo dizer que aquela casa foi um choque. Foi a primeira vez que estive em uma casa com duas escadas. Eu não sabia que essas coisas existiam, a não ser na televisão. Garoto de sorte você foi, crescendo naquele lugar. Você tinha permissão para lançar a sua moto de brinquedo do topo das escadas dos fundos, mas não da outra: a principal, com as barras de bronze firmando o carpete. E dois jardins. A Barbara embelezou o da frente e plantou algumas ervas. Alecrim, salsa e hortelã. Você fez com que seus astronautas de Lego o explorassem como se fosse um planeta alienígena com flores gigantes. E nos fundos... um gramado comprido que Richard controlava com o cortador de grama dele. Você me disse que, quando era pequeno, costumava ser seu trabalho recolher as pedras do caminho antes de ele começar a aparar. Nos fins de semana e férias de verão. Então você levava uma garrafa de cerveja Batemans para ele, em uma pausa no trabalho. Vocês se sentavam juntos e ele lhe fazia perguntas sobre a tabela periódica ou lhe pedia para nomear todos os ossos do corpo humano. Quase sempre você acertava as respostas. Mas então, quando você era adolescente, preferia ficar no fundo da casa, conversando com o grande peixe dourado no lago, criando histórias. Você

deu o nome aos peixes... todos meninos, é claro: Rodney e Del Boy, Hannibal e Murdoch.

Luke parecia ter entrado em algum tipo de transe.

— Luke, você me contou essas coisas. E eu tenho uma ótima memória, entende? Um dia você encontrou Murdoch flutuando na superfície. Ficou triste e voltou para casa e a sua mãe estava com o rádio ligado na cozinha. Você lembra que música estava tocando, certo?

Luke deu meio passo para trás e agora seus olhos estavam vidrados em devaneio. E ele disse com a voz rouca:

— Sim.

— Você não mencionou o peixe morto para a Barbara. Passou direto por ela porque tinha catorze anos e meninos não choram. Mas você se lembra da música. Você percebeu que a música era triste, sim, mas era muito brega e péssima para se adequar à ocasião. Você não podia acreditar que o mundo continuava apesar de tudo, mesmo que Murdoch tivesse morrido.

— Era...

Ela teve que interromper.

— Era "Every Loser Wins", do Nick Berry.

Seguiu-se um momento em que os dois poderiam ter caído na gargalhada ao contemplar a gravidade e a magnitude de "Every Loser Wins", do Nick Berry. Kate desejou, como Luke havia desejado antes dela, que aquela faixa tão fundamental na vida dele fosse o Réquiem de Mozart, ou pelo menos algo um pouco reflexivo do Sting. Mas o momento passou e Luke pareceu tomar uma decisão.

— Tá certo, me escuta — disse ele com firmeza. — Eu não sei quem você é, ou o que você quer, mas eu preciso que vá embora. Agora.

— Luke, *pense*! Como eu poderia saber essas coisas? E por que eu diria tudo isso a você? Por que eu mentiria? O que eu ganho com isso?

— COMO EU VOU SABER?! — gritou ele. — Como vou saber como funciona a porra do seu cérebro doente?

— Já pensei a respeito. Você pode fingir que está tendo convulsões. Isso, pelo menos, convenceria os médicos a fazerem uma tomografia, ou...

— VAI EMBORA! SÓ VAI EMBORA! — Ele fez um movimento repentino na direção de Kate e ela ergueu as mãos em sinal de rendição, recuando.

— Tá certo! Tudo bem! — disse Kate. — Que merda, não precisa explodir! Jesus! — Com a intenção de ir embora, Kate instintivamente procurou pelo celular nos bolsos e ficou exasperada pela octogésima vez naquele dia ao descobrir que ele não estava ali. Se não podia ajudar aquele garoto idiota, então que diabo estava fazendo ali? Ela deu as costas, mas imediatamente voltou a se virar para ele. — Foda-se, vou dançar — anunciou.

— Você vai o quê?

— Vou sair com os outros. Eu vou para a Blossom e vou comprar drogas ou ficar bêbada e me jogar em cima do primeiro cara que eu vir. Você pode ficar aqui.

Luke ficou confuso com aquela descrição desnecessária.

— Eu... tenho a intenção de ficar aqui.

— Ótimo, então.

— Ótimo. — Ela abriu a porta e já estava com metade do corpo para fora quando o ouviu chamar seu nome. — Kate!

— O que é?

Agora mais calmo e um pouco envergonhado, ele se aproximou e perguntou a ela, com o olhar voltado para o batente da porta.

— Você vai ficar bem?

Ela se lembrou do seu sonho recorrente e de que aquela era a afirmação que ele sempre fazia. *Você vai ficar bem*. Por um instante, não conseguiu falar.

— Quer dizer... — continuou ele — essa noite. Saindo sozinha.

Kate conseguiu acenar com a cabeça de um jeito profissional.

— Obrigada, mas não vou estar sozinha. Eu tenho amigos.

Capítulo 16

Ela os ouviu antes de vê-los. Kate dobrou a esquina da Coney Street e se aproximou da fila para entrar na Blossom. Mais para a frente, dava para ouvir Kes em toda a sua intensidade.

— Não, não! Vocês estão muito melódicos! Tem que ser uma nota! Você em particular, Toby, está cantando como um menino de coro de igreja. Está me provocando uma ereção, mas está completamente errado!

A atitude determinada de Kes, típica do século XX, em relação a piadas de pedófilo nunca mudaria, mas não foi aquilo que chamou a atenção de Kate. Ela se lembrou daquele projeto irracional dele. Kes, destinado a seguir carreira em musicais do West End, estava atualmente obcecado com a ideia de se tornar um empresário milionário montando uma série de produções onde todas as canções seriam cantadas em uma só nota. Só uma. Em todos os outros aspectos, os musicais seriam os mesmos: os valores de produção muito altos, os cenários e os figurinos, o elenco estelar e o marketing chamativo seriam exatamente aqueles que o público do West End esperava. Mas cada palavra de cada música seria cantada na mesma nota. Sol sustenido, para ser mais preciso. Porque, de acordo com Kes, era "uma nota criminalmente negligenciada e de longe uma das mais divertidas".

— Vai ser magnífico — estava dizendo ele, não apenas para Toby e Amy, mas para pelo menos uma dúzia de calouros e frequentadores regulares na fila, que ele liderava em não canções. — No começo, o público idiota de Londres vai ficar estupefato. Então, vão achar hilário. Histérica e perigosamente hilário. Alguns vão literalmente se sujar e os lanterninhas vão ter que correr com panos e esfregões. Perto do final do Primeiro Ato, o bom povo da Avenida Shaftesbury vai odiar. Mas logo vão adorar de novo. Então vão achar que "I Whistle a Happy Tune" sendo cantada em Sol sustenido é intensamente perturbador. Mas tão transcendente! No intervalo, a maioria deles irá embora. Mas aí...

Do ponto de vista de Kate, aquele plano ainda não havia se concretizado. Na verdade, Kes já teria superado a ideia nos próximos oito dias. Mas ela se lembrou da trilha sonora da Semana dos Calouros com longos trechos de *Oliver!* e *O Rei e eu* sendo cantarolados animadamente, todos instigados por Keven Lloyd. Quanto mais pessoas participavam, mais engraçado ficava. Mas se você não fosse uma dessas pessoas, parecia desagradável e horrível. A experiência não era muito diferente de ser amigo do próprio Kes.

Ela os encontrou na fila e passou o braço pelo de Amy — que checou a expressão de Kate, aceitou o gesto com um sorriso e deu um tapinha na mão da recém-chegada sem fazer comentários.

Aos amigos que não fazem perguntas!

Kate se sentiu imediatamente envergonhada por ter pensado aquilo. Amigos podem fazer perguntas quando precisam. Amigos podem se intrometer. E os amigos deles permitem isso.

Toby pareceu especialmente satisfeito em ver Kate.

— Salve-me, pelo amor de Deus — disse ele.

Kate coçou o nariz por um instante e perguntou:

— Salvar você?

— Disso. Do ensaio forçado do sonho louco desse homem.

— O musical exato não importa — exclamou Kes. — Mas com certeza, em uma noite como essa, simplesmente precisamos cantar "Getting to Know You".

Amy deu um aperto forte no braço de Kate.

— E estamos fazendo o que o título da música diz... nos conhecendo — disse ela bem alto. — Por exemplo, acabei de descobrir que o Toby tem uma namorada em Edimburgo com a qual planeja terminar por carta!

— Ah, Toby! — exclamou Kate. — Você não pode fazer isso por carta!

Kate sabia perfeitamente bem que a namorada era um personagem imaginário que Toby conjurava sempre que mulheres de quem não estava a fim davam em cima dele. Toby era mesmo muito exigente. E Amy, Kate percebeu, estava apoiada pesadamente no braço dele.

— Eu não disse isso, Amy — objetou Toby tranquilamente. — Acabei de dizer que estamos repensando o relacionamento, sabe? Dando um tempo.

— Muito adulto — comentou Kate.

Toby estava cambaleando ligeiramente, mas de repente encontrou o equilíbrio.

— Gosto de pensar que sim — falou. E desviou o olhar, franzindo a testa, como se desejasse ter pensado em algo mais espirituoso para dizer.

— Certo então, quase lá! — berrou Kes. — Mais uma música para marcar a ocasião da nossa primeira vinda... e muito possivelmente a *última* ao... como se chama mesmo?

— Blossom, seu universitário burro! — gritou alguém. Os frequentadores habituais riram.

— Obrigado, membros do público! — respondeu Kes, bêbado. Então comentou em tom conspiratório com os amigos: — Eu amo meu público, sabe. Amo.

Eles entraram, passando pelo segurança, pela porta nada atraente, e subiram a escada íngreme e engordurada.

— Cuidado onde pisa — disse Toby. — Esse lugar cheira como se York inteira tivesse vomitado nessas escadas todas as noites por duzentos anos. — E ofereceu, instintivamente, a mão a Kate, mas retirou na mesma hora e murmurou: — Desculpe.

Para sua própria surpresa, Kate estendeu a mão e pegou a dele.

— Obrigada — disse ela.

Toby fez uma pausa e os dois subiram a escada estreita lado a lado.

— Bem, acho que você é capaz de subir um lance de escada sem ajuda.

Kate sorriu para si mesma.

— Eu provavelmente teria conseguido. Mas foi legal da sua parte.

— Você não é uma daquelas feministas assustadoras, Kate?

— Na verdade, Toby, sou uma das feministas mais assustadoras que você já conheceu.

— Ai, meu Deus. Agora estou encrencado.

— Que nada, tô só brincando. — O sorriso de Kate sumiu quando ela pensou nas vezes em que havia recolhido do chão do quarto a camiseta do marido com os dizeres ASSIM É UMA FEMINISTA; e como havia lavado, secado, dobrado e colocado a camiseta de volta na gaveta dele (junto com o resto da roupa dele), só para encontrá-la no chão novamente algumas semanas depois. E disse: — Na verdade, não sei se as companheiras feministas ficariam muito satisfeitas com algumas das minhas escolhas.

Toby olhou para ela surpreso.

— Bem, não posso dizer que estou em contato com suas companheiras feministas, mas tenho certeza de que são mais indulgentes do que você pensa.

— Veremos. — Kate se sentiu ousada ao dar um aperto brincalhão na mão dele.

Em resposta, Toby segurou a mão dela com mais firmeza, e Kate sentiu um arrepio quente percorrer seu braço e todo o seu corpo diante do calor suave da palma da mão e dos dedos dele.

Alheio às sensações que provocava, Toby olhou para trás.

— Bem, nos deixaram entrar, então parece que acertamos no *dress code*.

Kate gostou da ideia de que a querida Blossom poderia ter algo tão grandioso quanto um código de vestimenta.

— Nós dois estamos fabulosos — comentou ela.

— Você está. — Ele olhou para seu colete fora de moda.

— Essa coisa aqui já viu dias melhores.

Eles pararam na fila para deixar os casacos em um armário do tamanho de um armário de vassouras. Kate examinou mais detalhadamente o colete de Toby do que fizera da primeira vez. E reparou em um pedaço de algodão em um azul mais claro.

— Bem, alguém gosta muito dele.

Toby acompanhou o olhar dela.

— Sim, as traças se juntaram no guarda-roupa durante o verão e deram uma boa olhada nele.

— Foi a sua mãe que consertou?
Toby a encarou com uma expressão falsamente ofendida.
— Como você ousa? Saiba que foi tudo trabalho meu.
— Sério? Você conserta as suas próprias roupas?
Ele pareceu sinceramente surpreso.
— É claro. Quem mais deveria fazer isso?
Kate deu uma risadinha.
— Desculpe.
— Não, você tá certa. Não sou o único garoto de escola pública abandonado com um kit de costura no porta-malas.
— Então, pensando melhor, ele murmurou: — Embora provavelmente não haja muitos de nós, verdade seja dita.

E por mais que Kate tivesse passado por aquele processo na Blossom muitas vezes — subir as escadas, receber o carimbo verde na mão, deixar o casaco, e entrar no salão amplo e de teto baixo com as mesas do restaurante empurradas para os cantos —, pela primeira vez naquele dia, ela sentiu que algo era novo. Ela se sentia, de fato, como se estivesse vivendo no presente. Kate ouviu Amy e Kes atrás deles, dando uma empolgante interpretação em sol agudo de *O Rei e eu*, e continuou de mãos dadas com Toby enquanto seguiam na direção do bar.

Getting to knoooow you,
Getting to know aaall abooooout you,
Getting to liiiike you,
Getting to hope you like me.

Ela dançou como se tivesse oito anos. Não dezoito. Oito. Nem Kes conseguiu acompanhá-la, e ele não era de forma alguma uma presença discreta na pista de dança. Kate tinha a sensação de que cada batida brega que o DJ da Blossom lançava em sua direção era como um chamado à própria vida: girando, pulando, batendo cabeça, jogando as mãos para o ar, rindo, gritando, caindo, dançando como uma mulher possuída. Deveria ter assustado as pessoas, mas aquela era a Blossom, e a alegria de Kate era invencível e contagiante. Depois da segunda dose de tequila, Toby também deixou de lado qualquer inibição — assim como o colete e a faixa de cabelo. Seus cachos loiros sujos se agitavam em torno do seu magro centro de gravidade, o suor fazia a camiseta branca se agarrar ao corpo dele como uma groupie agarrada a um improvável deus do sexo. Ele e Kate estavam dando ao mundo um breve curso de atualização sobre o significado da alegria: em um momento, tolos e sedutores; em outro, decorosos e caóticos; juntos e separados. Mas sempre mantendo um espaço entre eles quando travavam um contato visual que parecia fazer o ar estalar, carregado de potencial — como se chegar perto demais fosse completar um circuito e toda a cidade pudesse queimar um fusível. Desde que derrotara Olga Bhukarin em uma varredura ágil e viu aquela medalha de prata em suas mãos, Kate não tinha tanta certeza de que seu corpo estava no lugar certo fazendo a coisa certa. Amy ergueu o punho no ar e riu enquanto Kes fazia uma série rítmica de poses curiosas que ameaçavam colocar outro amassado no teto de painéis. O Urban Cookie Collective espalhou a pulsação de seu presente para o mundo: a música "The Key, The Secret", ou "A chave, o segredo".

— Precisamos conhecer essa mulher! — gritou Toby para Kate.

— O quê?

— Precisamos conhecer essa mulher! Ela não tem apenas a CHAVE, mas também o SEGREDO!

— ADORO que ela tenha a CHAVE e o SEGREDO! Eu me pergunto qual é a diferença!

— Ela não parece dar a mínima!

Kate riu e se aproximou para gritar no ouvido esquerdo de Toby:

— Não saia daqui. Preciso fazer um xixizinho.

Ele fingiu estar confuso.

— Como? Você quer me dar um beijinho?

— Não. Eu quero... — Ela deixou as mãos pousarem nos ombros dele e os dois desaceleraram, perdendo o ritmo, mas balançando juntos. — Na verdade, um beijinho seria ótimo — disse.

A coragem de Toby o abandonou e ele tentou se agarrar à brincadeira.

— Um xixizinho seria ótimo? Bem, todos nós às vezes precisamos...

Kate o beijou. Ela estendeu a mão e passou os dedos pelos cabelos emaranhados de Toby enquanto a outra mão apertava a cintura dele até encontrar um osso do quadril que se movia no mesmo ritmo que ela. Kate sentiu uma mão forte em suas costas enquanto ele erguia delicadamente o corpo dela, puxando-a em sua direção. E sob o gosto de bebida e tabaco... o que era aquilo? Kate quase riu ao identificar a doçura.

Morangos. Cacete, esse cara tem gosto de morango.

Toby beijava com sentimento e autocontrole; metade da paixão estava no que ele continha. Era o tipo de beijo mais sexy. Uma promessa.

Eles estavam se agarrando no meio da pista de dança, sendo ocasionalmente empurrados pelos companheiros de pista. Então,

pararam e sorriram um para o outro, descobrindo-se mutuamente. Então Kate pegou a mão de Toby e o levou para um canto.
— Oi — disse ela.
— Oi.
E assim, porque de repente era a pergunta óbvia:
— Como você está?
— Como eu estou? — Toby abriu um sorriso largo e olhou ao redor por um momento. — Devo dizer que já estive pior.
— Ele voltou os olhos para ela. — Estou um pouco zonzo, para ser honesto.
— Ah, claro. Isso sempre acontece quando você dança?
— Não. Aparentemente, é o que sempre acontece quando estou muito perto de você.
Kate abaixou os olhos e ficou balançando o corpo como uma colegial. Não fazia muito sentido tentar ser descolada naquele momento.
— Foi legal ouvir isso.
— Também foi legal sentir, e não me importo de confessar.
Kate puxou Toby para si e beijou-o novamente, agora com mais paixão. Ele levou a mão ao rosto dela e Kate experimentou uma sensação repentina de vácuo na região pélvica, como se tivesse acabado de passar por uma ponte em arco, em alta velocidade.
Ela interrompeu o beijo.
— Uau, nossa. Caramba.
— Humm — disse ele. — Exatamente o que eu estava pensando.
Kate, ainda zonza, demorou alguns instantes para se dar conta de que a mudança repentina de seus sentimentos por Toby era exatamente o oposto de repentina. A questão não era que ele estivesse diferente — era que ela agora via o que

lhe escapara na primeira vez. *Claro!* Claro que Toby era um despretensioso deus do sexo. É claro que ele era autossuficiente e gentil. E aquele beijo — é claro que parecia profundo e terno. Por que não? Aquele beijo estava à espera havia vinte e oito anos.

Ainda assim, o insight a assustou e ela não confiou nos próprios sentimentos. Precisava de um momento sozinha. Felizmente, a bexiga estava lhe dando uma desculpa insistente. Kate ficou feliz por não ter que mentir para Toby. Já havia mentiras demais.

— Não me leve a mal — disse ela —, mas realmente preciso fazer aquele xixi.

A expressão dele vacilou.

— Tá...

— É sério, Toby. — Ela o beijou novamente. — Prometo que não vou desaparecer.

— Vá, então. Exijo que você faça esse importante xixi.

— Você vai ficar aqui?

— Vou ficar esperando você.

Ela pousou a mão no peito quente dele e se forçou a se virar na direção da porta. O cubículo único de provocação sensorial que se autodenominava "Damas" ficava na parte de trás, passando pela porta principal e pelas escadas. Kate deu a volta no salão e, no caminho, pegou um punhado de biscoitos de camarão de cortesia que ficavam em um balde para ser compartilhado. Era uma memória muscular: quando você está na Blossom, você come biscoitos de camarão. Não só porque você está com fome, mas porque uma vez ouviu que o teor de gordura dos biscoitos permitia que você bebesse por mais tempo antes de desmaiar. Enquanto atravessava a porta lotada, ela contemplou a metafísica de sua atitude em relação aos biscoitos de camarão. Seu eu mais velho — ou melhor, ela mesma em sua vida futura — teria agora uma visão obscura quanto a expor seu sistema imunológico à loteria bacteriana de se "os-caras-realmente-lavam-as-mãos--depois-que-fazem-xixi?" de um balde de salgados comunitários. Mais uma vez, seu eu mais velho não parecia estar totalmente no comando daquele corpo. Aquele corpo parecia ter opiniões próprias bastante fortes. Por exemplo, naquele momento, a parte intermediária inferior dele estava, como ela foi a primeira a notar, *dando uma festança* por causa de um beijo de Toby Harker.

Kate dobrou cambaleante em um canto e se deparou com uma visão igualmente inesperada e consideravelmente menos bem-vinda.

Luke tinha acabado de chegar ao topo da escada e tinha uma expressão de determinação insana. Ele parecia um homem que acabara de descobrir que um vizinho havia passado com o carro por cima de sua exibição de begônias premiadas e estava disposto a dar sua opinião forte sobre aquilo. Kate queria se esconder, mas Luke já a tinha visto e a deteve dizendo, de um jeito esquisito:

— Com licença!

Kate ainda estava segurando um biscoito de camarão e sentiu que provavelmente tinha migalhas nos lábios. Era como se tivesse sido pega em flagrante fazendo algo ultrajante. Ela imediatamente se ressentiu de um poderoso sentimento de culpa e sacudiu os cabelos, esperando que ele falasse.

— Vim perguntar que merda de joguinho é esse que você tá fazendo — disse ele.

— Eu já disse tudo o que tinha para falar. O resto é com você.

— E espera que eu acredite em você?

Kate deu uma mordida grande e desafiadora no biscoito de camarão e disse com a boca cheia:

— Sim, na verdade espero que sim.

— Que eu tenho um tumor no cérebro e você é uma porra de uma viajante no tempo... a minha *esposa* do futuro?

Kate olhou em volta, consciente de que não queria que aquela conversa fosse ouvida. Os alegres frequentadores da Blossom andavam de um lado para o outro em volta deles, indiferentes. Luke percebeu seu desconforto.

— Ah, o que foi? Você não quer que outras pessoas saibam? Acha que eles podem pensar que está maluca?

Ela largou o resto do biscoito no chão e limpou a mão na calça jeans.

— Luke, você está fazendo um papel ridículo. Entendo que esteja tendo problemas para aceitar isso, mas...

— Como você poderia entender?! — Ele estava gritando agora, e um rubor de raiva avermelhava seu rosto e seu pescoço. — Pessoas de quem eu gosto, uma avó que eu realmente amei morreu de câncer. Esse não é um assunto engraçado!

A avó Fairbright. Lilian. Câncer de intestino. Quando ele tinha doze anos.

Kate abriu a boca para falar, mas Luke não permitiu.

— E não diga que você sabia disso! Não ouse dizer que você sabe! Você não sabe essas coisas sobre mim. Você não sabe das coisas! Eu não acredito em você! Você não sabe!

Ele estava histérico. Obviamente tinha passado a última hora no quarto, chafurdando no medo e na incapacidade de compreender o que estava acontecendo. Ela se aproximou e tentou acalmá-lo.

— Luke — disse Kate.

— NÃO ME TOCA, PORRA! — gritou ele, e deu um passo para trás.

Mas não havia como fazer aquilo.

Em vez de dar um passo, o pé que Luke afastou rapidamente para trás encontrou apenas o ar no topo da escada. Kate se lançou para a frente para tentar segurá-lo. Já caindo, Luke interpretou o movimento como uma espécie de ataque e afastou a mão dela. Ele se debateu violentamente, tentando se firmar com o outro braço na parede escorregadia da escada, mas não havia nada ali para salvá-lo. O ímpeto do recuo levou seu corpo de 1,88 metro escada abaixo, com a nuca abrindo caminho. A cabeça bateu em um degrau intermediário e o resto do corpo seguiu em uma cambalhota desajeitada. E lá foi ele: uma, duas vezes.

Kate desceu correndo atrás e estava ao seu lado antes que ele parasse de se mover.

— Luke! Luke!

Não houve resposta dos olhos fechados. E Kate teve que se esforçar para respirar quando viu uma poça de sangue começar a se formar no chão atrás da cabeça quebrada de Luke.

Ela gritou.

— Socorro! Eu preciso de ajuda!

Capítulo 17

— Não posso dizer que estou surpresa. A sua tia Vanessa só durou um dia na faculdade de secretariado.

— Mãe, eu já te disse. Eu não desisti. Só voltei para pegar umas coisas.

— Foi uma bênção disfarçada, é claro — continuou Madeleine. — Vanessa nunca seria uma digitadora, não com aquelas unhas. Ou com a atitude dela em relação aos homens.

Elas estavam sentadas uma diante da outra, no cômodo pequeno e bem-arrumado que Bill chamava de sala de estar e Madeleine, de sala de visitas. Um modesto nascer do sol rompia as cortinas de renda: uma manhã de domingo na casa de infância de Kate em Deptford. Uma infância muito recente para Madeleine. Kate, por outro lado, estava entrando ali pela primeira vez em muitos anos, já que a mãe havia vendido a casa depois da morte de Bill. Kate tremia, ciente de que o pai estava dormindo no andar de cima.

Ela tomou um gole do Earl Grey que a mãe havia preparado para elas. Não tinha dormido. Acompanhara Luke na ambulância, segurando a mão dele e gritando para si mesma "Desculpe, desculpe", enquanto os paramédicos faziam o possível para estancar o sangramento. Depois que Luke ficou estável na UTI, não havia nada a fazer, a não ser ligar para os pais dele. Barbara atendeu com uma rapidez impressionante, levando em consideração que provavelmente estava na cama. Mas, pensou Kate, aquilo era o que os pais faziam: o telefone toca depois da meia-noite e eles esperam o pior. *Pobre Barbara!* Kate sempre a amou e, naquele momento, admirou a forma concentrada e descomplicada com que ela pegou os detalhes do hospital daquela jovem estranha ao telefone. Ela havia contado a verdade a Barbara, de um certo ponto de vista: não conhecia bem Luke, mas tinha acontecido um acidente.

Kate olhou para o relógio. Não havia trens tão tarde e o pai de Luke, Richard, iria com a esposa, de carro, de Salisbury a York durante a noite. Kate sentiu — talvez convenientemente — que só atrapalharia se ficasse por perto. A verdade é que ela não conseguiria aguentar. Não suportaria ver os pais de Luke em um hospital. De novo não. Ela não conseguia nem começar a imaginar as mentiras que teria que contar a eles enquanto tentava esconder o impacto absurdo de sua própria dor revivida. O que deveria dizer? Era uma garota que havia conhecido o filho deles poucas horas antes, e por isso estava no hospital com a aparência de que seu mundo havia implodido? Que Luke, de alguma forma, tinha conseguido passar para ela o número de telefone dos pais antes de perder a consciência? Ela não podia fazer aquilo. Luke estava vivo e cercado por médicos; quando recuperasse a consciência, veria a mãe e o pai — não a bruxa que poderia muito bem tê-lo empurrado escada abaixo com sua vassoura. Kate tentava nunca usar a palavra "bruxa" como um insulto, mesmo quando essa era a intenção. Uma bruxa era apenas uma mulher excêntrica que tentava curar as pessoas de maneiras que muitas vezes provocavam medo. Sim, ela havia sido mesmo uma bruxa.

Acima de tudo, Kate precisava falar com o pai. Ela esperou do lado de fora da estação de York no escuro e entrou clandestinamente no primeiro trem para Londres. Que Deus abençoasse 1992: os inspetores de tíquetes que não trabalhavam antes da hora do rush e as barreiras automatizadas que não existiam.

Madeleine tinha o sono leve e apareceu em seu esplêndido roupão preto e dourado em estilo oriental antes que Kate conseguisse encher a chaleira.

E agora, na sala de visitas, ela examinava a filha com um olhar astuto. O dia já havia amanhecido e Madeleine estendeu a mão para desligar uma lâmpada lateral sem tirar os olhos das roupas de Kate.

— Seu pai vai acordar em breve — disse ela. — Você talvez queira ir ao banheiro antes, para tomar um banho e se trocar.

— Estou fedendo, mãe?

— De qualquer modo, tenho certeza de que foi ele que você veio ver. Teve sorte de pegá-lo em um domingo, mas é claro que você pensou nisso.

Aos quarenta e cinco anos, a mãe de Kate era uma máquina de passivo-agressividade guiada a laser de última geração. Kate contou até vinte mentalmente, bem devagar e em russo. Madeleine tinha acabado de entrar em sua fase loira — um corte estiloso na altura do queixo, penteado com eficiência no escuro enquanto o marido dormia. As rugas na parte inferior da boca eram menos pronunciadas do que Kate estava acostumada, os olhos verdes ágeis e concentrados. Aquela era a mãe em seu auge — uma mulher cheia de confiança. Kate estava em alerta máximo.

— Querida — disse Madeleine, subitamente o bastante para fazer Kate se sobressaltar. — Se for um problema com algum homem, você sabe que pode me contar a respeito.

Kate fez um rápido inventário mental das pessoas com quem ela falaria sobre um "problema com algum homem" antes de discutir a respeito com a mãe. A lista começou com a Dra. Susie Orbach, a conhecida psicanalista, e chegou até Anders Breivik, o terrorista, antes de ela desistir.

— Não estou com nenhum problema com homem, mãe.

— Ora — disse Madeleine, inclinando o corpo para a frente em sua cadeira de espaldar reto —, um problema com alguma mulher, então. Pode me contar, querida... eu vivi os anos 1960. É impossível me chocar.

— Ai, meu Deus, lá vamos nós de novo. — Kate já estava irritada consigo mesma por morder a isca. — Quando você vai aceitar que eu não sou lésbica?

— Isso não é algo para se envergonhar. Olhe para Gloria Hunniford.

— Eu sei... espera aí, a Gloria Hunniford também não é gay.

— Ora, se você diz...

— Sim, eu digo.

— Bem...

— Não, nada de "bem". Escuta, eu entendo que seria um grande prazer para você dizer para a Estelle, para a Sheila e para todas as outras do Almoço de Senhoras que a sua filha é muito homossexual e que você está bravamente ao lado dela, mas...

— Não há necessidade de zombar das minhas amigas. Eles já me deram muito apoio.

— O que você quer dizer com "já"? Ai, meu Deus, eu sabia! Você acha isso há anos!

— É de admirar? As artes marciais! A maneira como você se veste! Nós nos preocupamos com você, querida.

— Ora, pois pode pegar a bosta da sua preocupação e enfiar na bunda, querida.

Os olhos de Madeleine se arregalaram com a apropriação da palavra com q. A Kate, de dezoito anos, podia ser bastante argumentativa, mas aquela era uma reação consideravelmente mais forte do que ela estava acostumada. Ela adorou. Aquilo tinha os ingredientes de uma boa briga.

— Sinceramente, não há necessidade de ser tão agressiva, Katherine.

Mas Kate tinha uma ou duas coisinhas ainda a dizer.

— Artes marciais, pelo amor de Deus. Olhe para você. Andando pelos anos 1960 com o seu Livro Vermelho, do Mao Tsé-Tung, na mão, citando aforismos idiotas de um assassino em massa. Então, ao primeiro sinal de que a sua filha está gostando de uma coisa de que as meninas não deveriam gostar... pronto. Ela deve ser uma aberração.

— Eu nunca usaria um termo tão preconceituoso.

— Fodam-se os termos. Os termos mudam. Eles são menos importantes do que os indivíduos.

— Individualismo, não é? Falou como uma filha de Thatcher!

— Em quem você votou duas vezes, sua velha idiota falsa.

— Kate!

— O que foi? Achei que fosse impossível chocá-la.

— Existe uma coisa chamada civilidade. Achei que você tivesse entendido isso.

Foi uma jogada instintivamente inteligente. Kate sabia que tinha um temperamento terrível, e isso minava constantemente seus argumentos. Ela respirou fundo.

— Desculpe. Eu fui grosseira.

— Todos esses anos... — Madeleine balançou a cabeça, com a expressão pesarosa de uma mártir.

Kate entendeu que havia elevado demais a temperatura emocional e agora Madeleine não conseguiria ouvir mais nem uma palavra que ela dissesse. Mas encerrou sua argumentação assim mesmo — algo que, ironicamente, a mãe sempre a ensinara a fazer.

— Eu peço desculpas novamente — disse. — Mas não é legal dizer a garotas que gostam de caratê que elas são lésbicas. Eles podem ser, e tudo bem, mas podem não ser e tudo bem também. O que quero dizer é que as meninas não gostam de coisas de meninos para que os pais possam encontrar uma desculpa para se sentirem bem consigo mesmos. Nós gostamos porque gostamos.

Madeleine tinha as mãos na frente dos olhos e estava começando a vibrar.

— Não posso acreditar que uma filha minha seja tão homofóbica.

— Mãe, por favor, não chore.

Madeleine estava chorando. Ou melhor, como Kate reconheceu, cansada, Madeleine havia convocado ativamente os sentimentos necessários para fazê-la chorar. Os sentimentos eram reais, mas haviam sido acessados com precisão: ela era uma atriz consumada. Kate fez uma oração silenciosa de agradecimento ao lembrar que a mãe nunca pegara o jeito de usar o Twitter. Aquele talento para o ressentimento voluntário teria feito dela uma estrela.

Elas ouviram um rangido das tábuas do piso acima.

— E agora você acordou o seu pai — disse Madeleine com um gemido. — Perfeito.

Kate foi lembrada de que nem Madeleine viveria para sempre. Fosse qual fosse a vitória, não valia a pena. Ela tentou uma oferta de paz — ao menos uma fofoquinha que poderia ser expandida em um futuro "almoço" com Estelle e Sheila.

— Tudo bem, mãe. Escuta. *Tem* um cara.

Madeleine parou de chorar e encontrou um lenço de papel.

— Não precisa tentar me agradar — disse ela amargamente. — Já ficou perfeitamente claro que o assunto está abaixo da sua dignidade.

— Na verdade, dois caras.

Madeleine interrompeu o assoar pelo nariz.

— Ah... Kate!

— Eu sei — disse Kate categoricamente. — Ultrajante.

— Você só está lá há vinte e quatro horas. Está *determinada* a morrer de AIDS?

— Eu não transei com eles, mãe. Estou só um pouco confusa. E isso é tudo que tenho a dizer sobre o assunto.

Elas agora ouviram o barulho da descarga do banheiro no andar de cima. Kate disse:

— E agradeceria se você não contasse ao papai. Não quero que nenhum de vocês se preocupe comigo.

Kate nunca tinha tentado aquilo antes — envolver a mãe em uma conspiração que excluía Bill. A mulher diante dela soltou um "Hum..." não comprometedor.

Mas ela estava claramente considerando se deveria ou não se sentir lisonjeada. Por isso, Kate continuou:

— Mas, como eu disse, passei aqui para pegar algumas coisas que esqueci de colocar na mala. Algumas coisas que não me dei conta de que ia precisar.

— Oi, oi, oi! Eu conheço essa voz!

Bill enfiou a cabeça pela porta, os cabelos grisalhos e cheios desgrenhados, a gola da blusa do pijama apontando para cima. Ele parecia um imitador de Elvis com vinte minutos para ficar sóbrio antes de um show. Kate se levantou e se aproximou do pai o mais calmamente possível. O que não foi tão calmo assim. Ela o abraçou com força.

Calor. Menta. Cigarros. Loção pós-barba de ontem. Um toque de suor. Tudo presente e correto.

— Parece que alguém sentiu minha falta, então! — Ela o soltou e riu, enxugando os olhos. Bill se voltou para a esposa. — Eu disse a você, Maddy. Eu disse que a Kate não pode passar dois dias sem a nossa cintilante companhia.

Madeleine esvaziou a xícara de chá e se levantou.

— Você não disse nada disso, Bill. Você e suas histórias.

Kate sentiu a surpresa do pai com a força do abraço, mas ele permaneceu nos assuntos superficiais por um tempo.

— Certo — disse ele. — Vamos tomar uma xícara de chá.

— Há chá no bule — disse Madeleine, atravessando a porta. — Vou servir.

— Ah, sim, por favor, meu bem.

Kate havia acabado de recuperar o poder da fala. E disse em uma voz fraca:

— Eu voltei para pegar algumas coisas.

Madeleine tinha acabado de passar pela porta, mas reapareceu instantaneamente.

— Isso mesmo. A Kate voltou para recolher algumas coisas. Além disso, ela está extenuada porque se envolveu em um *ménage à trois*. Até onde eu sei, está trabalhando como prostituta e engravidou três vezes. Mas é um problema de mulher e vai ficar entre nós. Ela prefere não falar sobre isso, e eu, da minha parte, respeito.

Bill se voltou para Kate.
— Caramba.
Kate olhou do pai para a mãe com um sorriso resignado.
— Obrigada, mãe.
— De nada. E você vai ficar para o almoço, imagino?
— Não quero incomodar.
Os pais se mostraram unidos no mesmo espanto e na mesma palavra:
— Incomodar?

— Me conta como vocês se conheceram — pediu Kate enquanto Bill entregava a ela outra panela para secar.
Eles estavam um ao lado do outro, na pequena cozinha, de frente para o quintal. Mais cedo, Kate tinha ajudado a mãe a picar legumes, aliviada por não ter que esconder nenhuma habilidade recém-descoberta do século XXI naquela área, já que continuava não tendo nenhuma. As duas conseguiram restringir a conversa à literatura e ao clima. Depois do almoço, Madeleine havia se retirado para tirar uma soneca. A soneca de Bill seria mais tarde, é claro. Era uma rotina que Kate admirava por sua fácil previsibilidade. E embora a divisão do trabalho doméstico fosse amplamente tradicional — o que significava que Madeleine fazia basicamente tudo —, ambas as partes pareciam bastante satisfeitas com o acordo. O marido saía para trabalhar; e se aquela esposa em particular sentia ter sofrido um duro golpe do universo (ou no caso dela — Deus), não parecia concentrar seus ressentimentos em Bill. Madeleine Theroux tinha raiva de muitas coisas e de muitas pessoas. Mas não do roqueiro bonito que havia conhecido naquele salão de dança em 1963. E presumivelmente — e Kate ainda não gostava de conjurar aquelas imagens em particular, por

mais que já fosse adulta —, bem, eles tiravam cochilos separados, mas não dormiam em camas separadas. Bill esfregou pacientemente uma assadeira.

— Ah, Deus, você já deve ter ouvido isso mil vezes.

— Acho que ouvi duas vezes. Continue. Gosto do jeito que você conta.

Ele assumiu a pose de um contador de casos da Irlanda do Norte que era reconfortantemente datado até mesmo para 1992.

— É como eu sempre digo! Foi muito divertido!

— Continue.

Ele não precisou de mais incentivo.

— Bem, era uma noite de sábado na Meca de Hammersmith. O Palais de Danse, nada menos. Joe Loss e Orquestra, centenas de jovens. O lugar estava lotado. Mágico. Então eu vejo aquela garota linda, sentada sozinha. E que vestido verde-claro lindo ela usava... muito elegante. Você imaginaria que ela estava recebendo muita atenção, mas ninguém se atrevia... metade de nós achou que ela era a princesa Margaret. Enfim, eu subo e pergunto se ela se importaria se eu passasse alguns minutos lhe contando tudo sobre as minhas novas botas. Sapatos, na verdade. De amarrar. Foi uma ideia estúpida, mas não consegui pensar em nada melhor para dizer. Porém eu sabia que mulheres bonitas nunca querem ouvir que são bonitas porque ou já sabem, ou não concordam. De qualquer forma, elas já ouviram isso antes. Como você provavelmente sabe, meu bem. Então ela disse que estava admirando meus sapatos novos a distância e não conseguia acreditar que eu tinha demorado tanto para me aproximar e contar a ela tudo sobre eles. Ela era fria como um pepino, e quase molhei as calças. Mas continuamos a conversar. Ela deve ter gostado da minha aparência ou, mais provavelmente, sentiu pena de mim. Então, não me lembro como, mas começamos a falar sobre política e ela pergunta se sou do Partido Trabalhista, e eu digo que sim. E, para minha grande surpresa, ela diz que acabou de se juntar ao clube do Partido Trabalhista local, principalmente para agradar ao pai, mas que é uma verdadeira fã de Wilson. Digo a ela, sem querer ofender, que aquilo é um pouco surpreendente, já que ela parece muito chique. Ela ri e diz: "As pessoas dizem que sou isso e que sou aquilo... mas sei que sou apenas Madeleine Theroux." E eu digo: "Sim, estamos todos apenas seguindo como dá por esse terror, meu bem. Enfim, vamos dançar, porra."

Kate gargalhou ao ouvir aquilo. Mas nunca tinha entendido se Bill ouvira mal o que Madeleine dissera no salão de dança barulhento ou se a resposta dele tinha sido uma piada deliberada. O pano de prato em sua mão diminuiu a velocidade ao redor da borda de uma panela quando ela percebeu que aquela poderia ser sua última chance de perguntar.

Mas resolveu não fazer isso. Algumas histórias não devem ser explicadas. Devem permanecer vivas, com seus próprios mistérios e contradições. No entanto, aquilo levou a outra pergunta.

— Você acredita em destino, então?

Bill ergueu as sobrancelhas para a água com sabão.

— O que, em relação a mim e a sua mãe?

— Sim. Você acha que duas pessoas foram feitas uma para a outra? Ou isso é só o que os casais dizem a si mesmos quando ficam velhos demais para dançar?

— Garota atrevida! Ainda podemos dançar! Você deveria ter nos visto no aniversário de cinquenta anos do Keith.

— Você sabe o que eu quero dizer.

Bem-humorado, Bill tirou as mãos da água e se apoiou na pia. Ele olhou para as nuvens pela janela.

— Não, na verdade não.

Kate começou a rir.

— Seu velho romântico!

— Ora, você perguntou.

— Não, isso é bom. Ora, é honesto.

Ainda sorrindo, Bill entrou em um devaneio e inconscientemente girou a aliança de casamento no dedo.

— Não é o destino que conta, Katie. É o amor. Ela poderia ter acabado se casando com outra pessoa se eu não tivesse estado ali naquela noite? Sim, é claro que poderia.

— Você poderia?

Bill olhou para ela.

— Quer dizer, se você não estivesse naquele lugar, naquele momento. Se tivesse ido lá no sábado seguinte. Ou mesmo se estivesse em um canto diferente do Palais na mesma noite... Tudo poderia ter sido diferente, não é? Não há nenhuma lei que diga que tem que ser você e a mamãe.

— Não, é claro que não. Não, não há exatamente nenhuma lei. Mas... as pessoas não costumam pensar assim. Pelo menos eu não costumo. É... Eu sei que você é brilhante, Kate, mas é difícil explicar para alguém jovem que nunca foi casado.

Kate assentiu cuidadosamente.

— Sim, estou só curiosa. Suponho que estou pensando no futuro.

— Bem, está certo... então você conheceu alguém. Talvez seja aleatório, mas a questão é que você conheceu essa pessoa e não há como voltar atrás. Você não pode voltar. Você está bem, querida? Não se preocupe, é uma panela de qualidade... estou sempre deixando as coisas caírem.

Kate pegou a panela em silêncio e colocou-a com cuidado no escorredor. Bill continuou.

— Como eu disse, não se pode voltar atrás. E normalmente você não gostaria de fazer isso. Seria estranho. Portanto, se você se casar... bem, isso é uma escolha. Não é destino, é uma escolha. Você se casa com alguém porque ama aquela pessoa. E casamento... bem, é um jogo longo, pelo menos se você tiver sorte. Você fica com as partes boas e as ruins, sem dúvida.

Kate teve que insistir.

— Sim, eu sei de tudo isso, mas...

— Ora, você diz que sabe de tudo isso, mas...

— Quer dizer, posso *imaginar* tudo isso, mas... e se você tivesse que voltar? E se tivesse o que pensava ser um bom casamento e uma boa vida, mas então se visse de volta ao Hammersmith Palais e houvesse outra garota que você não tinha notado direito da primeira vez? E ela fosse incrível. Não como uma violeta tímida, que é boa em *parecer* uma violeta tímida, mas obviamente é uma rosa inglesa extremamente confiante... mas uma *verdadeira* violeta tímida.... — A metáfora da flor nacional não estava ajudando Kate; havia muito pouco em sua última experiência com Toby Harker que envolvesse qualquer *timidez*. — Quer dizer, mais parecido com um cardo adorável, mas muito menos espinhoso do que se poderia pensar e, de qualquer forma, alguns espinhos são bons...

Ela respirou fundo.

— O que estou dizendo é que é possível acertar na primeira vez, só que quando você sabe o que sabe agora... o que você não sabia na época... você continua achando que estava certo na primeira vez, mas agora, na segunda vez, há toda uma nova primeira vez, e agora algo diferente está definitivamente

certo. — Ela olhou para o pai e acrescentou com otimismo:
— Com certeza.

Bill franziu a testa e secou as mãos em um pano de prato.

— Katie — disse ele calmamente —, o que está acontecendo?

— O quê?

— Por que você está aqui, meu bem?

— Eu só vim pegar algumas coisas.

— Ah, por favor.

Kate se virou devagar e foi até o outro lado da cozinha.

É a ambição de muitos pais que a frase "ah, por favor", dita no tom certo e no momento certo, provoque em seus filhos adolescentes a revelação da verdade. Todas as evasões e segredos anteriores desaparecerão e haverá um compartilhamento desenfreado de almas em que os pais terão a oportunidade de se despojar de sua considerável sabedoria e, assim, não apenas tornar a vida dos filhos mais feliz, como também tornar as próprias vidas menos cheias de culpa e inadequação. Aquele não era um desses momentos.

Bill havia conquistado o direito àquela sinceridade — havia passado horas com a filha —, mas Kate sabia que não tinha como lhe dar o esboço mais geral do que estava acontecendo. Ela sentiu a garganta começar a se contrair e enxugou os olhos como se quisesse alertá-los para se comportarem.

— É que estão acontecendo algumas coisas meio complicadas e eu precisava dar um tempo, só isso.

— Querida, o que houve? Você passou um dia lá.

Para distraí-lo, Kate disse:

— Muita coisa pode acontecer em um dia. Olhe só o vovô Marsden.

— O quê?

— O vovô Marsden, na Batalha de Cable Street.

— Que diabo o seu avô tem a ver com isso?

— Ora, e se ele não estivesse lá? Expulsando os fascistas liderados por Mosley. Tudo poderia ter sido diferente, não poderia?

Bill virou as costas e olhou pela janela. Kate franziu a testa para o pai do outro lado da cozinha e insistiu.

— Quer dizer, isso poderia ter mudado o curso da história, certo? Basta que uma pessoa faça algo diferente e... bem, talvez eu não devesse estar na faculdade nesse momento. Talvez devesse estar aqui passando um tempo com você e pudesse... Sei lá, arrumar um emprego na loja de CD's aqui perto. Quer dizer, não exatamente na loja de CD's, é óbvio, porque eles não durarão mais cinco minutos, mas...

Bill se virou para encará-la.

— Você não está se concentrando na sua educação!

— Por que você está tão bravo? Por que sempre fica assim quando alguém menciona o seu pai?

— Eu não estava falando do...

— É só uma história? Ele não estava lá de verdade?

— Sim, ele estava lá!

— Então, por que...

— Porque ele estava lá, mas estava do lado errado, entende?

Kate ficou boquiaberta. O único som na sala era da máquina de lavar passando por um ciclo de enxágue. Bill notou a reação dela.

— Sim, isso mesmo. O grande herói de Cable Street.

Bill manteve a voz sob controle porque não queria acordar Madeleine, e começou uma dança bizarra onde estava, ao som de "My Old Man's a Dustman" [Meu pai é um gari], mas adaptando a letra.

— O meu pai é um Camisa Negra! Ele usa um chapéu dos Camisas Negras! Ele veste calças nazistas e marcha como um idiota!

Kate olhou para o pai enquanto ele recuperava o fôlego, reconhecendo a defesa tipicamente inglesa contra a humilhação pessoal — fazer piada. E sentiu uma fração da dor que Bill havia carregado por todo aquele tempo. Para quebrar o silêncio, ela disse:

— Você inventou alguns versos também?

— Vários.

Sem palavras, ela atravessou a sala e abraçou o pai.

— Por que você não me contou, seu velho idiota? — disse, com o rosto enfiado no ombro dele.

— Ninguém quer um babaca como avô, quer?

— Eu não me importaria.

— Se importaria, sim.

Ela pensou nas mentiras que havia contado a Luke sobre o livro dele para protegê-lo, e sobre a verdade que contara a ele na véspera — lembranças que em vez de o salvarem acabaram levando-o ao hospital. Não havia como saber se havia feito a coisa certa. E Madeleine...

— A mamãe sempre soube, então?

Bill se afastou e olhou timidamente para a filha, as mãos encontrando as dela.

— Sim, é claro que ela sabe. Para ser honesto, foi parte do motivo pelo qual nos demos tão bem. Papai Theroux era um cretino até o último fio de cabelo.

Kate se adaptou àquela nova realidade o melhor que pôde. E gostou bastante da ideia de que o relacionamento dos pais tinha sido parcialmente fundado como uma aliança antifascista.

— De qualquer forma — disse Bill —, os dois se foram agora. Mas não vou mentir, foi horrível crescer sabendo que o velho tinha sido uma dessas pessoas. Encrenqueiros gritando ameaças pelas ruas de Londres. Agitando bandeiras do Reino Unido, procurando alguém para culpar. O *Daily Mail* os incita, a polícia não sabe o que fazer com eles. Horrível.

— Bem — disse Kate, quase para si mesma e com alguma amargura —, aqueles dias acabaram, não é?

— Talvez — disse Bill —, mas é preciso manter os olhos sempre abertos. — Ele foi até a chaleira e testou seu peso. — Essas pessoas não vêm mais com um cartão de visita, desde a guerra. Eles não chutam a porta e dizem: "Oi, nós somos os nazistas." — Ele levou a chaleira para a pia e a encheu. — Mas eles vão voltar... de uma forma ou de outra.

Kate observou-o recolocar a chaleira no lugar e pegar algumas canecas. E disse:

— Porque as pessoas sempre vão passar por tempos difíceis e sempre haverá políticos assustados.

— Sim — disse Bill. — Isso, e o fato de que algumas pessoas são só babacas mesmo.

Kate riu e ele se juntou a ela. Bill se recostou na pia e cruzou os braços.

— Você tem que estar sempre alerta. Tem que fazer sempre a sua parte.

Kate pensou no pen drive que havia mandado de volta para Charles Hunt.

— Escuta, meu bem, não vou insistir se você não quiser falar sobre isso. Não estou exatamente em posição de te dar uma bronca sobre guardar segredos.

— Você ficaria um pouco confuso com esse segredo em especial, pai.

Ele olhou para o chão entre eles e balançou a cabeça ao pensar na "cena" que haviam acabado de ter. Kate e Bill não faziam drama; normalmente não.

— Sim, é justo. Mas, olhe, o que quer que esteja acontecendo na universidade... qualquer problema em que você esteja... se realmente for um problema, eu ajudarei, se puder. Você sabe disso. Mas a verdade é que você já tem dezoito anos. Você é uma mulher. O que quer que esteja acontecendo, precisa ser capaz de enfrentar.

— Eu sei — disse ela calmamente.

— Toda essa conversa de passado, histórias sobre mim e a sua mãe... Não vejo como isso pode te ajudar, meu bem. Agora, se você quiser ficar aqui, nada me faria mais feliz. Mas tenho que dizer, Kate... você só estaria sonhando. Essa sempre será a sua casa, meu bem, mas não é mais o lugar ao qual você pertence. Não realmente, não você. Não acha que já está na hora de voltar ao mundo real? À sua própria vida?

Algo mudou dentro de Kate. Ela sentiu uma clareza soprar em sua mente como uma brisa de outono espalhando as sementes de um dente-de-leão. E disse apenas:

— Pode me dar outra carona até a estação?

Bill assentiu com uma espécie de satisfação tristonha.

— Vamos tomar uma xícara de chá antes de nos despedirmos novamente.

— Sim — disse Kate. — Vamos.

Capítulo 18

Kate saltou do ônibus e correu pela cidade, banhada em uma luz âmbar, rumo ao hospital. "Uma boa chuva de Yorkshire", provavelmente diria Amy. Kate levantou a gola e abaixou a cabeça, sentindo a chuva torrencial atingir seu couro cabeludo, enquanto se perguntava de onde aqueles rapazes e garotas de Yorkshire tiravam aquilo. O que havia de bom naquilo? Onde estava a "chuva boa de Londres"? E o "famoso senso de humor londrino"? Por que o rio Mersey despertava mais paixões do que o Tâmisa? A não ser pelos Kinks, ela admitiu, já entrando correndo pela porta principal do hospital. Eles escreveram a única música sobre o Tâmisa que a maioria das pessoas consegue assoviar. Kate sentiu saudade do velho rio sujo, diminuiu a velocidade para uma caminhada e passou os dedos pelos cabelos. Então inspirou fundo o ranho misturado com chuva e tentou se recompor. O ar abafado de derrota antisséptica e controlada estava lá para saudá-la: a chuva podia até ser de Yorkshire, mas aquele era um hospital como outro qualquer.

Na recepção, ela alegou ser amiga de Luke Fairbright. E esperou pelo atendimento simpático e lento, típico do sistema de saúde pública inglês, usando um software que não funcionava direito. O fato de que ainda não funcionaria direito dali a vinte e oito anos parecia estranhamente reconfortante.

Luke já tinha saído da UTI e Kate pegou o elevador até a enfermaria onde ele estava. Ela não tinha ideia do que iria dizer, mas não esperava encontrá-lo consciente. O objetivo era estar lá. Era isso que amigos/esposas/viúvas fazem. E *mães também*, lembrou Kate ao dobrar em um canto e quase tropeçar em Barbara Fairbright.

A mãe de Luke estava ajudando uma enfermeira a recolher algumas xícaras de café. Barbara parou no corredor e pousou uma pilha de porcelana decorada. Ela era uma mulher baixa e redonda, com óculos grossos e estava usando um cardigã de tricô nas cores de um arco-íris discreto — Kate teve que controlar uma enorme vontade de abraçá-la. Ela se aproximou timidamente.

— Com licença — disse. — É a Sra. Fairbright?

Barbara ergueu os olhos, alarmada. Havia algo prematuramente frágil e envelhecido nela, mas a verdade é que a mulher havia tido um dia infernal, pensou Kate.

— Sim?

— Meu nome é Kate. Fui eu que liguei ontem à noite e...

— Ah, você é a Kate! — interrompeu Barbara. As linhas de riso ao redor de seus olhos se materializaram em uma expressão calorosa. — O Luke perguntou por você.

— O Luke está... como ele está?

— Estão dizendo que ele vai se recuperar totalmente, Kate. Uma recuperação completa.

Naquele momento, Kate realmente a abraçou. Barbara aceitou o abraço com uma risada suave e esfregou as costas dela.

— Ah, você está encharcada, coitadinha — comentou.

— Desculpe. Não queria molhar você.

— Nossa, eu nem sabia que estava chovendo. Pobre Richard... ele odeia dirigir na chuva.

Kate inclinou um pouco a cabeça como se aquele nome precisasse de explicação.

— O pai de Luke — disse Barbara em seu sotaque suave de Wiltshire. — Ele voltou para casa. Tem pacientes para atender pela manhã, e agora que o Luke está fora de perigo... Venha, você vai querer vê-lo. E eu aqui tagarelando. Venha.

Ela conduziu Kate através da luz mortiça e da paz conturbada de uma enfermaria de hospital à noite. Havia seis leitos, cinco deles ocupados por homens grisalhos, na casa dos cinquenta anos, lendo, tossindo, roncando ou dando um jeito de fazer as três coisas ao mesmo tempo. O sexto paciente estava no outro extremo da enfermaria, protegido pela cortina fechada ao redor da cama. Barbara afastou silenciosamente a cortina para que Kate se aproximasse mais.

Luke nunca dormia de costas, e aquela foi a primeira coisa que Kate reparou — aquilo, e a atadura limpa que cobria a maior parte da cabeça dele, acima dos olhos. Por alguma razão, aquele cara se parecia mais com o Luke que ela conhecia em seus trinta e poucos anos — então ela se deu conta: o topo da cabeça estava raspado. Barbara fechou novamente a cortina e Kate se virou para ela.

— Ele foi operado?

A outra mulher acenou com a cabeça e puxou algumas cadeiras.

— Sim, meu bem — disse ela enquanto as duas se sentavam. — Ele passou por uma craniotomia. O médico disse que era uma "fratura deprimida", o que é grave. Eles estavam preocupados com a possibilidade de haver pedaços de osso quebrado... bem, nadando perto do cérebro dele e causando um incômodo. — Barbara cruzou as pernas e tirou os óculos para limpá-los. Parecia que não dormia havia uma semana. — Bem, fizeram uma tomografia e encontraram uma "anormalidade". Algo que, segundo eles, poderia ser um tumor. Disseram que provavelmente era só um pouco de cartilagem, mas tinha o potencial de se tornar alguma coisa desagradável. Eles normalmente deixariam de lado e ficariam de olho ao longo dos próximos anos, mas como já estavam mesmo "fuçando por lá"... Se quer saber a minha opinião, no que diz respeito a cérebros, é como se ainda estivéssemos na Idade das Trevas. O especialista, quando ele finalmente apareceu, o neuro-oncologista, disse que era melhor tirar logo aquilo fora.

Kate ficou perplexa.

— Eles *tiraram*?

— Sim. Fosse o que fosse, acabou. Enfim, eles colocaram uma espécie de malha para ajudar a cicatrizar o crânio do Luke. Ele deve estar bom como novo em alguns meses.

Kate olhou para o jovem com a atadura na cabeça. Era assim que se lembrava de Luke — uma pessoa que poderia tranquilamente esperar viver até a velhice. Exceto que dessa vez era verdade. Dessa vez, não havia ameaças à espreita. Luke tinha um pedaço de metal na cabeça e precisaria de semanas de cuidados, mas, ao mesmo tempo, estava mais saudável do que ela jamais havia visto. Kate sentiu alívio e euforia batendo na porta, mas ainda não conseguiu deixá-los entrar. Precisava fazer uma pergunta.

— Os médicos falaram com Luke sobre o tumor? Quero dizer, antes da operação, eles contaram a ele sobre a... anormalidade?

— Ah, sim — disse Barbara, recolocando os óculos. — Isso foi o mais estranho. O Luke insistiu que deveriam retirá-lo. Quer dizer, o pobrezinho tinha tido uma concussão, então nós não o levamos muito a sério. Mas ele começou a dizer: "Ela estava certa, ela estava certa. Diga a Kate que ela estava certa." — Barbara fitou-a com um olhar que fez Kate se lembrar de uma leoa atenta ao modo como uma hiena acabara de olhar para seu filhote. — Isso significa alguma coisa para você, Kate?

Kate tinha suas próprias tendências à leoa quando se tratava do marido, mas engoliu a indignação. Nunca precisara brigar com a sogra legal e sagaz, e aquela seria uma péssima hora para começar. Precisava pensar rápido.

— Sim — respondeu. — Eu comentei com o Luke uma coisa sobre meu passado e ele não acreditou em mim. Ficou muito zangado, e estávamos discutindo quando ele caiu escada abaixo.

— O Luke disse que tinha bebido demais e simplesmente escorregou.

— É verdade que foi um acidente, mas ele não estava bêbado. Estava discutindo comigo na hora. Eu tentei impedir a queda, mas não deu tempo.

Barbara olhou para o filho adormecido, a testa franzida com carinho enquanto a mente digeria a nova informação.

Kate continuou:

— Então, em parte foi minha culpa. Estávamos tão bravos um com o outro e ele deu um passo em falso. Lamento.

Barbara estendeu a mão e pousou-a no braço de Kate.

— Os médicos disseram que você agiu bem, estancando o sangramento e chamando a ambulância tão rapidamente. Obrigada, meu bem. Obrigada por cuidar do meu filho.

Kate pegou a mão de Barbara.

— Ele vai ficar bem, Sra. Fairbright.

— Vai demorar.

— Ele tem a senhora.

— Pode haver efeitos colaterais — murmurou Barbara em um tom monocórdio.

— O quê?

Barbara endireitou novamente o corpo.

— Os médicos disseram que pode haver efeitos colaterais. Qualquer golpe na cabeça assim... Dizem que ele pode esquecer coisas que a maioria das pessoas lembra. E pode se lembrar de coisas que a maioria das pessoas esquece. Mas eles não acham que será nada grave. Teremos só que esperar para ver.

— Não temos sempre?

Barbara sorriu para si mesma com a sabedoria adolescente e se levantou. Ela alisou a saia e disse:

— Eles montaram uma cama para mim no corredor. Acho que preciso tirar um cochilo.

— Ah, sim, durma um pouco, Barbara. Vou ficar com ele até que me expulsem.

Barbara sorriu e estendeu a mão.

— Foi um prazer conhecê-la, Kate.

Kate se levantou e por muito pouco não fez uma reverência.

— Prazer em conhecê-la também.

A mãe de Luke se inclinou sobre o filho, deu um beijo na bandagem e alisou uma das sobrancelhas com o polegar. Então saiu e fechou a cortina. Kate puxou a cadeira mais para perto da cama e ficou olhando para Luke.

— Oi — disse baixinho. — Lamento, mas está preso comigo de novo. Você sabe... com a louca que acha que é sua esposa. O problema é que sou. Ou pelo menos era...

Ela ficou atenta à possibilidade de passos se aproximando, mas só ouviu o ronco baixo e os peidos dos companheiros de enfermaria de Luke. Então, continuou:

— A questão, Lukey... é que eu pensei que tinha desapontado você. Achei que fosse tudo culpa minha. E que você deveria ter ficado com uma pessoa mais sensata. Sabe, uma loira bonita, que entendia de saltos altos e de panelas. "Anne", talvez. Alguém normal chamado "Anne". Achei que Anne teria feito um trabalho melhor cuidando de você. Mas eu estava errada. Não foi culpa minha. Nada disso foi culpa minha. De qualquer forma... há algo que não tive a chance de dizer. — Ela encontrou uma das mãos dele sob o lençol. — Eu te amo, Luke. Sempre vou te amar.

Kate estava prestes a se inclinar e beijá-lo no rosto quando Luke se mexeu. Ela recuou rapidamente, culpada, e precisou se concentrar muito para se convencer de que não tinha nada do que se envergonhar. Luke murmurou algo como "liota-essan". Ele abriu os olhos e virou a cabeça ligeiramente para ela. Kate se levantou para que ele pudesse vê-la melhor.

— O que você disse, meu bem?

Luke se esforçou para engolir e disse em um sussurro rouco:

— Uma idiota essa Anne. Ela me empurrou escada abaixo.

Kate esfregou o ombro dele com ternura.

— Desculpe, não foi nenhuma Anne, fui eu. Para ser justa, eu não cheguei a...

— Não sei quem você é. — Ele estava apenas semiconsciente e ainda muito chapado com a anestesia.

— O meu nome é Kate.

— Humm — disse ele. — A garota do futuro.

— Sim.

— A minha esposa.

— Isso mesmo. Olha, não se preocupe com isso agora...

— E eu era o seu marido de merda.

— Não! Não, você era incrível.
Luke piscou lentamente. Por um momento ela o reconheceu.
— Estou cansado — disse ele.
— Volte a dormir, Lukey.
As pálpebras dele se fecharam, mas logo voltaram a se abrir quando um pensamento lhe ocorreu. Ele balbuciou:
— Eu estava bem até conhecer você.
Kate absorveu aquilo enquanto o observava voltar a dormir. E disse para si mesma, com calma e baixinho:
— Não, você não estava.

Kate voltou para a Benedict, grata pela chuva que escondia suas lágrimas. O marido se fora. Mas o menino estava seguro. Em seu quarto no alojamento, ela se livrou das lentes de contato, tirou as roupas molhadas e se deitou na cama.
Kate pensou no que o pai havia dito.
Você tem que fazer sempre a sua parte.
E uma outra voz — a voz doce que tinha ouvido pela última vez em uma pista de dança. O que havia dito?
Vou ficar esperando você.

Parte três

DE VOLTA

Capítulo 19

Ela acordou com a boca formando uma única palavra: "Eca."

O quarto fedia a cerveja.

Uau! Que merda é essa? Cama errada. Cama de casal. Jogada na cama, não aconchegada na cama. Suada, mas seca; vestida, não nua; cabelos soltos, cortinas não laranja. Sem cortinas. Janela. Luz, dia, casa. CASA! Casa de Londres, corpo de verdade, corpo velho. Velho corpo vivo! Em casa e segura.

Segura. Recuperada. De volta dos mortos.

Segunda chance... Charles! Pen drive. Buscar! Recuperar. Buscar o pen drive. Recuperar o pen drive. Buscar o pen drive e recuperá-lo das mãos de Charles. Dentes batendo. Batidas. Bits. Muitos bits. 16 GB de bits. Faça a sua parte. Faça a sua parte.

Kate se sentou no quarto de sua casa em Clapham, respirando pesadamente, o coração batendo forte contra as costelas, como um rato enlouquecido. Como o Super Mouse — o rato musculoso e cantor de ópera do desenho animado. Não como... Wallace! O rato na cozinha. A cozinha desastrosa. A cozinha de 10.000 dias. Viva. Ainda viva! Seu couro cabeludo exalava um suor gelado. Ela tateou a superfície da mesinha de cabeceira e encontrou o celular. Rá! iPhone! Olá, de novo!

Morto. Bateria descarregada. A Siri não havia disparado o alarme para o suicídio porque a bateria tinha descarregado durante a noite. *Palhaçada, Siri!*

Que Deus abençoe o meu eu alcoólatra desorganizado! Ela colocou o celular para carregar e esperou para checar a hora. Quarta-feira, 10h23. Exatamente vinte e quatro horas desde que entrara na cozinha pela última vez. Kate pulou da cama e na mesma hora cambaleou de volta até lá. Tudo bem. Corpo pesado novamente. Não pesado de um jeito errado, mas de um jeito normal. Corpo agindo de acordo com a idade que tem. Ela se levantou com mais cuidado, como um velho pirata lembrando das pernas vacilantes no barco. Então olhou ao redor do quarto e caiu de joelhos, chorando de gratidão. Soluços enormes e fortes de esperança e arrependimento. O sonho. Não podia ter sido um sonho. Mas havia uma segunda chance. No momento, Kate assoou o nariz no edredom, fazendo uma promessa mental de que aquela seria a última coisa nojenta que faria naquele quarto tão bagunçado e tão querido. Ela se levantou e desceu as escadas correndo até se ver diante do espelho do banheiro.

Ah... companheiro. Aí está você. Lar.

Quarenta e cinco anos, mas cada linha era dela mesma, cada ruga tinha sido conquistada. Os anéis no interior do tronco registravam a idade, mas a árvore estava em flor. Castigada pelo tempo e renovada.

"*Recomecem, recomecem.*"

De onde tinha vindo aquilo? Philip Larkin. O que a fez pensar em Larkin? Kate foi até a cozinha.

Ela nunca tinha ficado tão feliz em ver aquele cômodo. Olha só essa merda! Em que vida anterior foi uma boa ideia viver desse jeito, como uma mendiga? Nem mesmo a limpeza de guerrilha de Toby havia conseguido remover o fedor de abandono ou dos bolinhos industrializados podres. Kate pousou a mão no quadril e se encostou na bancada por um momento, tentando se perdoar. Ela estava doente. Uma doença que fazia parte da vida tanto quanto torcer o tornozelo ou pegar uma gripe. Só que aquela doença mental em particular quase a matou.

— Ora, que se foda essa ideia — murmurou para si mesma. Havia muito pelo que viver. Sempre houvera. Kate viu o presente que Toby tinha deixado para ela.

Ah, sim. E agora há ainda outra coisa. Talvez.

Ela puxou a fita adesiva e ficou imediatamente irritada com o embrulho meticuloso de Toby.

— Só homens sem filhos têm tempo para serem bons nessa merda — murmurou. — Mas a verdade é que isso não fez diferença para o Luke.

Kate passou os olhos pela mesa em busca de alguma coisa com a ponta afiada e encontrou uma tesoura de unha enterrada com a ponta para baixo em um brownie abandonado. Todo Natal, aniversário e aniversário de casamento, sem falta, o marido lhe dava presentes que pareciam ter sido embrulhados por elfos viciados em crack. Ela se lembrou do encolher de ombros autodepreciativo de Luke. E se lembrou de como no início achara aquilo cativante e como, com o passar dos anos, a benevolência tinha dado lugar à decepção, depois à tristeza, e então à raiva. O idiota preguiçoso e dos ombros encolhidos não conseguia se forçar a ter o mínimo de respeito para embrulhar com competência uma porra de um presente.

Mas agora, enquanto cortava o papel com cuidado ao longo da borda curta do livro, algo milagroso aconteceu na mente de Kate Marsden. Ela manteve as duas ideias em equilíbrio: seu encanto por Luke e sua raiva; seu amor e a dor da perda. Parada ali na cozinha — e sem se dar conta —, Kate deu início ao demorado processo de integrar o passado perdido com o novo presente. Algo em sua imaginação finalmente começou o silencioso trabalho de luto.

Ela tirou o livro de dentro do embrulho de papel pardo. Era um pequeno volume de poesia — *Janelas altas*, de Philip Larkin.

Espera um pouco, que vodu é esse?

Poucos minutos antes, no andar de cima, ela havia pensado em um verso daquele mesmo autor. Kate ficou imóvel e tentou refazer os passos. O que ela sabia? Bem, estava exultante por estar de volta em casa — geograficamente, fisicamente, temporalmente —, no lugar certo, no corpo certo, na hora certa. Sabia que se sentia renovada. Na verdade, se sentia maravilhosa. Sabia que Larkin tinha uma reputação não inteiramente injusta como um filho da mãe miserável, mas que também era capaz de momentos sublimes repentinos. E... *ah, lá estava...* sabia que Toby gostava de Larkin. Ela associou Toby com Larkin e Larkin com uma nova vida. Mas o que aquele livro significava para Toby?

Quando passou a mão pelas laterais do livro, Kate encontrou o canto superior de uma página virado para baixo. Mesmo em sua euforia, ela franziu a testa, porque desaprovava totalmente orelhas em livros novos. Era um poema chamado "Tristes passos". Kate voltou a franzir o cenho ao ver que Toby havia feito uma anotação a lápis na margem do último verso — também não aprovava aquilo. A letra elegante dele escrita com suavidade, com um lápis forte:

Tenho sorte de ser seu amigo, mas, para ser honesto, ainda estou olhando para a lua. Diga-me que isso é absurdo e nunca mais tocarei no assunto.

Ela leu o poema. Não conhecia aquele e se forçou a ler com atenção antes de chegar aos dois últimos versos — a parte que Toby havia destacado. Ele não poderia fazer as coisas de um jeito simples, não é?
Kate se lembrou de uma frase favorita da sua amada professora de Inglês, a Srta. Benjamin: "O que está acontecendo aqui, então?"
O poeta havia se levantado à noite para urinar e então notou pela janela a lua brilhante em todo seu glamour romântico. Isso inspirou nele pensamentos épicos de amor que tudo conquista? Não, ele escreveu:

... é certo,

Há um leve arrepio, quando se olha para o alto
A dureza e a claridade e o alcance,
A singularidade de tão vasto e fixo olhar
É lembrança da força e da dor
De ser jovem; do que não se pode ter de novo,
Mas que é vivido por outros, em pleno, nalgum lugar.[3]

Ela leu e releu o último verso e tentou ver através dos olhos de Toby.

---

[3] "Tristes passos", em *Janelas altas*, de Philip Larkin, tradução de Rui Carvalho Homem, ed. Cotovia, Lisboa, 2004.

Ah, garoto. Ah, Toby! Ele era "em pleno", ele era os "outros". Ela era aquela cuja juventude não poderia voltar, mas Toby ainda estava olhando para a lua. Toby ainda estava apaixonado. Seu coração disparou junto com seus pensamentos. Ela não conseguia organizá-los — precisava de palavras. Kate se voltou para o notebook e digitou como uma maníaca em seu diário.

"Ah, mas Toby! É muito melhor do que isso! Estou aqui de novo. Estou aqui de novo agora. Tive um sonho com a época da juventude, mas no sonho eu não era jovem. Nunca fui tão jovem quanto sou nesse momento. Ninguém é.

Mas no meu sonho — se é que foi um sonho — você era realmente jovem e... Eu não deveria estar me sentindo romântica, deveria? Não deveria estar olhando para a lua cintilante e pensando que ela está fazendo algo maravilhoso por mim.

Ele morreu, você entende. Meu marido tão querido morreu. E eu queria ir com ele. Isso foi um erro, de certa forma.

Mas deixa eu lhe dizer: agora estou de volta e pronta para a aventura, meu querido Toby. Não sei se isso inclui você. Gosto do jeito que você beija.

Mas, antes, preciso fazer uma coisa. Você tem que fazer a sua parte, certo? Me dê só algumas horas, homem incrível. Eu só preciso ver outro velho amigo. Ele vai estar em uma cela na cadeia ao pôr do sol, ou não me chamo Kate Marsden."

Capítulo 20

Revigorada, Kate literalmente partiu para o trabalho. O caminho até a BelTech a fez lembrar do que tinha acabado de acontecer em 1992: o conhecido agora estalando com uma energia inesperada. Quem diria que ir de Clapham Junction a West Brompton pela milésima vez poderia parecer uma atitude tão cheia de propósito?

Ela havia decidido chamar sua experiência recente de "A Experiência". Tinha uma forte suposição de que aquilo a havia afetado, mas a mais ninguém. Era real, mas também não era. Não havia chance de que a lembrança fosse apenas um sonho e também nenhuma chance de que algo realmente tivesse acontecido. Era como uma peça, um romance ou um poema — real enquanto durava; ficaria estacionado na memória dela; influenciaria sutil ou profundamente a sua visão de mundo... E não tinha acontecido.

Nada havia mudado na casa dela. O perfil de Charles Hunt no LinkedIn era o mesmo pacote de mentiras da véspera. O fato de Kate tê-lo resgatado do bullying que sofrera na faculdade não havia tido nenhum impacto em sua corrupção futura. Kes ainda era o diretor artístico do teatro Duke of York's, no West End, onde continuava a escalar a si mesmo para os papéis principais. Amy ainda era intérprete de francês e espanhol para uma ONG. E, pelo que o resto do mundo sabia, Kate ainda era uma viúva deprimida, recentemente demitida de um emprego abaixo da sua capacidade por um bufão que estava enrolado até o último fio de cabelo com gângsteres e criptofascistas.

Kate saiu da estação de metrô e foi para o escritório. Sentia-se dominada por uma energia que aquele corpo não merecia. Tinha quarenta e cinco anos de novo, com certeza. Mas agora eram quarenta e cinco anos em forma, que não tinham passado nove meses se autodestruindo.

A Belgravia Tecnologia não tinha, naturalmente, nada a ver com a área de Belgravia. Charles só achou que o nome chique impressionaria clientes em potencial e, com isso, por mais deprimente que fosse, provou que estava certo. Na verdade, a empresa ocupava o quarto andar de um prédio de escritórios pintados em um cinza meio marrom dos anos 1970, em um canto tranquilo de West Brompton. Ela dobrou a esquina do pequeno beco sem saída e notou algo fora do comum. Em frente à entrada do prédio, um homem alto e forte, com um longo casaco preto, estava encostado em um Range Rover branco, fumando um cigarro. Kate evitou instintivamente o olhar dele. Ela entrou no prédio e olhou para Ray, um dos dois guardas de segurança prestes a se aposentar. Como sempre, ele estava enfiando o polegar no nariz e tentando resolver palavras cruzadas. Ray ergueu os olhos para ela.

— Ah, Srta. Marsden... a pessoa certa.

Ou Ray não tinha notado que Kate havia sido demitida na véspera, ou não se importava. Ela estava na BelTech desde o início e era uma assistente de palavras cruzadas inestimável.

— Estou um pouco ocupada agora de manhã, Ray.

— Não demora nada. — Ele leu a lista de dicas. — "Relógio na oitava letra? Ufa! Essa foi por pouco." Dois, quatro, um.

— Complicada essa. Vou precisar de alguns minutos — respondeu Kate, enquanto passava por ele.

Ela gostava de Ray, mas ele não era o problema. O problema seria entrar e sair do escritório de Charles antes que alguém descobrisse o que estava acontecendo. Supondo que o serviço de entrega do correio para o dia seguinte tivesse funcionado bem, o envelope de Kate já teria sido classificado e a secretária de Charles, Janice, teria respeitado a etiqueta CONFIDENCIAL e deixado o envelope fechado na sala dele. De acordo com as instruções básicas, ela teria feito o possível para colocar a correspondência no antigo suporte de torradas, que ficava no parapeito da janela atrás da mesa dele. Kate checou a hora ao entrar no elevador: 12h34. Estava contando com o fato de que Charles era um filho da mãe preguiçoso demais para abrir a própria correspondência antes do almoço. Se ela tivesse sorte, talvez ele já estivesse puxando o saco de Liam Fox em troca de alguns aspargos grelhados no Ritz. Ela simplesmente entraria, pegaria o pen drive, sairia e chamaria um táxi para levá-la até o *Guardian*, na York Way.

Kate procurou respirar o mais calmamente possível, saiu do elevador no quarto andar e se dirigiu ao escritório de Charles. Ela sentiu várias cabeças se virarem em sua direção, mas ignorou os ex-colegas enquanto andava a passos rápidos, mas — torcia — com uma aparência casual, por uma das laterais do espaço aberto. Janice estava na mesa dela, perto da porta de Charles, mas felizmente escondida pelo amplo corpo de Colin, o assistente de TI de Kate. Ele estava de costas para Kate e parecia estar explicando com alguns detalhes o motivo pelo qual "O Excel às vezes pode ser um menino muito travesso". Kate passou por eles. A porta de Charles não tinha janela, e ela entrou sem bater.

Dentro da sala havia três homens, e nenhum deles era Charles. À direita, dois caras brancos, altos e musculosos, usando longos casacos pretos. Na frente dela, sentado do outro lado da escrivaninha, diante da cadeira vazia de Charles, estava um homem mais magro, provavelmente na casa dos cinquenta anos, de costas. Cabelos grisalhos, cortados rente, alguns centímetros acima do colarinho da camisa roxo-escura. O homem se virou para olhá-la e Kate reconheceu o rosto elegante de Nestor Petrov.

Ela ficou paralisada.

Lutar ou fugir? Nenhum dos dois. Plano A. Há uma boa chance de que ele não saiba quem eu sou.

Kate sorriu e fechou a porta.

— Desculpe — falou. — A Janice está ocupada e me pediu para pegar uma coisa para ela. Sou a assistente da secretária do Charles.

Petrov avaliou-a dos pés à cabeça, sem a menor vergonha, e se voltou novamente para a mesa com impaciência. Então falou em russo com um dos assistentes fortões. Kate detectou um sotaque de Moscou.

— Quanto tempo leva para um homem mijar?

— O senhor deixa ele nervoso, chefe.

Petrov olhou para o relógio, enquanto Kate dava a volta na mesa para vasculhar o parapeito da janela, atrás da cadeira de Charles, em busca do suporte para torradas recheado com a correspondência daquela manhã. Não estava lá. Atordoada, ela foi até onde deveria estar e passou a mão, constrangida, em um cofre em formato de porquinho, folheado a ouro, que havia sido colocado em seu lugar.

Petrov continuou, em russo.

— O problema é aquela vadia da Marsden. O arquivo está na casa dela. Não sei o que estamos esperando. Algum apego emocional do Hunt, o idiota. Talvez ele esteja trepando com ela. Devíamos ter invadido a casa da mulher na noite passada e colocado um fim definitivo nesse negócio.

Aquele não era o modo como ele costumava falar no programa de TV de que sempre participava.

O envelope de Kate permaneceu teimosamente ausente e ela percebeu que agora era só uma pessoa parada dentro de uma sala tentando não tremer de medo. Seus olhos se fixaram no cofrinho e ela desejou poder entrar nele. Petrov voltou a falar, agora no idioma dela:

— Você não está um pouco *velha* para ser assistente da secretária?

O inglês dele era bom: Kate se perguntou se aquilo se devia a vinte anos de conversas sucintas com técnicos de futebol ingleses e editores de jornais, ou se era apesar disso.

Ela se virou e começou a revirar descaradamente as gavetas da mesa de Charles.

— Sim! — disse em um tom vitorioso. — Absurdamente velha. Segunda carreira, sabe como é. É um programa do governo para mulheres de meia-idade.

Petrov observava a busca de Kate com o cenho franzido.

— Qual é o seu nome?

Kate confiou em seu subconsciente e se saiu com o primeiro nome que lhe surgiu na cabeça. — Buffindra — disse. — Mas meus amigos me chamam de Buffy.

— Buffy? — Os lábios de Petrov se curvaram em algo parecido com uma expressão bem-humorada. — Como a caçadora de vampiros?

Kate examinou a superfície bagunçada da mesa e começou a mexer nas coisas como se fosse arrumá-la.

— Sim, isso. Embora, como o senhor diz, eu seja muito velha para receber o nome da assassina. Mas adoro o trabalho dela.

Ela afastou o exemplar intocado do *Financial Times* daquela manhã, revelando um maço de correspondência preso por um elástico.

O envelope dela! Kate puxou-o para fora e enfiou no bolso de trás da calça.

— Odeio vampiros, sabe.

— O que era isso?

— Todo mundo aceita chá e café?

— O que você acabou de colocar no bolso?

Kate já se adiantava rapidamente em direção à porta.

— Vou interpretar isso como um sim.

A porta se abriu e Charles entrou, limpando as mãos na calça cáqui e dizendo:

— Desculpe fazê-los esperar, cavalheiros. O maldito secador de mãos continua... Kate Marsden!

— Oi, Charles! — Kate passou direto por ele e saiu da sala. Atrás dela, ouviu a voz alta de Petrov.

— Essa mulher é Kate Marsden?... ELA ACABOU DE ROUBAR ALGUMA COISA DA SUA MESA, SEU IDIOTA!

Então Charles:

— Nestor, posso lhe garantir que é altamente improvável que...

— ELA PEGOU O ARQUIVO DESAPARECIDO! Kate correu.

Capítulo 21

— Ah, Kate, você está...
— Klingons na proa a estibordo, Colin! — gritou Kate, enquanto passava correndo pelo amigo e os dois ouviam Petrov repetindo suas ordens, aos berros.

Ele precisou repetir as ordens aos homens. Eles não são do serviço de segurança nacional russo, são só capangas violentos. E isso... é bom?

Kate correu em direção à saída de incêndio e, instintivamente, apertou o botão do elevador quando passou, esperando que a visão de um elevador vazio chegando confundisse os brutamontes por alguns segundos valiosos. Talvez eles achassem que ela estava esperando o elevador... escondida em algum lugar. *No entanto,* pensou Kate enquanto dava a volta em um corrimão e passava com barulho pelo terceiro andar, *sempre é possível que chamar convenientemente a porra do elevador para quem está perseguindo você não seja o que se deve fazer em situações como essa.*

Dois, quatro, seis, oito — ela descia a escada de concreto branco aos saltos, como uma gazela aloprada. Respirando com dificuldade, Kate se esforçou para ouvir o som de passos pesados acima dela.

Eles tinham pegado o elevador.

Ela saiu em um rompante pela porta de vaivém que dava para a recepção no térreo. Ray ainda estava concentrado em suas palavras cruzadas. Ele olhou para cima ao ver Kate correndo em sua direção e se dirigindo à entrada principal.

— Na hora H, Ray!

— O quê?

— "Relógio na oitava letra"?

Ray olhou para baixo e soltou um "Aah!" entusiasmado.

Kate olhou para o visor do elevador, que parecia estar parado no 2. Que diabo era aquilo? Colin! Colin tinha a habilidade e a presença de espírito para bloquear o software do elevador até mesmo usando o computador da Janice.

Vou passar uma tarde brincando com a Carly se eu superar isso, meu amigo.

Muito bem, então — vá para a Old Brompton Road e desapareça no meio da multidão. É hora do almoço. Talvez consiga se esconder no Elvis Fried Chicken.

Kate passou pela porta e saiu. Ela virou à direita em direção à rua principal. Mas agora o terceiro brutamontes — o cara suspeito perto do Range Rover — estava correndo na direção dela e dizendo alguma coisa para um microfone na manga do casaco.

Ah, Deus, eles tinham intercomunicadores. Ela se lembrou de uma música do Cliff Richard que brincava com isso, mas no caso dela era bastante assustador.

Kate voltou para o beco, mas só havia trinta metros de rua antes de dar em uma parede. Desamparada, ela correu em direção a uma passagem estreita na lateral do prédio que formava o beco sem saída. Havia uma escada de incêndio de metal à sua esquerda, mas os degraus terminavam um andar acima em uma porta de tijolos. À sua frente havia só uma área de sucata, deserta, repleta de lixo urbano e com uma caçamba para descarte de obra, cheia de placas de trânsito e fotocopiadoras quebradas. Não tinha mais para onde correr. Ofegante, Kate se virou. O grandalhão tinha diminuído a velocidade e agora caminhava, os olhos examinando ao redor de Kate, claramente checando a presença de saídas ou testemunhas. Ele voltou a falar na manga do casaco, em russo:

— Peguei ela.

O homem agora atravessava o espaço entre eles com uma expressão muito próxima da arrogância. Kate esvaziou a mente — a não ser por uma fala de *Jornada nas Estrelas III: À procura de Spock*, que insistia em não sair da cabeça dela. Scotty reclamava com Kirk como de costume, dessa vez sobre a recém-reformada Enterprise, e falava alguma coisa como:

"Eu não esperava usá-la para combate, você entende!"

Ainda na véspera, ela não passava de um desastre bêbado. Não via o interior de uma academia havia nove meses, o que, para os padrões dos campeões de caratê, a tornava uma relaxada lamentável. Como crédito, Kate se lembrou de que tinha trinta anos de memória muscular e adrenalina suficiente para atordoar um babuíno. Era só uma questão de o que aconteceria quando o babuíno se recuperasse. Ela controlou a respiração e imaginou o sangue em suas veias carregado de eletricidade. She-Ra costumava avaliar seu oponente.

Excesso de confiança, 1,83 metro, cerca de 110 quilos, muito além do IMC ideal, mas com massa muscular, não é novinho, da minha idade ou algo assim, esqueça o pescoço — muito gordo. Filho da mãe arrogante checando o celular, destro, mãos minúsculas. Fora de forma. Vai ter que ser uma ação rápida e desproporcional. Como um hambúrguer do Elvis. Um pouco desagradável. Os outros virão em breve.

Pobre filho da puta. Ele nunca teve uma boa oportunidade. Só esse trabalho de merda. Não quero machucá-lo.

O brutamontes falou novamente no microfone de pulso:

— Onde acha que ela está escondendo o negócio? — Ele ouviu alguma coisa no fone de ouvido e deu uma risadinha repulsiva. — Sim, vou procurar na boceta dela primeiro.

Muito bem, talvez eu o machuque.

O idiota colocou uma expressão dura no rosto rechonchudo, e disse em inglês, com um forte sotaque georgiano:

— Passa o que você roubou e talvez eu nem te estupre.

Kate deu um sorriso agradável e respondeu em russo:

— Acho que não posso fazer isso.

Ele pareceu surpreso — mas não tanto quanto Kate esperava. O cara era mesmo um filho da puta *grande*: ia precisar desequilibrá-lo de verdade. Ela continuou:

— Era o seu namorado sussurrando no seu ouvido? Ele tá sempre com você? Isso é tão fofo! Você tem outro fone de ouvido no anel? Ele aperta um botão e vibra seu rabo macio? Aah!

O brutamontes fez um ar de deboche, mas a raiva deixou seu pescoço vermelho. Ele avançou mais um passo, mas agora parecia indeciso, como se não soubesse escolher como agir. Exatamente que forma de violência ele iria infligir àquela mulher baixa e nojenta? Eles estavam a dois metros de distância um do outro.

Só um pouco mais perto.

Kate manteve o sorriso simpático no rosto e continuou em um russo impecável:

— Claro, estou sendo muito burra. Não é possível reter nenhum dispositivo no seu ânus. — Ela agora passou a usar um tom mais profundo e arrastado, usando um sotaque georgiano insultante: — Porque o papai deixou largo demais de tanto usar.

Aquilo funcionou.

O brutamontes desperdiçou uma grande quantidade de força em um grito estranho e correu caoticamente para ela, as duas mãozinhas mirando na garganta.

Kate abaixou e se lançou para a frente com o máximo de impulso que conseguiu, acertando o punho direito diretamente nas bolas do cara. Através da calça do terno e da cueca aparentemente finas (*boxers imitando seda?*), ela chegou mesmo a sentir a curvatura do pênis dele contra os nós dos seus dedos, assim como o movimento de ricochete dos testículos atingidos. Por uma fração de segundo, houve um silêncio assustador, quando o homem tombou na direção de Kate e ela rapidamente rolou para a esquerda para evitar colidir com o corpo enorme. Kate o ouviu gritar de dor enquanto ela se levantava. O homem forte estava caído, mas não vencido, já que se esforçava loucamente para se levantar. Kate se lembrou da caçamba da obra e foi até ela para recuperar uma placa triangular de PROIBIDO VIRAR À DIREITA. Seu agressor estava de joelhos quando ela deu três passos para trás, balançando o metal bem acima da cabeça e deixando cair no alto da cabeça dele.

— Aaaai!

Ele caiu de costas e Kate saltou e abaixou, pousando os joelhos no abdômen dele. Ela cutucou o rosto do homem com a placa de trânsito enquanto gritava sílabas enfáticas na língua mais nativa de sua terra natal, o sul de Londres.

— NÃO... tenta FODER... com... A EQUIPE... G... B!

— Kate se levantou e jogou a placa de lado. De pé sobre o agressor esmagado, mas que ainda respirava, acrescentou: —

Somos perfeitamente capazes de nos foder sozinhos, muito obrigada.

Ela se abaixou e colocou o corpo inconsciente do homem na posição de recuperação. Satisfeita ao ver que o Sr. Talvez--Eu-Nem-Te-Estupre basicamente sobreviveria, Kate apalpou o bolso de trás da calça para checar se o envelope com o pen drive ainda estava lá. Estava. Ela se virou e saiu correndo da ruela, do beco, para a rua.

Olhou para a esquerda e para a direita. À esquerda, os dois brutamontes da BelTech finalmente saíam correndo pela porta. Um deles a viu e agarrou o colega, apontando. O outro também a viu e disse alguma coisa no microfone de pulso. Kate olhou ao redor, em pânico. *Ai, meu Deus. Ali!* Do outro lado da rua, outros dois brutamontes estavam com o dedo na orelha direita e olhavam em volta.

Não, quatro deles de uma vez, não. Dois de cada vez. Quatro, não.

Kate começou a correr de novo. Ela desceu a Old Brompton Road. Era uma via de passagem conveniente para carros e ônibus, mas não era exatamente o Mercado de Notting Hill. Ou Camden Town. Ou a Oxford Street.

Que merda, Charles. Por que não arrumou um escritório em um lugar com muitas e muitas pessoas passando, seu idiota desajeitado?

Ela olhou para trás. Agora havia quatro caras grandes, usando sobretudos, correndo atrás dela, e todos eles aparentemente mais jovens e em melhor forma do que o Sr. Boceta. Havia um cruzamento à frente, Eardley Crescent. Kate não queria correr pelo entroncamento. Aquela história não ia terminar com ela sendo atropelada.

Para o inferno com o melodrama.

Ela virou à esquerda e na mesma hora viu uma oportunidade cerca de cinquenta metros à frente. No meio da curva, havia um táxi estacionado. O motorista estava acomodado em uma cadeirinha dobrável, almoçando sob o sol do outono. Nada seria capaz de fazer Kate se sentir mais segura e em casa do que um táxi preto de Londres. Ela acelerou, arfando:

— Socorro! Companheiro! Me ajuda!

O motorista era outro cara branco com excesso de peso, na casa dos quarenta. Jesus, eles estavam por toda parte. O homem olhou para cima e viu a mulher baixa sendo perseguida por quatro caras. Ele largou o jornal *Sun* e se levantou, ainda segurando o sanduíche grande.

— Que diabo é isso?

— Eles trabalham para a Uber! — gritou Kate.

— Eles O QUÊ?!

— Eles trabalham para a Uber e não gostaram da minha nota! Reclamei porque usaram a faixa de ônibus durante o horário proibido.

O motorista ficou lívido de raiva na mesma hora. Ele sabia! Idiotas da Uber! O homem largou o sanduíche de qualquer jeito no assento da cadeira dobrável e começou a andar pisando firme na direção dos brutamontes que se aproximavam — o peito estufado, a bermuda com estampa havaiana e a careca brilhando ao sol.

— Qual é, seus escrotos da Uber! Deixem a senhora em paz! Vou dar uma nota bem merda para vocês! E assim que *eu* der a nota vocês vão FICAR com a nota dada!

Kate sabia o *Knowledge* de cor. Não era só uma memória impressionante para guardar centenas de ruas e pontos de referência de Londres. Estava no *Knowledge* que, quando se tratava de corredores de ônibus, os motoristas de táxi de

Londres mal conseguiam tolerar a presença de ônibus. Os carros particulares que usavam aquela faixa eram execrados. E Uber... eles eram o inimigo mortal: os mesquinhos, destreinados e inferiores que, nas circunstâncias certas, podiam acabar jogando um passageiro dentro de um lago.

Conforme se aproximava do motorista, Kate viu que ele começou a diminuir a velocidade, se perguntando se enfrentar quatro caras de aparência atlética era exatamente o que tinha em mente na hora do almoço. Não importava. Não era o motorista que ela queria.

— Muito bem, então! — gritou para os brutamontes enquanto Kate passava correndo por ele. — Vamos tomar uma cerveja, todos nós. Vamos nos acalmar.

Kate olhou para trás e viu o que o motorista estava vendo: os russos olhando para ela e se dando conta do que estava para acontecer. Eles pararam derrapando e começaram a correr na direção oposta enquanto Kate mergulhava no banco da frente do táxi, que estava com a porta aberta, e ligava o motor. Pelo espelho lateral, ela viu o motorista se virar perplexo ao ver seu táxi sair da vaga com a mulher ao volante.

Kate prendeu o cinto de segurança e viu pelo espelho retrovisor que os brutamontes estavam atravessando a rua em direção a uma fileira de Range Rovers brancos. Claro.

O Range Rover branco — o carro indesculpável.

A perseguição começou.

Capítulo 22

Kate fez uma curva fechada à esquerda com o táxi. Era um TX novo, lindo — um táxi elétrico. Por algum tempo, antes de Luke morrer, Kate ficava olhando para eles e pensando *Queria você* da mesma forma que outro amante de carros cobiçaria um Porsche. Ela sentiu pena do motorista cujo orgulho, alegria e sustento acabara de roubar — então olhou de relance para o número de série no painel e fez a promessa de devolvê-lo ao homem totalmente carregado e sem nenhum arranhão.

Kate rapidamente pegou o jeito com a direção — era um carro ágil e responsivo; tão rápido quanto o antigo FX4 Fairway que Bill a deixava dirigir em seus dias de folga depois que a filha passou no teste. Mas ela não tinha intenção de entrar em uma corrida em uma rua grande. O táxi não seria páreo para as merdas bebedoras de diesel atrás: precisava de tráfego lento e ruas apertadas. Ela buscou aflita o celular no bolso da frente e colocou-o no lugar onde estava o do motorista, no suporte do para-brisa. Depois de virar à direita, Kate olhou para trás e contou três Range Rovers.

Perigo na sua frente, perigo atrás de você, perigo dos lados.

Por que ela estava tentando fazer aquilo sozinha? Afinal, estava de volta à terra dos vivos, não estava? Kate pressionou o polegar no celular para acordá-lo.

— Siri, ligue para Toby Harker.

Kate estava descendo a Finborough Road, uma rua de mão dupla. Pelo espelho, viu o primeiro Range Rover arrancar para ultrapassar os carros entre eles. A voz de Toby saiu pelo alto-falante do celular.

— Kate?

— Toby!

Ela derrubou uma fileira de cones de trânsito porque perdeu um pouco o controle do carro quando foi aumentar o volume.

— Kate? Você está bem?

— Tudo bem, obrigada. Bem, não, na verdade não.

— O que houve?

— Bem, acontece que descobri que o Charles é... Olha, é um pouco complicado, mas o importante é que estou dirigindo um táxi preto roubado e sendo perseguida pelos capangas do Nestor Petrov, porque hackeei e copiei um arquivo da BelTech implicando-o em uma enorme conspiração, e isso está em um pen drive no bolso de trás da minha calça e não é possível que esse cara esteja fazendo *isso*...

O Range Rover atrás bateu no para-choque traseiro do táxi e o corpo de Kate esticou o cinto de segurança.

— Seu FILHO DA PUTA!

— Kate?

— Espera.

Ela virou à direita em alta velocidade através do canteiro central que dava na King's Road. O trânsito à frente era um conjunto de buzinas e luzes piscando que lembrava uma família de abelhas indignadas. O Range Rover mais próximo avançou, mas Kate viu os outros dois frearem para fazer a curva. Ela dobrou à direita na mesma hora, o que a levou a uma rua residencial.

Hortensia — *esse caminho só vai me levar de volta à rua mais larga. Não é nada bom.*

— Kate!

— Oi. Desculpe. Então, sim. Estou um pouco tensa para ser sincera.

Houve uma breve pausa enquanto Toby parecia tomar uma decisão.

— É melhor você vir para o escritório.

— Que escritório?

— O meu escritório.

Kate viu dois Range Rovers atrás dela.

— Não sei onde fica o seu escritório, Toby! Você nunca me disse!

— No Thames House, em Millbank.

Kate reconheceu o endereço como sendo a sede do MI5.

— Ah, AGORA você me diz, cacete!

— Eu diria que é um bom momento para contar a você.

Os dois Range Rovers estavam se aproximando.

— Não tenho certeza se vou conseguir chegar até o rio nessa coisa, Tobes.

— Está tudo bem, agora eu peguei você.

Kate ficou perplexa por um momento.

— Isso é um pouco ousado. Quer dizer, foi um belo presente, mas...

— Eu quis dizer que agora estou rastreando o seu celular. Você está indo para o lado errado.

— Ah. Espera, eu estou... com todo respeito, Comandante Fodão, não estou indo para o lado errado. — Enquanto falava, Kate viu pelo espelho retrovisor que o Range Rover líder estava a uma distância perfeita para uma breve demonstração do ágil círculo de viragem de um táxi de Londres.

Toby disse:

— Quero dizer que podemos...

— Fica calado por um segundo. — Kate desviou para a beira do meio-fio, freou com força e girou o táxi 180 graus em um único movimento. Então pisou fundo no acelerador e ergueu o dedo médio para o brutamontes enquanto passava por ele na direção oposta. — É ASSIM que se faz, seu merda! — gritou ao ver as luzes de freio do carro branco e volumoso acenderem, frustradas.

Toby disse:

— Meu Deus, os táxis realmente despertam a taxista que mora em você, não é?

O segundo Range Rover já estava freando quando Kate passou voando, ainda com o dedo médio levantado. Ela avistou Petrov no banco de trás, olhando para ela com espanto.

— Tudo bem — disse Toby. — Mas eu vi pelas câmeras de segurança da rua que você tem mais quatro à sua frente.

— QUATRO?

— Que diabo você tem no bolso, Kate?

— Não se preocupe, que...

— Vire à esquerda.

— Isso não vai me levar na direção...

— Kate, para de discutir e VIRA À ESQUERDA!

— Tudo bem, tudo bem!

Kate dobrou à esquerda, guinchando, em uma curva tão fechada que o táxi ficou momentaneamente sobre duas rodas. Toby estava certo — ela teve tempo de ver o que parecia ser uma frota inteira de malditos Range Rovers à frente, na rua de onde acabara de sair.

— Os desgraçados estão por toda parte! — disse ela.

— Eu sei. Não se preocupe. A cavalaria está a caminho. Fique nessa rua.

Kate estava entrando em outra pista de mão dupla e pôde ver seus perseguidores não muito atrás.

— Eu não consigo ir mais rápido do que eles, Toby!

— Não vai precisar fazer isso por muito tempo. Basta abrir o máximo de distância possível. Já estive em um carro com você... não me diga que não é capaz de fazer isso.

Kate pisou com força no acelerador e saiu costurando o trânsito entre os carros à frente, tentando ficar especialmente alerta às bicicletas, e gritando um "Desculpe", de vez em quando, para motoristas indignados. Toda a sua habilidade estava concentrada no momento... ela não conseguia pensar em mais nada além da tarefa que tinha em mãos.

— Você realmente gostou do meu presente? — perguntou Toby.

Kate subiu rapidamente em uma calçada para se desviar de uma scooter de entrega.

— Sim, podemos falar sobre isso mais tarde, meu bem? Estou um pouco ocupada.

— Claro. Você está indo bem. Não falta muito agora.

— Não falta muito até O QUÊ? Eu vou causar um acidente a qualquer...

Naquele momento, um dos Range Rovers saiu em disparada de um cruzamento à esquerda de Kate. Ela virou o táxi para a direita para evitá-lo e o carro acertou de raspão sua roda traseira esquerda. Kate deixou escapar um grito agudo pela dor do impacto e a traseira derrapou, mas ela agiu como um piloto de rali e colocou a máquina de volta sob controle.

— O filho da puta acabou de tentar me acertar! — gritou Kate. — Onde está essa cavalaria, Toby?!

— Está acontecendo agora.

— O quê?

— Olhe pelo retrovisor.

Kate passou voando por uma fileira com nove ou dez táxis pretos. Então, pelo espelho lateral, do lado do passageiro, viu algo extraordinário.

Cada um dos táxis pretos se posicionou atrás dela. A rua passou a ter três pistas, e agora todas estavam ocupadas por táxis pretos de Londres, separando-a dos Range Rovers. Ainda boquiaberta, Kate passou instintivamente para a pista do meio, permitindo que os táxis se posicionassem ao seu lado. Ela olhou para a esquerda e um jovem motorista asiático lhe deu uma piscadela e fez uma saudação brincalhona. Kate olhou para a direita, então, e uma senhora com um boné de tweed, no volante do táxi, lhe soprou um beijo. Pelo espelho retrovisor, viu três taxistas acenando para ela. E pensou em Toby esperando por ela.

Amigos na minha frente, amigos atrás de mim, amigos nas laterais.

Nunca na vida Kate havia esperado ver os solitários mais solitários de Londres agindo em harmonia por algo que certamente não tinha nada a ver com eles. Como gostaria que o pai pudesse ver aquilo. Ela teve que se recompor para conseguir falar em um tom tranquilo.

— Toby, não sei como diabos você fez isso, mas é lindo.

— Mais tarde eu explico. Ainda não nos safamos. Estamos vendo os caras de Petrov por toda parte... você colocou um exército em ação.

— O que eu encontrei cara a cara lutava como uma criança tentando graduação para a faixa-marrom — comentou Kate. — Não sou especialista, mas não acho que sejam da inteligência russa.

— Espero que não. Prefiro não começar a Terceira Guerra Mundial só porque você estava chateada com o Charles.

— Ah, vá se ferrar, Toby... É um pouco mais importante do que...

Ela ouviu Toby rir.

— Eu sei, eu sei... só estou brincando.

— Fico muito feliz por você estar se divertindo.

— Você não está?

— Bem...

— Mas escuta... estou observando-os e acho que eles descobriram para onde você está indo. Vamos ter que mudar para o plano B.

— Está certo...?

— Vá na direção do Duke of York's.

— Toby, há pelo menos vinte pubs chamados...

— Não vamos tomar uma cerveja, Kate. O teatro.

— O teatro? O teatro do Kes?

— Esse mesmo. Temos uma salinha lá. Vai ficar segura até chegarmos a você.

Kate demorou um pouco a processar o que acabara de ouvir.

— Desculpe, você está me dizendo que tem uma *sala secreta* dentro do Duke of York's?

— Bem, é sempre bom ter opções, não acha? Kes foi muito legal e nos deixou fazer algumas modificações em um camarim do qual os atores estavam sempre reclamando e que nunca usavam.

— Ah, então para o Kes você pôde contar que era um espião, mas...

— Supera isso.

— Aah, "supera isso", diz ele. Isso é uma ordem? Agora eu recebo ordens do espião, então?

— Kate, por favor. Você ainda está com problemas consideráveis.

Ela teve que admitir que, apesar do perigo que estava causando a espectadores inocentes, era perfeitamente possível que estivesse se divertindo muito. E sentiu desprezo pela própria reação.

— Toby, estou com medo de ter machucado seriamente alguém.

— Eu te perdoo.

— Não, não estou falando de você, apesar de que... De qualquer forma, tem um homem caído no chão em Lillie Yard, perto da BelTech, e...

— Ah, o cara perto da caçamba. Ele está a caminho do Royal Brompton. E vai ficar bem.

— Ah... isso é bom.

— Mas infelizmente o motorista cujo táxi você roubou teve uma parada cardíaca e morreu.

— Ai, meu Deus!

— Brincadeirinha.

— TOBY!

— Desculpa.

— TOBY!

— Desculpa.

— Isso não foi nada engraçado. O meu pai morreu de ataque cardíaco, seu idiota!

— Sinto muito mesmo, Kate. Estou um pouco alto, tomei um copo de uísque. Desculpa. O taxista está perfeitamente bem. Ele está em uma delegacia de polícia na King's Road gritando muito. Vire à direita em quatrocentos metros.

— Não. Eu vou pelo parque.

— Não vá pelo parque. Eles estão esperando que você passe por lá.

— Toby, se eu pegar a A4, irei para Hyde Park Corner, que é a segunda rotatória mais movimentada da cidade depois de Trafalg...

— Vai ficar tudo bem.

— NÃO vai ficar tudo bem. Vamos parar de vez, e trinta brutamontes russos vão me arrancar desse táxi e...

— Não vou permitir isso.

— Muito bem, isso soa muito cavalheiresco, mas...

— Não vou permitir isso.

Kate fez uma pausa. Era uma linha tênue entre confiar em seus instintos e ser uma cretina teimosa diante de novas informações. E uma linha igualmente tênue entre os princípios feministas e a recusa em receber ordens de um homem, mesmo que o homem fosse uma das pessoas mais capazes que você já conheceu. Ela olhou para a direita e não ficou surpresa ao ver que a mulher com o boné de tweed havia se adiantado para lhe dar espaço para virar à direita.

Foda-se. Ontem ela estava praticamente morta, de qualquer maneira. De agora em diante, tudo era vantagem.

Kate fez a curva.

— Espero que você saiba muito bem o que está fazendo, caro Toby.

— Eu sei. — Kate ficou alarmada ao ver que nenhum dos táxis a seguira. Todos haviam continuado rua acima, ou se dispersado. Os Range Rovers aproveitaram a lacuna e agora se aproximavam dela em um ritmo ameaçador.

É aqui que acaba, então.

Ela ouviu Toby dizer:

— Kate, você ficou muito quieta. Está tudo bem?

Ela não respondeu.

— Kate, caso você esteja se perguntando, os táxis avançaram para agilizar o caminho. E há outros esperando na rotatória.

Aquilo despertou uma pequena centelha de curiosidade, mas Kate estava afundando novamente na cozinha de 10.000 dias. E disse em um tom monótono:

— Não importa. Não importa quem você colocou na rotatória.

— Kate, sinto muito por você estar se sentindo um pouco desanimada. Mas... Você diminuiu a velocidade. Precisa acelerar.

— Sou filha de um motorista de táxi. Não se pode "abrir caminho" em torno de Hyde Park Corner.

— Você não vai contornar Hyde Park Corner. Vai atravessá-la.

A faísca reacendeu. E, daquela vez, Kate a manteve acesa por um momento.

— O que você disse?

— Você vai atravessá-la. Vai passar por cima dela.

A conhecida e reconhecidamente cheia praça por onde os pedestres atravessavam estava à vista. O Arco de Wellington, a Apsley House, o bronze nu de Derwent Wood, *The Boy David*.

Belo traseiro. Como o de Luke. Fico imaginando como deve ser o do Toby. Provavelmente fantástico. Isso não é relevante. Não seja tão trivial. Há trabalho a ser feito. Mas aposto que é lindo. Ah, por favor! Você não é a Carrie Bradshaw, você é a Boudicca, a rainha celta. Mas a Boudicca não sentia tesão? Claro que sim. É possível ser a Carrie E a Boudicca! E a Buffy E a Barbara Castle E a Mary Shelley E a Valentina Tereshkova E a She-Ra E a professora Beard E a Frida Kahlo e todas as outras filhas da puta brilhantes e todas as filhas da puta mais normais também. Você é Kate Marsden. Você pode.

O estímulo permitiu que um fio de esperança voltasse à imaginação de Kate, mas aquilo se tornou uma inundação avassaladora quando ela viu o que estava acontecendo à frente. Havia táxis pretos estacionados ordenadamente de cada lado da rua até o seu encontro com a rotatória. Eles haviam criado... ora...

— É como se você tivesse feito uma nave de igreja para eu atravessar — comentou ela com o início de um sorriso.

— Bem, eu não diria exatamente assim, mas...

— Você está me levando até o altar de novo!

— Hum... Sinceramente, eu não tinha pensado nisso dessa forma, mas obviamente é muito legal da minha parte. O principal é você atravessá-lo. Precisa tomar um pouco de distância.

Kate começou a acelerar, mas hesitou.

— Toby, há uma barreira.

— Não se preocupe com isso.

— Não, é sério, tem uma barreira em volta do monumento.

— Sim. Dirija direto para cima dela.

— Eu vou virar pó.

— Não vai, não.

Ela estava a trezentos metros da rotatória. Além do mar de tráfego dividido por táxis, ficava a ilha deserta do Arco de

Wellington. Mas, protegendo a borda, havia uma barreira de segurança de aço, impenetrável.

— Essas coisas não são feitas de bambu, Toby!

— Kate, você tem que confiar em mim. Precisa acelerar.

— TOBEEEEE!!!

— Pé direito na frente, Katie.

Ela pisou fundo no acelerador.

— Seu MEEEEEEEERDAAAA!!!

Kate acelerou em direção à barreira. Ela checou o velocímetro e viu que estava a praticamente 100 km/h. Aquilo ia doer. Kate agarrou o volante com toda a força, mas se recusou a fechar os olhos. Já tinha dormido o suficiente.

No último momento...

AH, VOCÊ TÁ DE SACANAGEM.

... uma parte central da barreira de aço inclinou casualmente noventa graus para trás e desapareceu, nivelando-se perfeitamente com o asfalto. Ela se lembrou do modo como as palmeiras recuavam para permitir o lançamento do *Thunderbird 2*.

Kate gritou como uma rainha pirata enquanto atravessava o corredor de táxis e passava por cima de Hyde Park Corner. Ela nunca havia visto aquele ponto da cidade dali — parecia um playground com adultos por todos os lados. O sol estava muito forte. Ela olhou para cima através do teto solar do TX e o céu era de um azul-centáurea. Pelo espelho retrovisor, ela viu a barreira subir novamente e não apenas um — mas três! — Range Rovers derraparem caoticamente até parar. À frente dela, outro mar dividido por táxis acenava para o norte em direção ao Soho e ao teatro. Kate estava exultante, mas um pensamento a incomodou. Suas primeiras palavras para Toby enquanto seguia em direção ao West End foram:

— Quem o elegeu?
Toby respondeu pelo viva-voz:
— Sabe, a maioria das pessoas simplesmente agradeceria.
— Ninguém deveria ter tanto poder.
— Nós servimos ao governo eleito.
— E se o governo eleito for um bando de babacas?
— Não seria inédito. Nós os servimos com certa discrição.
— A sua ideia de *discrição* seria a ideia de outra pessoa sobre canhões d'água e prender o George Monbiot, o jornalista.
— Nossa, eu adoro o George! Nunca faríamos isso com George. A menos que ele realmente tivesse passado do limite.
— Que limite?
— Da lei.
— Toby! Você sabe perfeitamente bem que, entre nós dois, infringimos umas doze leis só na última hora.
— Como eu digo: discrição.
— Vamos ter uma briga e tanto por causa disso.
— Que bom! Estou esperando ansiosamente por isso. Te vejo no teatro. Você vai chegar lá antes de nós. Entrada principal, vire à direita. Porta marcada como "Privativa". Teclado bloqueado: 1072.
O número chamou a atenção de Kate.
— O aniversário do Luke?
— Sim.
Kate balançou a cabeça.
— Você é muito manteiga derretida. Ele está bem, sabe.
— O quê?
— Quero dizer, obviamente está morto. Mas ele também vai ficar bem.
— Hum, certo. Enfim. Estou em um carro agora, mas se nós fomos capazes de rastreá-la, é bem possível que os caras

de Petrov também tenham sido. O esquadrão de táxis levará você até St. Martin's Lane, mas não posso pedir a eles que façam muito mais do que isso.

Kate acordou da conversa agradável e entendeu o novo risco.

— Você está dizendo que... Eu vou estar lá, os idiotas vão estar lá, você *não* vai estar, e a cavalaria mágica vai se transformar novamente em abóboras?

— Hum, sim. Não estaremos muito atrás. Basta entrar na sala secreta.

— E se algo der errado?

— ... talvez você tenha que improvisar.

— Ah, que maravilha! Me diz uma coisa... algum deles está armado?

— Não. Não. De jeito nenhum... muito improvável. Acelera, LEO! O QUE ESTÁ ACHANDO QUE É ISSO AQUI, UMA PORRA DE UM TRATOR?! Não, definitivamente não, de acordo com os analistas. Hum.

— Toby...

— Mas Petrov é um assassino conhecido. Provavelmente é melhor evitá-lo.

— Toby!

— Escuta, Kate. Você tem tudo de que precisa. Sempre teve.

Kate se sentiu encorajada ao ouvir aquilo. Encorajada o bastante para ser sincera.

— Toby, estou com medo. Não demore muito.

— Já vou chegar.

Capítulo 23

Kate enfiou o táxi na diagonal em uma pequena brecha do outro lado da rua do Duke of York's. Ela desceu do carro e foi saudada por uma enorme foto de Kes na entrada principal. Ele havia se escalado como Próspero em uma produção chamativa e popular de *A tempestade* chamada *Tempestade!*. Parecia Gandalf depois de um Natal prazeroso.

Kate olhou para o quadro com os horários das apresentações e viu que o amigo estava com a agenda cheia e três sessões naquele dia. Ela balançou a cabeça quando percebeu que Kes e seu pobre grupo dirigido sob condições de quase escravidão deviam estar quase no fim da matinê da manhã. Ela ficou subitamente alerta ao ouvir uma cacofonia de bipes e gritos vindo do extremo sul da St. Martin's Lane. Três Range Rovers estavam causando tumulto.

Os malditos arrogantes estão vindo na contramão por uma rua de mão única. Estou realmente começando a odiar esses caras.

Os brutamontes já estavam saindo dos carros e olhando diretamente para ela. Kate atravessou a rua correndo e entrou no teatro. Por um segundo, sentiu-se desarmada pela normalidade aconchegante de um saguão do West End: o papel de parede de folha de ouro e veludo vermelho esfarrapado por toda parte, o clima envolvente e caloroso de civilização empoeirada, com a promessa de passas de chocolate e sorvete caro. Certamente os homens que a perseguiam não conseguiriam entrar, não é? Com certeza, aquele tipo de cara explodiria se tentasse entrar em um lugar desses, certo? Mas talvez, pensou Kate, talvez ela estivesse sendo uma esnobe cultural. Talvez alguns daqueles homens tivessem crescido amando Tchekhov e, em circunstâncias diferentes, Kate pudesse formar um grupo de leitura com eles, onde todos se revezariam para ler trechos engraçados de Dostoiévski. Bem... talvez.

Ela caminhou em direção à porta à sua direita, com a placa de "Privativo".

No último momento, seu caminho foi bloqueado por uma mulher pesada, de vinte e tantos anos, com um rabo de cavalo muito esticado e um colete de lanterninha.

— Sinto muito, senhora — disse ela em um tom cantado, como se estivesse falando com um parente idoso —, mas não pode entrar aí. É privativo.

Kate leu o nome no crachá e falou rapidamente.

— Oi, Tassy. Sou amiga de Keven Lloyd e ele disse que não tinha problema.

Tassy manteve o sorriso no rosto e o corpo volumoso no caminho.

— Com todo respeito, senhora, acho difícil acreditar nisso.

— O quê?

— Conheço Keven *extremamente bem* e, como chefe de recepção, teria sido informada se ele tivesse autorizado previamente que um membro do público passeasse pelos bastidores durante a apresentação.

Kate lançou um olhar para a porta principal.

— Não tenho tempo para isso.

Ela tentou se esquivar do corpo impressionante de Tassy, mas a mulher mais jovem colocou a mão grande em um dos seios de Kate e a empurrou.

— Ai!

— Tenho que avisá-la, senhora, de que sou treinada em artes marciais.

— Eu também! Você não pode simplesmente cutucar o peito de uma espectadora desse jeito!

— Pelo que posso ver, a senhora não é um espectadora. A menos que queira me mostrar seu ingresso.

Perplexa, Kate olhou novamente para trás. Um dos russos estava na janela e já se dirigia para a entrada. Ela estava sem tempo.

— Ah, pelo amor de Deus. — Exasperada com o fato de, exatamente naquele dia, ter se deparado com a lanterninha mais psicoticamente dedicada da cena teatral de Londres, ela se virou e saltou pelo foyer em direção às escadas que levavam ao mezanino.

— Senhora! — bradou Tassy.

Por instinto, Kate pegou um programa da peça em um quiosque. No meio da escada acarpetada em vermelho, ela percebeu que os brutamontes exigiriam saber de Tassy para onde ela havia ido. E se Tassy continuasse a exibir o que aparentemente era sua atitude característica, acabaria se machucando. Kate se virou e se abaixou ao ver três deles avançando para o foyer. Ela tirou o envelope do bolso de trás e balançou diante de si.

— Ei, idiotas! Estão procurando por isso?

Os três homens foram atrás dela. Kate se virou e saltou o resto da escada, ouvindo a voz de Tassy atrás dela.

— Senhora! Cavalheiros! O Sr. Lloyd fica *extremamente* contrariado com quem se atrasa!

Kate afastou uma cortina preta, empurrou uma pesada porta de vaivém e se pegou no canto superior esquerdo da primeira fileira de assentos. Estava cerca de um quarto ocupada: principalmente por pessoas mais velhas e turistas. Ela seguiu rapidamente pelo corredor, mas anos de condicionamento no teatro a fizeram dar a mesma corridinha contrita que as pessoas dão quando passam rapidamente entre um fotógrafo de casamento e um bolo grande. Junto à primeira fila havia outra porta, também marcada com uma placa de "Privativo", mas sem a tranca digital. Ela empurrou a segunda porta, assim que seus perseguidores emergiram da primeira.

Era uma escada escura nos bastidores, imunda e iluminada por lâmpadas nuas piscando. Ela desceu três lances de degraus em espiral estreitos. Mais duas portas: à direita, provavelmente ficavam as primeiras filas do auditório. Adiante — Kate deduziu que aquela porta levaria à coxia. Ela abriu a porta à prova de som e voltou a fechá-la ao passar. Agora havia entrado na relativa escuridão do lado direito da coxia, sutilmente iluminada por lâmpadas fluorescentes. Ela podia ouvir Kes declamando um solilóquio, já próximo ao final da peça. A maior parte do elenco estava no palco, mas uma jovem em roupas pretas olhou para Kate com espanto. Ela segurava uma espécie de figurino de fada pelos ombros, pronta para ajudar um ator com uma troca rápida. Kate deu um sorriso animado à assistente de figurino e levantou o polegar ao passar por ela em disparada.

— *Merda!* — desejou aleatoriamente e começou a subir apressada uma escada de metal aparafusada na lateral da parede.

Nunca havia estado nos bastidores de um teatro de verdade antes e, apesar do potencial iminente de que a "merda" acontecesse com ela — e não de um jeito bom —, teve que admitir que estava um pouco empolgada. Ou talvez fosse apenas terror.

Enquanto subia, Kate viu os três russos juntos na coxia, abaixo. Eles estavam mantendo as vozes baixas, embora Kate achasse que talvez fosse porque estavam tentando ouvi-la, enquanto vasculhavam freneticamente a escuridão. Então eles olharam para cima e a viram.

Kate estava agora no urdimento acima do palco e subiu em uma vara de luz de aço que se estendia até o outro lado do teto. Era uma ponte estreita, com um corrimão baixo do lado mais próximo do público e nada além de uma queda de vinte metros do outro. Era o habitat natural dos técnicos de iluminação com arreios de segurança. Ela deu alguns passos, mas avistou um dos brutamontes já na metade da escada da parede oposta. Kate se virou, então, e viu que o outro já estava no topo.

Esse primeiro, então.

O russo caminhou em sua direção com uma calma intimidante, fazendo a armação balançar ligeiramente em sua estrutura. Kate tirou o programa de teatro do bolso de trás e enrolou-o em um tubo. O grandalhão riu daquela arma patética, e estava a um metro de distância quando Kate agarrou um dos refletores poderosos que apontavam para o palco e acertou direto nos olhos dele. A lâmpada estava incandescente e Kate abafou um grito de dor, mas saltou sobre homem, agora cego, e o atingiu no olho com a ponta do programa enrolado. Ele caiu para trás e se debateu inutilmente na extremidade do pórtico, bloqueando a rota de fuga dela.

Kate se virou, então, e viu o outro homem se aproximar caminhando descuidadamente em sua direção, fazendo a ponte de aço vibrar, e quase perdendo o equilíbrio. Aquele era menor — mas rápido e robusto. Kate entrou em pânico ao pensar em como seria fácil fazer o idiota tropeçar e vê-lo cair para uma morte provável lá embaixo. Ela largou o programa e ergueu os braços.

— Eu me rendo! — gritou.

Ele parou, surpreso.

Kate continuou, em um sussurro sincero em russo, pronunciando as palavras lentamente:

— O mais louco nisso tudo é que... eu amo a Rússia! E sinto muito que vocês tenham um babaca no comando! Nós também temos! Vamos descer e conversar sobre o Coronel Gagarin. Eu tinha um pôster de Yuri e o achava magnífico!

O grandalhão pareceu confuso por um momento, então tentou um gancho de esquerda maldoso na cabeça de Kate. Decepcionada, ela se desviou do golpe e apoiou o peso na perna mais forte, a direita... panturrilha, encontrar o centro de gravidade... para baixo, ela se agachou e saltou! Kate disparou no ar, jogando a cabeça para trás e então para baixo, com uma força terrível no rosto do oponente. O nariz do brutamontes explodiu em sangue com a cabeçada. Kate recuou com uma leve dor na testa e aterrissou meio instável, mas de pé. O homem cambaleou para trás, as mãos no nariz quebrado. Depois de limpar o sangue que nublava sua visão, ela voltou à ação no mesmo instante — deu três passadas amplas, seguidas de um chute aéreo no peito do homem. Seu calcanhar bateu no plexo solar dele e Kate saltou pesadamente para trás na ponte de aço, enquanto o russo tombava como um pinheiro de tamanho modesto e caía de costas.

Kate ficou de pé e passou com cuidado por cima do homem que gemia. Ela respirou fundo e foi correndo para a escada na extremidade oposta, onde saltou os últimos degraus e aterrissou no lado esquerdo da coxia.

Kate viu que o terceiro brutamontes parecia profundamente infeliz. Ele estava em uma disputa silenciosa, que envolvia empurrões e puxões, com um grupo de atores e técnicos indignados. O espetáculo estava em andamento e Kate viu Kes ainda em cena, sob as luzes, com uma enorme barba grisalha, lançando olhares irritados por causa do barulho. O grandalhão a avistou, empurrou rudemente no chão o jovem usando pouca roupa que representava Ariel e correu na direção de Kate. Ela pegou uma espada da mesa de adereços e brandiu-a com as duas mãos acima da cabeça. Era de metal, mas rombuda. Perfeita.

Na verdade, não é perfeita. Provavelmente é um erro. Não sei que diabo estou fazendo com essa coisa.

O grandalhão não se importou com a arma improvisada e se lançou contra Kate antes que ela pudesse abaixar a espada. Suas narinas foram inundadas pelo cheiro avinagrado da loção pós-barba do homem, enquanto os dois desabavam em um trono de tábuas de pau-de-balsa, deixando-o em pedaços. Kate estava embaixo do homem e sentiu as mãos dele alcançarem seu pescoço.

Ela se virou para o lado com toda a força e conseguiu acertá-lo na têmpora com o cotovelo. O grandalhão gritou de dor e Kate se esforçou para sair de debaixo dele e ficar de pé, cambaleando. Ela correu para o palco, mas o brutamontes a derrubou no chão novamente, com uma manobra semelhante as que eram usadas nos jogos de rúgbi. Kate sentiu o calor dos refletores do palco e desejou poder ter feito uma entrada mais digna.

— Pare de usar golpes de luta livre! — gritou Kate, de bruços no palco. — Não sei nada sobre luta livre. Fique de pé bem esticado para que eu possa bater em você, seu cretino desajeitado.

O homem agora estava com os braços em volta da cintura dela, tentando tirar todo o ar de dentro do seu corpo. Kate sentiu o sangue inchar seu rosto e, quando olhou para cima, viu Kes em uma espécie de veste transparente de bruxo, por cima de uma calça dourada. Ele olhava para eles em um estado de apoplexia. Mas Kes era um verdadeiro profissional e com certeza incorporaria a invasão do palco à performance.

— Marsden! Que PORRA você está fazendo?!!
— Desculpa!

Ela se esticou para trás, agarrou as orelhas do grandalhão com os punhos fechados e puxou o mais forte que seu tríceps permitiu. Ele deu um rugido baixo e seu aperto afrouxou o suficiente para que Kate se desvencilhasse. O brutamontes foi o primeiro a se levantar, e, quando Kate se virou, seu punho acertou em cheio a bochecha esquerda dela.

Kate sentiu o piso do palco vir ao seu encontro, e só registrou a dor do golpe quando sua cabeça bateu contra a madeira polida. Sua visão estava turva, mas ela conseguiu ver os pés descalços de Kes.

Por que eles nunca usam sapatos?

Ela deu ao corpo treinado um micromomento para traduzir a dor em mera informação.

Sempre com os pés descalços. As pessoas na vida real não andam por aí descalças o tempo todo. É muito esquisito.

Ainda de costas, Kate apontou os tênis para a armação bem acima e invocou o que lhe restava de força. Com os joelhos a meio caminho do queixo, ela se colocou de pé em um único salto e girou o corpo, mirando um soco onde esperava que estivesse o estômago do cara. Não errou por muito, mas ele bloqueou o golpe com a mão direita e a acertou novamente o rosto, agora com as costas da mão esquerda.

Muito bem, o elemento surpresa se perdera. Aquele ali sabia que estava enfrentando uma lutadora.

Kate girou com o golpe e caiu novamente. Em seu mundo atordoado, ela percebeu que uma grande parte do público estava rindo e aplaudindo. Os turistas e aposentados da matinê de quarta-feira ficaram pasmos, mas impressionados com aquela ousadia em *A tempestade*. As críticas diziam que era de vanguarda, mas até aquele momento eles haviam presumido que isso se devia apenas ao reggae como trilha sonora.

Agora, o grandalhão estava avançando, mas Kate teve uma boa visão do impressionante traseiro coberto de dourado de Kes quando ele se colocou entre eles.

— Como se atreve a bater na minha amiga, seu FILHO DA PUTA ATROZ?!

Kes enfrentou o russo e deu um excelente soco cênico — o que significa que ele errou por cinco centímetros. Espantado por o russo não ter caído suavemente em um nocaute fingido, Kes fechou a cara enquanto o homem desferia um golpe forte que o mandou de costas para o chão, desmaiado. Kate estava se levantando quando ouviu um grito: Ariel em um collant de chiffon pulou nas costas do grandalhão, passando um braço magro e musculoso em volta do pescoço dele, enquanto socava a orelha do homem com o outro punho. O russo girou o corpo, confuso, e agora Miranda, Caliban e Antonio (o usurpador do ducado de Milão) o arrastaram para o chão e se empilharam em cima dele.

Nesse exato momento, mais dois pesos-pesados invadiram o palco vindos do outro lado da coxia. Kate teve um segundo extra para se recuperar, já que os homens estacaram, confusos diante do espetáculo que era o colega deles se afogando em um mar de lycra rasgada e pernas nuas.

Kate olhou para a beira do palco. Precisava deixar o pen drive a salvo. Ela se imaginou pulando um metro até o chão e correndo para a saída. Mas então, uma voz. Profunda, com sotaque russo.

— Maravilhoso!

Ela se virou e ficou surpresa ao ver Nestor Petrov avançando para o palco. Ele estava dando um tipo de aplauso lento que a fez pensar que o homem deveria estar usando luvas e soprando um apito para chamar as crianças von Trapp.

— Maravilhoso — repetiu.

De meia-idade, bonito, com os cabelos curtos e grisalhos e o terno escuro, exibindo a postura perfeita de um mau ator, Petrov passou por seus capangas imóveis e assustados e assumiu o centro do palco.

Nestor fixou os olhos verdes nos de Kate por um breve momento antes de se voltar para o público.

— Tem alguém filmando isso? Deveriam estar! Peguem seus celulares! Não sejam tímidos, isso faz parte do show! O teatro é muito elitista. Pertence a todos nós!

Kate olhou para a escuridão do auditório. As luzes do palco só permitiam que ela visse as duas primeiras filas da plateia: um olhar de reconhecimento encantado na maioria dos rostos. Mas ninguém pegou o celular.

Petrov continuou:

— É bom ver vocês... ver vocês bem! Eu sou Nestor Petrov. Provavelmente não estão me reconhecendo, mas às vezes apareço em programas bonitos como *Have I Got News For You* e *Os resultados ao vivo da loteria nacional*. Vocês também podem me conhecer de um programa de menos sucesso chamado *Meu time de futebol vence a Premier League*!

Uma onda de risos na plateia. Petrov colocou as mãos nos bolsos e encolheu os ombros de forma autodepreciativa.

— Bem... talvez um dia, certo?

A visível fama e riqueza do verdadeiro Nestor Petrov não era o que o público esperava na hora do almoço de quarta-feira. Mas, dados os eventos recentes naquela produção emocionante, tudo era possível.

Petrov apontou um dedo astuto para o público e continuou.

— Sei o que vocês estão pensando. O que isso tem a ver com a famosa peça *A tempestade*, do nosso maravilhoso Shakespeare? Rá, rá! Vou lhes dizer.

Kate se levantou, com o olho o roxo e as mãos ensanguentadas caídas ao lado do corpo.

Petrov caminhou discretamente, alguns metros à esquerda e depois à direita, demarcando um pedaço de território na frente do palco, sempre mantendo os olhos no público.

— Eu me identifico com Próspero — disse ele com uma sinceridade abrupta. — Ele é o meu irmão.

Eca.

— Como eu, ele veio do nada e teve que trabalhar duro para se tornar o rei da sua ilha.

Eca duplo.

— Infelizmente, isso não é algo que vocês vão saber pela grande mídia. As elites não gostam disso. Um homem humilde como eu precisa ser derrubado pelo Sistema...

Kate tentou avaliar como o público estava recebendo tudo aquilo. Mas, então, experimentou um momento de clareza.

Foda-se o público. O público não tem ideia da merda a nível interplanetário com que está lidando.

— Com licença, Sr. Petrov — disse ela, levantando a mão como uma colegial. — Posso dizer uma coisinha?

— Claro. Sou um defensor da liberdade de expressão. As pessoas deveriam ser livres para dizer o que pensam.

— Isso é gentil da sua parte.

— Inclusive as mulheres.

— Obrigada.

— Na Rússia, eu era considerado uma espécie de feminista.

— Que extravagante.

— É claro que não se pode ir longe demais com isso.

— Certo. O que eu gostaria de...

— Em última análise, um homem é um homem e uma mulher é uma mulher.

— Ahã. Eu ia perguntar...

— Você, por exemplo, não é realmente uma mulher.

Kate estava se aproximando lentamente do pedófilo exibicionista. Mas sua curiosidade foi aguçada. Ela não tinha absolutamente nenhuma intenção de entrar em um debate com aquele homem imperdoável. Os corações e mentes daquele público seriam melhor conquistados lendo sobre os crimes que ele cometera, no jornal do dia seguinte. Mas ela não pôde evitar se interessar pelo modo como o cérebro horrível dele funcionava.

— Eu não sou uma mulher? — perguntou com seu sorriso mais razoável.

— Não. Você faz parte desse show, não é?

— Tanto quanto você.

— E você teve um desempenho esplêndido. A maneira como fingiu atacar esses homens. Impressionante. Mas Shakespeare estava certo. O palco não é lugar para uma mulher. Talvez eu seja antiquado.

— Shakespeare nunca disse uma merda dessa. Ele estava trabalhando dentro do contexto de...

— Está vendo, a sua linguagem suja não é adequada para o espaço público. Na verdade, as peças que você diz terem sido escritas por Shakespeare foram provavelmente escritas pelo seu conde de Oxford...

— Não há evidências de que...

Petrov estendeu a mão aberta para Kate e fechou-a lentamente, como se fechasse a boca de uma marionete, dizendo rapidamente:

— Xiii-xi-xi-xi-xi-xiiii.

Quer saber, desculpe, mas foda-se.

Ela quebrou o braço dele.

Ou, retrocedendo um pouco, no espaço indistinto de um segundo, Kate: agarrou o pulso de Petrov, torceu-o sobre si mesmo, mudou a posição da própria mão no pulso dele, enquanto lhe dava uma rasteira, erguia o braço direito e voltava a abaixá-lo com toda a força que lhe restava contra o cotovelo dele, puxando-o para trás.

— Conde de Oxford, MEU RABO!

Petrov soltou um grito e desmaiou.

Foi naquele ponto que o público da matinê começou a se perguntar se aquela performance de *Tempestade!* estava acontecendo exatamente como fora ensaiada. Os três brutamontes atônitos se entreolharam em um frenesi de indecisão. O mais próximo de Kate encarou-a com uma expressão assassina e começou a caminhar na direção dela. Os outros também. Kate não tinha mais nada a fazer e se perguntou em que ponto durante o que estava prestes a acontecer com ela alguém na plateia entenderia que aquilo era real.

— Serviço de segurança nacional! Ninguém se mexa!

Toby Harker desceu pelo corredor esquerdo com seis oficiais armados do MI5 atrás dele. Outros três marchavam pelo corredor paralelo.

— Obrigado por sua paciência, senhoras e senhores. Por favor, fiquem em seus lugares. Isso não vai demorar muito.

Toby subiu com agilidade os degraus até o palco e Kate percebeu que ele precisou conter a aflição ao ver o rosto dela machucado. Toby apontou para os grandalhões, um de cada vez.

— Você, você e você. Estão presos sob a Lei de Prevenção de Imbecis de 2008.

— Essa não é uma lei real — protestou um dos brutamontes.

— Tudo bem, não somos policiais de verdade.

Um dos agentes de Toby se adiantou, apontando uma pistola para o russo.

— De joelhos, mãos atrás da cabeça. Agora, idiota.

Toby acenou com a cabeça em direção a seu agente.

— Está vendo?

Como estavam sem líder e em número drasticamente menor, os homens acabaram obedecendo, carrancudos, a autoridade inequívoca do recém-chegado. Os agentes de Toby guardaram as armas e algemaram os grandalhões contratados.

Toby se aproximou de Kate e murmurou:

— Sinto muito, não consegui chegar aqui antes.

Kate deu um sorriso que se misturou a uma careta de dor.

— Você fez valer a espera.

Um Kes parcialmente recuperado se juntou a eles e disse, meio tonto:

— É um prazer ver você, Tobias. Marsden, por que você não usou a sala secreta?

— A Tassy não me deixou.

Aquilo fez todo o sentido para Kes.

— Ah, Deus, sim. Todos temos medo de Tassy.

De repente eles ouviram uma voz das primeiras filas de assentos:

— Ele está armado!

Kate se virou e viu um Petrov recuperado, de pé, bem ao lado dela. Ele segurava uma pistola na mão do braço não quebrado e apontava para a cabeça dela.

— Essas pessoas querem contar mentiras sobre mim a vocês! — gritou ele para o escuro, em uma voz rouca. Mas são *fake news*, meus amigos. Qualquer coisa que lerem nos jornais judeus deles...

Ele não teve tempo de continuar. Sem nem parar para pensar, Kate jogou o corpo para trás e deu um chute no pulso de Petrov que fez a arma girar alto, até o urdimento. Ela endireitou o corpo e desferiu um golpe poderoso na lateral do pescoço dele. Em um movimento fluido, Toby pegou a arma e soltou o pente no palco. Petrov desabou no chão. Toby enfiou a arma agora segura na parte de trás do cinto e se ajoelhou ao lado do russo inconsciente.

— Esse idiota precisa de uma ambulância — murmurou para um de seus agentes.

Kes estava ciente das excelentes qualidades acústicas de seu teatro e que o comentário de Toby teria sido audível do fundo das cabines. Ainda meio zonzo e com a barba grisalha pendurada de um lado do queixo, ele decidiu incorporar a frase em algum tipo de conclusão.

— Esse idiota precisa de uma ambulância — repetiu ele com uma inflexão solene, enquanto cambaleava ligeiramente. — E sim...

> Nossa diversão chegou ao fim. Esses nossos atores,
> Como lhe antecipei, eram todos espíritos e
> Dissolveram-se no ar, em pleno ar:
> E, tal qual a construção infundada dessa visão,
> As torres, cujos topos deixam-se cobrir pelas nuvens, e
> os palácios, maravilhosos,
> E os templos solenes, e o próprio Globo, grandioso,
> E também todos os que nele aqui estão,
> E todos os que o receberam como herança se
> esvanecerão
> E, assim como se foi terminando e desaparecendo essa
> apresentação insubstancial,
> Nada deixará para trás um sinal, um vestígio. Nós
> somos esta matéria
> De que se fabricam os sonhos, e nossas vidas pequenas
> Têm por acabamento o sono.[4]

Kes chamou a atenção do colega responsável pela iluminação, que apagou suavemente as luzes.

O público aproveitou o convite formal para encerrar aquele espetáculo extraordinário e explodiu em aplausos.

---

[4] *A tempestade*, William Shakespeare, ed. L&PM Pocket 2013, tradução de Beatriz Viégas-Faria (N. da T.)

Quando as luzes voltaram a acender, o volume dos aplausos dobrou quando a audiência viu a mulher baixa e destruidora que interpretara a Carateca Profissional e o arrojado escocês que fizera o papel do Agente do Serviço de Segurança em um abraço apaixonado. Kes pegou a mão de Ariel, seu marido, e reuniu o restante do elenco na frente do palco, em uma formação irregular. Miranda e Ferdinand interromperam o abraço de Kate e Toby para levá-los para o meio da fila. Kate e Toby deram as mãos e riram do óbvio constrangimento um do outro.

Mas não havia outro jeito: eles fizeram uma reverência.

Capítulo 24

Kate pousou a bolsa de gelo e tomou um gole de chá.
— O que vai acontecer com Petrov?
— É melhor você deixar isso no seu olho.
— Estou bem.

Toby fitou-a por um segundo e serviu um pouco de leite na própria xícara. E falou baixinho, embora estivessem no escritório dele. Seu tom lembrava o modo de falar gentil de um médico. Kate apreciou aquela suavidade depois de toda a violência e não pôde deixar de pensar no caminho que Luke quase havia tomado.

Outro médico frustrado.

Eles estavam sentados em sofás opostos, diante de uma mesa baixa de vidro, em uma das extremidades da sala confortável.

— Um brinde ao Petrov — propôs Toby. — O pessoal do Ministério Público vai ficar furioso com a arma escondida. Vamos deixar o resto da verdade vir à tona quando for conveniente.

— E quanto ao Charles?

— Gostei da sua ideia de dois milhões para instituições de caridade. Incluí mais um milhão por conta do que ele disse sobre o Luke. Em troca, vou mantê-lo onde está. Tenho a sensação de que ele será extremamente útil.

Kate ficou ligeiramente assustada ao ver Toby em sua versão ameaçadora, apesar da forma gentil com que ele falava. Ao mesmo tempo, ficou satisfeita com o fato de Charles estar sendo chantageado, mas também protegido pelo MI5 pelo resto da vida, o que era um resultado excelente para um idiota tão perigoso.

Eles tinham sido levados embora do teatro pelo jovem assistente de Toby, Leo. Toby havia dado ordens por telefone, o tempo todo de mãos dadas com Kate. Ela havia apreciado o calor da mão dele, especialmente quando começou a ser dominada por alguns tremores pós-traumáticos.

Uma pequena equipe médica do St. Thomas's, do outro lado do rio, estava esperando quando a van de janela escura passou pelo portão eletrônico nos fundos do Thames House. Kate havia recebido alguns pontos na testa e uma dose generosa de analgésico, que estavam fazendo um bom trabalho em deixar o corpo dela deliciosamente entorpecido. Mas o dia ainda não havia acabado e Kate se esforçou para se manter atenta.

— E o arquivo? — perguntou.

— Kate, não temos que fazer isso agora.

— Estou bem. Continue.

Toby fitou-a com uma seriedade fora do comum. Kate não tinha certeza se ele estava se dando conta de quanto a admirava ou apenas avaliando-a para checar alguma possibilidade de estresse pós-traumático. Fosse como fosse, ele voltou a pousar a xícara no pires.

— Nossos amigos em Moscou sabem que estamos com a gravação da Fiona Moncrief e com a pessoa responsável por ela... isso vai acalmá-los por algum tempo. Não podemos impedi-los de assassinar todos de quem não gostam, mas eles não vão fazer isso de novo por aqui tão cedo.

Kate assentiu e tomou outro gole de chá.

Ela olhou para o outro lado da sala, onde ficava a mesa dele e a magnífica vista do Tâmisa.

— Você esteve bem ocupado todo esse tempo, não? — comentou calmamente.

Toby se inclinou para a frente e abaixou os olhos timidamente para as palmas das mãos, esfregando-as lentamente.

— Eu não podia te contar, Kate.

— Eu sei.

— Eles nos deixam contar para os nossos pais. E para o cônjuge, se você tiver um. Mas nos comprometemos com esse negócio sabendo que vamos passar o resto da vida mentindo para os nossos amigos.

— Deve ser difícil.

Toby ergueu os olhos para ver se havia ironia na declaração, mas viu que não. Desarmado, disse:

— É muito legal da sua parte dizer isso. Sir Steve teria sido menos indulgente. Para dizer o mínimo, não devemos andar por espaços públicos brandindo armas.

Kate estava pegando a xícara de chá, mas parou no meio do caminho quando seus dedos encontraram a asa quente.

— Sir Steve? — disse em um fiapo de voz.

Toby ficou alarmado com a reação dela.

— Ah, Deus, estou fazendo tudo ao contrário. Desculpa, Kate. — Ele se levantou e foi até o computador, resmungando zangado para si mesmo: — Uma vaga aparência de competência seria bom.

— Sir Steve — repetiu Kate, quase para si mesma.

— Sim. Eu deveria ter te contado isso primeiro. — De repente, Toby pareceu cheio de energia e se inclinou por cima da mesa enquanto uma impressora a laser ao seu lado ganhava vida. — Erro meu! — Ele gritou para ela. — Não tenho que me revelar, por assim dizer, com muita frequência. A última vez foi quando eu estava morando com o Kes, em 1998, e ele ficou muito bom em me seguir até o trabalho. — Toby pegou uma folha A4 da impressora e voltou para perto de Kate. — Ele era um ator desempregado, sem nada melhor para fazer. Consegui que ele assinasse a Lei dos Segredos Oficiais. As pessoas tendem a levar isso muito a sério, até o Kes. — Por um segundo, ele fez menção de se sentar ao lado dela no sofá, mas então pareceu pensar melhor e voltou a se acomodar na poltrona em frente. Toby colocou a folha voltada para baixo, em cima da mesa de vidro. — Muito bem, então — falou. — Me diz o que você sabe sobre Sir Steve.

Kate estava visivelmente irritada. Toby estava tratando aquilo como algum tipo de jogo ligeiramente disfuncional. Ela ficou só encarando-o por cinco segundos, esperando que o entusiasmo de cachorrinho animado desaparecesse de seu rosto. Foi o que aconteceu.

— Sir Steve — disse ela por fim — é um nome que conheço desde a minha infância.

— Certo — respondeu Toby timidamente, acalmando-se e aparentemente se lembrando de que a pessoa à sua frente havia hospitalizado quatro homens recentemente. Ele começou a se servir de mais chá, mas a xícara já estava cheia, por isso voltou a soltar o bule.

— Meu pai costumava pescar com Sir Steve. — falou Kate pausadamente.

— Sim, de fato. Nas lagoas em Clapham Common.

— Então, suponho que a minha pergunta seja... QUE MERDA ESTAVA REALMENTE ACONTECENDO ALI?

— Desculpa, sim. Deixa eu tentar colocar isso em uma ordem sensata. Sir Stephen Bellingham era meu superior imediato aqui. Infelizmente, não está mais conosco. Ele ficou amigo de Bill no início dos anos 1980... por meio, como você diz, da pesca. Quase todas as manhãs de domingo, se não me engano.

— Todo domingo de manhã.

— Isso.

— Mas nós nunca o conhecemos. A minha mãe ficava furiosa porque o papai nunca o convidava para nos visitar. Imagine a Madeleine recebendo um verdadeiro Cavaleiro da Ordem do Império Britânico. Começamos a achar que ele não existia.

— Não, ele era muito real. E foi meu antecessor nesse trabalho.

Toby pegou um par de óculos de leitura e começou a limpar as lentes.

Kate analisou o que ele acabara de dizer.

— Na sua porta está escrito "Diretor".

— Há vários diretores... Nós somos responsáveis por coisas diferentes.

— Do que você é encarregado?

Toby colocou os óculos e olhou para Kate.

— Recrutamento.

Kate começou a balançar a cabeça lentamente, sem saber se caía na gargalhada ou só virava a mesa na cara de Toby. Ele se apressou em continuar:

— Seu pai não era um de nós, Kate. Ele não levava uma vida dupla e duvido que alguma vez tenha tido necessidade de mentir para vocês.

Kate fez um gesto lento com a mão machucada para que ele continuasse.

— Mas...?

— Mas... quando ele e Stephen se tornaram amigos, seu pai teve permissão para saber o que Stephen fazia para viver. E eles começaram a conversar sobre os motoristas de táxi londrinos.

A primeira sombra de um sorriso apareceu nos lábios de Kate. Algo estava se encaixando. E em vez de se sentir emboscada ou enganada, ela começou a compreender aquela nova versão de Bill com uma onda de orgulho. Havia algo inevitável naquilo.

— O início dos anos 1980 — disse ela. — A Frente Nacional nas ruas. A Militant Tendency devorando o Partido Trabalhista por dentro. Perigo à direita, perigo à esquerda.

— Foi assim que os dois encararam a situação, de seus respectivos lados da cerca. Stephen era o que se costuma chamar de um "conservador mais brando". Bill, como você sabe, era socialista, mas não tinha paciência para os batedores de cabeça bolcheviques. Sem ofensa.

Kate levou a mão automaticamente aos pontos na testa.

— Não me ofendi.

— Entre eles, os dois organizaram o que, pelo que eu soube, muitas pessoas por aqui, na época, consideraram um projeto um tanto estranho. Mas tem sido útil. Um pequeno grupo de taxistas de Londres cuidadosamente avaliados, com a mente aberta, mas sem serem extremistas, recebem um pequeno valor para manter olhos e ouvidos atentos, por exemplo, quando estão por perto das embaixadas da China e da Rússia. Onde o pessoal de lá vai tomar uma bebida e relaxar. Sobre o que conversam no final da noite. Esses motoristas são discretamente treinados em relação ao que procurar e no que podem ser úteis. Recebem informações sobre certas partes do kit para ação coordenada. São oficialmente conhecidos como HPS-156. — Ele virou o pedaço de papel que estava à sua frente e empurrou-o na direção de Kate. — Mas eles se autodenominam a Brigada do Bill.

Kate pegou a folha com cautela. A primeira coisa que viu foi a foto que Toby copiou com o celular na cozinha de 10.000 dias: a foto de Kate de nove anos com o pai, no táxi dele, os dois levantando os polegares. Em segundo lugar, ela reconheceu a placa do táxi roubado e um código que permitiria aos destinatários rastrearem a sua localização. E, por último, uma mensagem: "A FILHA DE BILL MARSDEN ESTÁ SENDO PERSEGUIDA POR ELEMENTOS HOSTIS — AJUDEM-NA A ENCONTRAR O CAMINHO DE CASA — RENDEZ-VOUS 19." Kate olhou para Toby.

— Você mandou isso para eles?

— Sim.

— Para o ponto de táxi na Bracewell Street?

— Sim.

— Não *há* ponto de táxi na Bracewell Street.

— Fiquei surpreso por você não ter notado isso na hora.

— Eu estava um pouco ocupada.

— É justo. Não, geralmente não há ponto de táxi lá.

— Você conseguiu reunir seus dez táxis em um lugar só em questão de cinco minutos?

— Não, eu coloquei os dez táxis *mais próximos* para fazerem isso.

— Quantos trabalham para você?

— Atualmente? Pouco mais de novecentos.

Kate se levantou e bateu palmas em uma mistura quase histérica de prazer e indignação.

— Você está me SACANEANDO?!

— Não.

Ela começou a andar pela sala, olhando de vez em quando para Toby. Ele continuou sentado e voltou a pegar o chá.

Kate se virou e disse:

— Está me dizendo que você... não, espera... que o meu PAI e o seu chefe começaram um esquema que agora permite que você tenha NOVECENTOS taxistas de Londres espionando cidadãos comuns?!

— Cidadãos estrangeiros. Diplomatas e coisas assim.

— Políticos britânicos com os quais vocês não vão muito com a cara?

— Não.

— Verdes?

— Absolutamente não.

— O Extinction Rebellion?

— Kate, se eu não trabalhasse aqui, provavelmente me juntaria a eles.

Apesar do seu recente encontro com o jovem Toby de trança e rabo de cavalo, Kate ergueu uma sobrancelha ao ouvir aquilo.

— Mas você *trabalha* aqui.

Toby encolheu os ombros

— Eles podem fazer o que quiserem, contanto que ninguém se machuque.

Kate se lembrou de que estava, basicamente, falando com um policial chique. Ela se deu um momento para se recompor e caminhou devagar até a janela. Um barco turístico avançava lentamente rio acima. Ela se lembrou da foto com pai e de como Toby tinha falado afetuosamente dele; e também da óbvia admiração do pai por Toby. E sentiu quando ele também se aproximou da janela.

— Ele recrutou você, não foi? — disse Kate. — O meu pai. Ele é a razão de você estar aqui.

Toby acompanhou o olhar dela e ficou observando o mesmo barco.

— Sim.

Kate riu para si mesma e disse:

— Houve uma conversa de que o papai estaria "descartando", ou o que quer que os pescadores amadores façam, e ele teria dito — naquele momento, Kate fez uma boa imitação do pai — "A propósito, Steve. Como você sabe, a minha Kate está terminando a universidade em York e ela é amiga de um jovem chamado Toby. Ele gosta do serviço público e acho que tem a cabeça no lugar. O que você acha? Devo mandá-lo para você?".

Toby respondeu em um sotaque britânico empostado, cheio de vigor.

— "Meu Deus, Bill! Por que não me falou antes? Deixe o rapaz concluir os exames para o serviço público e vou dar uma olhada nele. Supondo que não seja um incompetente, então poderíamos..."

Kate o interrompeu.

— "Ah, ele não é nada incompetente, Steve. É um rapaz muito inteligente."

— "Há algum relacionamento *romântico* entre ele e a sua filha, Bill? Esse Toby parece maravilhoso, além de muito bonito."

Kate amou o desplante dele. E respondeu:

— "Ora, quem sou eu para dizer, Sir Steve? Mas, sim, eu diria que ele é um rapaz bonito."

— "Ela deveria se pegar com ele imediatamente. É assim que os jovens dizem? Pegar?"

Kate riu.

— "A jovem Kate tem opiniões muito firmes sobre quem ela deve ou não pegar. Toby talvez esteja fora de cogitação, apesar de suas muitas qualidades."

— "Que pena."

Kate percebeu que Toby havia introduzido um tom mais sério à brincadeira. E seguiu a deixa.

— "A questão é" — disse ela — "que ela ama esse outro rapaz. Luke é o nome dele."

Outra pausa. A voz de Toby se suavizou.

— "Fale-me sobre esse Luke."

— "Parece muito interessado na vida amorosa de minha filha, Sir Steve."

— "Sou um estudioso da natureza humana."

Kate manteve os olhos no barco enquanto ele seguia a curva do rio e desaparecia de vista. Sua própria voz se fundiu com a de Bill, agora.

— Ele tem o coração no lugar certo, o nosso Luke. Mas é um pouco sonhador, se quer saber a minha opinião. De qualquer forma... eles parecem resolvidos.

Houve uma pausa, então Toby voltou a falar, também com a própria voz.

— Tenho certeza de que eles serão felizes.

— Eles foram — disse Kate com simplicidade. E se virou para ele. — Mas as coisas mudam. E a vida continua. Só podemos nos apaixonar pela primeira vez uma vez. Isso não significa que não possa acontecer novamente.

Toby procurou os olhos dela, com uma expressão desarmada.

— Mas essa conversa não aconteceu.

— Aconteceu, sim. Agora mesmo.

Ela o puxou para si e o beijou. Ele pousou a mão com carinho no lado do rosto dela livre de hematomas, o mesmo lado de quando estavam parados no meio da pista de dança da Blossom. Kate estava apenas um beijo à frente dele: e o beijo de agora parecia o primeiro.

Ela não tinha ideia do que aconteceria a seguir. Melhor ainda, não sabia o que *deveria* acontecer a seguir. Kate deixou as possibilidades passarem diante de seus olhos, cada uma com seu próprio potencial. Então parou e olhou para a tela do computador de Toby.

— Só uma coisa — sussurrou ela.

— O quê?

— Quando eu desci as escadas e atravessei aquele arco cinza na recepção...

— O detector de metais?

— Aquilo...? Ah, certo. Não é um daqueles scanners de raios x em que você pode ver as pessoas nuas, certo?

— Não. Você está pensando no aeroporto de Heathrow. Nós somos espiões, não pervertidos.

— Que bom.

— De qualquer forma, eu não teria olhado.

Kate sorriu ao pensar no cavalheirismo esquisito dele no quarto de Amy enquanto ela vestia o jeans.

— Eu sei que não. — Ela adotou uma expressão muito solene, como se estivesse prestes a dizer algo profundamente significativo. — Eu só não gostaria que a sua primeira visão dos meus seios nus fosse com eles todos espremidos nesse sutiã. Imagino que pareçam esquisitos.

Aquela observação deixou Toby encantado em cerca de dezesseis níveis, mas ele manteve a compostura.

— Então existe... alguma probabilidade de eu ver seus seios não espremidos em um futuro próximo?

Kate o cutucou nas costelas.

— Ah, Sr. Darcy! Agora é que pergunta! — Ele riu quando ela colocou as mãos atrás do corpo e recuou alguns passos.

— Ora, o senhor certamente teria que me convidar para um encontro adequado.

— Com prazer. Café? Almoço? Jantar e um filme?

A mente de Kate estava desabrochando.

— Me leva pra dançar — falou.

Epílogo
Nove meses depois

— Marsden! Você comeu toda a batata chips!
— Você está sentado nelas.

Kes mudou de lado no sofá velho e surrado e pegou um saco de batatas chips pela metade.

— Ah, sim. Boa e quente agora. Perfeita.

A pequena reunião à tarde, no porão da livraria de Danielle, estava terminando. Danielle e sua parceira Betty dariam uma festa de aposentadoria decente naquela noite, no andar de cima, para a qual tinham sido convidados tantos clientes regulares quantos pudessem ser espremidos com segurança na loja, além de alguns autores locais. A presença de celebridades nunca fez mal à loja, e Danielle havia pedido que lessem um trecho de seu último trabalho, na esperança de que tivessem o bom senso de recusar. Foi o que todos fizeram, com exceção de uma estrela do YouTube que tinha se tornado escritora infantil.

— A pobre coitada vai ler um trecho do livro pela primeira vez em público — disse Danielle. — Vamos torcer para que seu ghost-writer não tenha subitamente se ramificado em palavras com mais de duas sílabas.

— Algumas pessoas poderiam chamar você de uma esnobe terrível — brincou Kate.

— Mas você não chamaria.

— Não. Acho que você é exatamente o tipo certo de esnobe.

— Então a loja está em boas mãos.

Danielle havia dado a livraria para Kate.

Era um negócio de família, mas Danielle ficou sem família. Nos últimos nove meses, Kate tinha passado cada vez mais tempo ajudando ali, já que a artrite de Betty havia começado a causar um sério impacto na sua capacidade de empurrar e levantar, ações essenciais para os envolvidos com a tecnologia de grandes quantidades de papel colado. Ali no porão, a pré-festa era tanto para Kate quanto para as livreiras que se aposentavam. A declaração da herança no testamento de Danielle já estava em andamento: Kate era a nova administradora da Northcote Books.

Toby tinha vendido o próprio apartamento e se mudado para a casa dela. Os dois estavam no meio de uma longa lua de mel doméstica de sexo fantástico e brigas semi-histéricas sobre a melhor maneira de fazer ovos mexidos. Como Kate havia previsto, era quase irritantemente fácil conviver com Toby. Ele era autossuficiente, mas ainda jovem o bastante para redescobrir a coabitação como um prazer. Mais alguns anos morando sozinho e Toby poderia facilmente ter se tornado o Solteiro Inveterado, com todos os horários neuróticos usuais e o hábito de passar roupa nu. Kate sabia que havia se arriscado a tomar um rumo semelhante, apesar de ter recuperado a saúde e do fato de que agora conseguia sentir saudade de Luke sem reviver a sua ausência como uma presença. Ao menos na maior parte dos dias. Às vezes, ele ainda surgia em uma canção, ou em um pêssego, ou na previsão do tempo — mas aquela era outra coabitação bem-vinda: Kate estava fazendo as pazes com o presente.

No almoxarifado do porão, Kes terminou as batatas chips em duas bocadas enormes, enquanto seu marido, Josh, colocava o chapéu na cabeça e dizia:
— Vamos, meu bem, não queremos ser os últimos a sair de novo.
Kes arrotou suavemente e se levantou.
— Meu bem, você sabe perfeitamente que quando sai de uma sala, a festa morre de qualquer maneira.
Josh tinha a energia de um jovem ator de acanhamento estudado, e revirou os olhos sem discutir.
Kes voltou a falar:
— Muito bem, então. Mocktails no Ritz! Quem vem? Toby?
Toby continuou sentado em uma caixa de madeira virada para cima e deu de ombros, se desculpando.
— A proposta parece tranquilizadoramente cara, mas vou ficar para o evento principal.
Danielle começou a recolher os copos de papel.
— Você não precisa ficar, Toby querido. Já é ruim o bastante que Kate tenha que ficar para assistir aos fósseis antigos sendo enterrados por Dama Lip Gloss do PorraTube... você deveria ir e se divertir.
Toby terminou o Prosecco e deu um sorriso complacente.
— Vou ficar com os meus companheiros de nave.
Kate se inclinou, puxou os ombros dele para trás e sussurrou:
— Nesse caso, Sr. Spock, suba e ajude a Betty com as cadeiras.

— Pode deixar. Certamente. — Toby se levantou, se virou para ela e passou os braços ao redor da sua cintura. — Mas acho que você deveria saber que, se achou que eu estava citando Spock em *A volta para casa*, então era o "Capitão" Spock. Não o "Sr." Spock.

— Meu Deus — comentou Kes. — É um casal formado em um programa geek.

Kate beijou seu amante espião geek.

— Vamos, Josh! — continuou Kes. — Há menos de cinco minutos estávamos cercados por lésbicas! — Ele passou um braço ao redor de Danielle, que franziu os lábios e estendeu a mão para endireitar o chapéu. — Mas agora Toby e Kate estão reafirmando violentamente a ortodoxia. Isso mexe comigo e não devemos nos posicionar em relação a...

— Para de falar merda, meu bem. Vamos embora.

— Muito bem, Joshua. Só estou tentando manter padrões elevados.

Josh deu um sorriso de despedida para todos e seguiu na frente, escada acima. Kes o seguiu, andando de costas e tocando a ponta do chapéu.

— Já que estou literalmente ao pé da escada, não vou dar chance ao *l'esprit de l'escalier* e direi apenas: vejo vocês em breve, seus cretinos adoráveis.

Toby esperou até que já não pudessem mais ouvi-los e perguntou:

— Mais seis meses ou trinta anos?

Kate deu uma cotovelada nele.

— Você é uma velha fofoqueira! Mas sim... com eles obviamente vai ser oito ou oitenta. Eu diria que trinta anos, desde que Kes permaneça sóbrio e seja capaz de manter uma ereção viável.

Danielle estava folheando inocentemente uma lista de entrega do estoque.

— Uma ereção de trinta anos — disse ela. — Prepare-se, Toby. Não pode dizer que não foi avisado do que se espera de você.

Toby enrubesceu de verdade e murmurou:

— Certo, bem, não tenho certeza se há muito que eu possa acrescentar a essa conversa, portanto vou ajudar lá em cima.

— Até mais, namorado!

Toby deu um aceno cortês para Danielle e subiu as escadas. No caminho, deu uma palmada firme no traseiro de Kate.

Kate e Danielle franziram o cenho e trocaram um sorriso. Danielle voltou os olhos novamente para a lista, mas disse baixinho:

— Vocês dois são maravilhosos.

Kate não pôde deixar de perguntar:

— Mais maravilhoso do que da última vez?

O olhar de Danielle ficou desfocado, como se ela estivesse olhando para o chão através da lista. Aquela era a primeira vez que Kate se referia a Luke de forma indireta, desde seu discurso horrível tantos meses antes. Ela disse com cuidado:

— Diferentemente maravilhoso.

Kate se aproximou e tocou o braço da mulher mais velha, um gesto que imediatamente se transformou em um abraço caloroso. Danielle a segurou com força e depois se afastou, mantendo as mãos nos ombros da amiga e sorrindo para ela.

— Olhe para você — disse. Depois de um momento, acrescentou: — Obrigada por cuidar desse velho lugar.

— É uma honra.

— Mas você nem sempre quis administrar uma livraria.

— Não, eu queria derrotar o Esqueleto. Mas você também nem sempre quis administrar uma livraria, e parece ter feito um trabalho muito bom.

— Muito bom! Vou considerar isso como um grande elogio. — Danielle espanou uma poeira inexistente do ombro de Kate. — Eu me lembro de você dizer que eu tinha acabado no varejo por acidente, que na verdade era uma professora nata. Gostei muito disso.

— Todos os livreiros são professores.

— Rá! Idealismo! — Danielle se afastou, satisfeita, e pegou a prancheta. — Lidar com o público rapidamente arranca isso de você.

— Ai, meu Deus.

— Basta tentar amá-los. Não é difícil... eles são você.

— E se eu não me amar particularmente?

— Quando se trata de respeito próprio... finja até conseguir!

Kate piscou e abaixou os olhos para os tênis que usava.

Danielle suspirou.

— Muito bem. Ora de subir e encarar as cadeiras e os *vol-au-vents*. Certifique-se de que a entrega seja confirmada, tá bem? — Ela empurrou a prancheta para Kate. — É uma parte tão chata do trabalho que não posso acreditar que não lhe passei isso logo.

— Sim, madame.

— Aah, eu poderia me acostumar com isso. — Danielle começou a subir as escadas. — Betty! A Kate acabou de me chamar de "madame"! Sugiro fortemente que você siga o exemplo dela.

Elas ouviram uma voz rouca, com sotaque canadense, do andar de cima da loja.

— Vá sonhando, querida! Vá sonhando.

Kate sorriu e olhou para a lista de entrega. Ela decidiu que seria mais divertido começar com o estoque e depois dar baixa na lista, imaginando que seria como abrir presentes e depois fazer bilhetes de agradecimento. Ela pegou um canivete e puxou a caixa de papelão mais próxima mais para perto.

Foi assim que Kate decidiu que faria sua parte. Tentaria ajudar as pessoas a compreenderem umas às outras na forma de mentiras. Quando se tratava de ficção, o contrato era complicado, mas estável. O romancista diz: "Nada disso aconteceu, mas isso é o que eu acho que é verdade." E o leitor diz: "Tá certo, embuste... me diz o que você acha que é verdade. Mas eu quero acreditar que *realmente* aconteceu, pelo menos por algum tempo. Então, sabe como é... boa sorte." O sucesso da empresa variava, mas autor e leitor entravam naquilo de boa-fé. Aquela era a única maneira de funcionar — com uma inocência combinada.

Ela cortou as duas extremidades da caixa e passou a lâmina levemente pelo centro. As abas de papelão que se abriram revelaram a camada superior de livros: seis cópias de...

Kate largou o canivete e cambaleou para trás, esbarrando nas prateleiras opostas e fazendo com que uma avalanche de cartões de felicitações caísse na sua cabeça. Avançando cautelosamente, ela olhou para as capas dos livros antes de tirar um deles da caixa, com cautela.

Era um livro de capa dura padrão, com uma sobrecapa colorida onde se via uma jovem não identificada — uma atriz ou modelo desconhecida, de vinte e poucos anos. Ela estava com o olhar perdido e uma expressão distraída, e uma brisa soprava seus cabelos castanho-escuros para o lado, obscurecendo parcialmente os olhos azuis assombrados. Mas não foi a imagem da moça que fez o coração de Kate bater tão forte que podia ser ouvido da lua. Foram o título do livro e o nome do autor.

A garota do futuro
do Dr. Luke Fairbright

Ela abriu o livro e leu a sinopse.

É estranho ter vivido uma história impossível...

Nesse surpreendente e original livro de memórias, o Dr. Luke Fairbright conta sobre a sua invenção da Terapia por Imagens de Fótons e como ela foi inspirada em uma mulher misteriosa que ele conheceu quando era estudante em uma universidade inglesa.

Eu perco o equilíbrio no topo da escada. Ela estende a mão para me salvar, mas já estou caindo, caindo...

Fairbright compartilha pela primeira vez a história de como o desaparecimento inexplicável da Garota do Futuro o levou a uma carreira em pesquisa médica nos Estados Unidos e a um tratamento revolucionário de câncer que salvaria a vida de milhões...

Kate abriu rapidamente a quarta capa. Ali, na orelha do livro, estava uma foto do autor com o que parecia ser a família dele. Luke estava na casa dos quarenta anos, mas com todos os sinais da aparência da classe média norte-americana: dentes muito brancos iluminando seu sorriso confiante; um bronzeado profundo e cabelos cheios e grisalhos. Ele estava com o braço ao redor de uma mulher de aparência elegante, quase da mesma idade, os cabelos loiros desalinhados em um corte chanel sensato, enquanto ela jogava a cabeça para trás, para rir de algo aparentemente hilário. Entre eles, estavam três crianças absurdamente fotogênicas — dois meninos e uma menina mais nova — também capturadas em uma alegria quase histérica. Deve ter sido uma sessão de fotos exaustiva. Kate leu a legenda: "O Dr. Luke relaxando no rancho com a esposa, Anne, e os filhos — Richard, Rodney e Katherine."

Kate ficou olhando para a fotografia.

Ai, meu Deus. Você realmente encontrou uma Anne, não é? Não apenas loira, mas que deixou você batizar seus filhos com o nome do seu pai, do seu peixinho dourado e com o meu nome.

Kate largou o livro e pegou o celular. Ela digitou o nome de Luke no Safari e lá estava ele — três imagens e outros seis links na primeira página. Ela clicou no link da Wikipedia.

O Dr. Luke Fairbright <u>FRS MD PhD</u> (nascido em 20 de outubro de 1972) é um conhecido <u>neuro-oncologista</u>. Ele é presidente do Departamento de Neuro-Radiação no <u>Barrow Neurological Institute</u>, em Phoenix, no Arizona...

Kate rolou a tela para baixo até "Juventude":

Fairbright nasceu em Salisbury, na Inglaterra. Ele é filho de Barbara Jane Fairbright (nascida Walters; 1946-) e de Richard Maddox Fairbright (1943-), um clínico geral que atuava em Salisbury, na Inglaterra...

As fotos não deixavam muito espaço para dúvidas de que era o mesmo Luke, mas os detalhes do seu passado confirmavam aquilo além de qualquer dúvida. Kate clicou impacientemente em "Trabalho recente":

> *Na primavera de 2020, Fairbright publicou* <u>A garota do futuro</u>*, um livro de memórias de sua infância e um relato do desenvolvimento de seu trabalho pioneiro em* <u>Terapia por Imagens de Fótons</u>*. O livro foi muito bem recebido pela crítica e entrou na lista de best-sellers de não ficção do New York Times, em quarto lugar. É um livro notável pela forma como Fairbright estrutura a história em torno do seu encontro com uma jovem — a quem dá o pseudônimo de "Jess Larsden" — e do súbito desaparecimento dela.*

Apesar do estado de choque em que se encontrava, Kate bufou. Jessica Zed estava viva e bem, mas Luke não pôde deixar de fazer seu segundo nome rimar com o verdadeiro.

> *Ele descreve um encontro na primeira noite de seu semestre de calouro na Universidade de York, na Inglaterra, em 1992. Fairbright relata conversas com Jess Larsden naquela noite e conta como ela alegou não apenas ser do futuro, mas de um futuro onde era a viúva ainda em luto de Fairbright. Sua insistência de que o cérebro de Fairbright estava abrigando um* <u>meningioma</u> *(ver:* <u>tumor cerebral</u>*) levou os dois a uma altercação que resultou na queda de Fairbright de um lance de escada em uma discoteca frequentada por universitários.*

Kate suspirou com a inevitabilidade de que um dos documentos mais importantes que ela já tinha lido tivesse que ser escrito por um geek do Wiki-geek pomposo, que usava termos como "altercação" e "discoteca". Ela continuou a ler.

Uma <u>ressonância magnética</u> subsequente confirmou a existência do <u>tumor</u>. Fairbright atribui sua memória de Jess Larsden a um <u>estado de fuga</u> retroativo, causado pelo ferimento em seu cérebro na queda da escada.

Kate deixou o celular de lado e pegou o livro. Ela se sentou na caixa virada, recentemente desocupada por Toby e abriu o volume no início.

Introdução

É estranho ter vivido uma história impossível. Mas gosto de histórias. Acredite ou não, eu queria ser escritor. Já havia me acostumado com a ideia quando cheguei à faculdade. Olhando para trás, acho que muito do que eu produzia não era nada bom — rabiscos juvenis que carregavam muito das minhas "influências" adolescentes. Era esse o meu objetivo quando me matriculei no curso de Literatura Inglesa. A propósito, eu sou da Inglaterra. Meu sotaque não é muito perceptível quando vou a programas de entrevista. Às vezes, o apresentador pede para eu falar com o meu sotaque nativo e o público gosta. É gentil da parte deles, mas vou ser sincero — hoje em dia a Inglaterra é apenas uma lembrança. Phoenix, no Arizona, é o meu lar há vinte e oito anos e eu sou cidadão americano há vinte e cinco. Gosto do sol. Você já esteve em Salisbury? É lindo, mas chove. Muito.

Então, vou lhe contar uma história. Enquanto estava em casa escrevendo esse livro, quando Anne me trazia um café ou a pequena Kate entrava e exigia que o papai amarrasse a fita no seu cabelo, tive noção de que a minha história é literalmente inacreditável. A menos que você acredite em Deus, e eu não acredito. Ou a menos que você entenda a Teoria Quântica, o que ninguém entende.

Leitor, você deve conhecer as partes mais fáceis — as coisas que já são de conhecimento público. Trabalhei por muito tempo com colegas da Barrow para desenvolver um novo tratamento para o câncer. A melhor maneira que posso descrever é que é uma maneira de obter fótons... tirar uma foto. Mas uma foto ativa. Sabe aquela velha ideia que temos sobre os nativos americanos? Que costumavam acreditar que tirar uma foto de alguém arrancava uma parte da sua alma? Bem, a Terapia por Imagens de Fótons é mais ou menos assim, mas benigna. Ao gravar a imagem, ela é alterada. Para ser mais específico, digamos que um tumor cancerígeno seja exposto à luz em lugares que o tumor não quer ser iluminado. Isso causa problemas para o tumor. Grandes problemas. Desde que a técnica começou a ser implantada, em 2012, existem várias estimativas sobre seu impacto no tratamento de doenças malignas do cérebro e seu potencial para outras partes da anatomia humana. Mas permita-me ser um inglês novamente por um segundo e escolher a avaliação mais modesta (eu não sou realmente modesto! Estou empolgadíssimo com o que conseguimos!). O Relatório da ONU sobre Avanços Médicos Globais de 2019 estimou que a T.I.P. salvou pelo menos três milhões de vidas. E há muito mais por vir...

Kate fez uma pausa. O relato da ciência estava muito bom, mas a *reexistência* de Luke era outra questão. O cérebro dela

— talentoso, mas essencialmente primata — estava fazendo o melhor possível para acompanhar as possibilidades 4D. Ela ficou repentinamente irritada por nunca ter se interessado por física quântica e culpou, em particular, os dramaturgos da década de 1990 por falarem constantemente sobre o assunto e minarem o seu interesse.

Mas tudo bem. Ali estava um Luke paralelo — o que totalizava pelo menos dois Lukes no total. Havia aquele que ela conhecera primeiro, a quem amara e com quem se casara. Aquele Luke tinha morrido. Ótimo. Não era ótimo, mas... era um fato. Ela estava administrando aquilo.

Mas agora havia outro Luke que estava por perto porque a viagem involuntária e absurda que ela fizera até 1992 havia provocado uma ruptura. Mais ninguém se lembrava daquilo — da segunda aparição em 1992 —, nem Toby, nem Kes, nem Amy, ou o resto do mundo. Para eles, ela poderia muito bem ter sonhado com tudo aquilo. Ela também havia começado a acreditar naquilo — era mais fácil assim.

Mas Luke havia se lembrado. *Aquele* Luke se lembrava tão bem do encontro com ela que mudara a vida dele. E ele, por sua vez, havia mudado a vida de muitos, muitos outros. Do ponto de vista dele, *ela* era o sonho. Kate continuou a ler: O Luke americano tinha um charme informal, mas estava demorando — ela pulou para o final da introdução...

... Em última análise, essa é a parte mais difícil — a parte em que você seria louco de acreditar. Sei uma ou duas coisas sobre o funcionamento do cérebro humano e tenho colegas que sabem muito mais. O melhor que qualquer um de nós pode imaginar é que a pessoa que chamo de Jess foi uma invenção da minha imaginação. Depois do meu acidente,

rolando vários degraus, Jess foi uma invenção necessária que a minha mente em recuperação improvisou para ficar do lado certo da sanidade. O que ela sabia sobre mim era tão incrivelmente preciso que a minha cabeça deu um salto mortal, e a única maneira de explicá-la era inventando-a. Parece um pouco estranho, mas quase possível, certo?

Bem, eu não acredito. Eu sei que ela era real. Sei que conheci uma viajante do tempo. Mas esse não é o tipo de coisa que você diz em voz alta quando acaba de se mudar para um novo país. Também não é o que você diz quando está se candidatando à faculdade de medicina e, definitivamente, não é o que diz quando está tentando se firmar como pesquisador científico.

Mas agora? Sim, vamos lá. Deixe-me contar. Algumas pessoas vão me chamar de excêntrico. Nesse ponto, tudo bem para mim — de uma forma ou de outra, acho que mereci.

Vamos acreditar na Garota do Futuro. Eu não me importo se isso realmente não aconteceu — com certeza aconteceu comigo. Jess voltou para me salvar e as consequências foram reais. Você já ouviu histórias mais loucas, aposto. O fato de isso ser real para mim é quase acidental. É o que acreditamos uns sobre os outros que conta.

Somos criaturas sociais, nós, humanos. Vivemos na imaginação um do outro. Nós salvamos um ao outro.

Kate voltou ao início: "... salvou pelo menos três milhões de vidas..."

Ela tentou se recostar na cadeira, mas percebeu bem a tempo que não estava sentada em uma cadeira. Então abriu as pernas e agitou os braços para não cair da caixa. O movimento de comédia pastelão a fez soltar uma risada enquanto se recuperava e fechava lentamente o livro.

Luke havia mudado o nome dela e não a procurara. "Kate Marsden" não chegava a ser um nome exótico, mas àquela altura ele já poderia tê-la encontrado se estivesse realmente procurando. Ela sorriu ao pensar nele, no rancho, com os três filhos e a Anne dele.

Muito bem, Lukey. Por que você procuraria? Quando o seu presente tem um significado, não há valor em ficar vagando pelo passado.

Os amigos de Kate não sabiam mais sobre os avanços médicos de ponta do que ela. Mas a recém-descoberta celebridade do Dr. Luke Fairbright estava prestes a mudar aquilo. Toby, por exemplo. O segundo amor da vida dela estava prestes a descobrir que o marido morto da namorada acabara de publicar um best-seller.

Vida, então... venha.

Kate se sentou e ouviu o murmúrio de conversas e risos que chegavam da outra sala. Então, olhou ao redor para as paredes do porão, cheia de gratidão.

Ela recolocou o livro com muito carinho na caixa e se levantou.

Agradecimentos

Meus agradecimentos vão para Francis Bickmore, meu sábio e paciente editor, assim como para Jamie Byng e toda a equipe maravilhosa na Canongate, incluindo as estrelas Anna Frame, Jenny Fry, Megan Reid e Neal Price.

Agradeço ao meu agente literário, Iven Mulcahy, por sua permanente orientação e amizade. Também devo muito aos outros da excelente equipe de Ivan — Sallyanne Sweeney e Samar Hamman.

Agradeço antecipadamente à minha agente de TV, teatro e tudo mais, Michele Milburn, por toda a ajuda que ela está prestes a me dar na coordenação das atividades extracurriculares do livro. Também agradeço a paciência e compreensão ao arrumar tempo para que eu conseguisse escrevê-lo. E não vamos esquecer do esplendor geral de Tara Lynch e de todos os outros na MMB Creative.

De volta é uma história de aventuras e, ainda que eu duvide que ela poderia ser acusada de sobrecarregar quem lê com uma abundância de pesquisas detalhadas, tenho algumas pessoas a agradecer. Por me aconselhar sobre alguns eventos da história serem improváveis, mas não impossíveis, agradeço a: Sarah Logan, Niraj e Shama Goyal, Tom Hilton, James Bachman e Ellis Sareen. Todas as implausibilidades gritantes nas áreas de medicina, caratê, ciência da computação e segurança nacional são totalmente minhas, mas agradeço a todos pelos conselhos dados.

Meu agradecimento a vocês, colegas escritores. Eu arruinei o que poderia ter sido um agradável almoço com o brilhante Robert Thorogood ao apresentar o livro inteiro a ele, enquanto reclamava sobre precisar escrever tudo. Ainda que extremamente mal aproveitados, considerando seus imensos talentos, Mark Evans foi consultado sobre uma palavra cruzada e Jason Hazeley me aconselhou sobre qual seria a nota musical mais engraçada. Achei que tivesse roubado a ideia de apresentar um musical em uma única nota musical de Robert, mas descobri que, na verdade, roubei de Peter Serafinowicz. Obrigado, Peter.

Sabe-se lá o que roubei de David Mitchell. Frequentemente eu tinha uma ideia ou criava uma frase e pensava "Será que quem criou isso fui eu mesmo agora, ou David em 1996?". David não teve nenhuma influência nesse livro especificamente, mas teve toda a influência possível no escritor que escreveu esse livro. Vou precisar agradecer a ele para sempre, não vou? Sim! Obrigado, David.

Falando de parcerias de longa duração entre escritores e artistas, deixe-me começar agradecendo à minha esposa, Abigail Burdess. Achei que a personagem de Madeleine Theroux era uma caracterização admirável e cômica da mãe da Abbie, Marion. Entretanto, me foi indicado, por meio de conversas conjugais calmas e sofisticadas, que eu estava errado. Madeleine não é a minha versão de Marion. Madeleine é a minha versão da versão de Abbie de Marion, que Abbie vem escrevendo e interpretando há uns vinte anos: especialmente em sua linda peça, *All The Single Ladies*, mas também de diversas outras formas. Também gostaria de dizer a Marion:

nós te amamos. Você só continua aparecendo nesse tipo de coisa porque é magnífica.

De forma mais geral, quero agradecer a Abbie por seus conselhos na estrutura da história, que a tornaram consideravelmente melhor. E, acima de tudo, agradecer pelo amor e pelo apoio que ela tem me oferecido ao longo de todos esses anos.

Ela é, obviamente, a Garota do Futuro original.

Impressão e Acabamento:
LIS GRÁFICA E EDITORA LTDA.